日本漢詩文集叢刊

第二輯

第二册

第二册目録

鈴木虎雄

豹軒詩鈔

卷七

大正六年丁巳

丁巳元旦余在燕京僑民盡詣交民巷使署拜
　聖容余亦隨其後 …… 三
和如舟小川博士新年作次韻 …… 三
如舟博士見贈一裘賦謝 …… 三
送如舟博士東歸二首 …… 四
送法學博士巖谷顧問患喉就治
　日本 …… 四
陶然亭二首 …… 四
天安門至中華門輦道如砥予日日散步忽見
　新草生有感 …… 五
六條胡同本願寺觀桃花賦呈默雁尊者 …… 五
萬壽山四首 …… 五
聞宣統帝復辟報 …… 六
南池子夜坐時張勳擁立宣統帝段祺瑞討之
　城中喧騷 …… 七
七月十二日紀事 …… 七
燹後過南河沿張辮子廢宅 …… 七
亂後書感二首 …… 八
步相川竹陰老人寄示詩韻卻寄 …… 八
明陵 …… 八
居庸關 …… 八
土木堡 …… 九
宣化 …… 九
洋河遭雨 …… 九
赴大同途上書感 …… 九
大同府月夜聞笛 …… 一〇
對月憶家 …… 一〇

寄題鳥居素川讀月樓……一〇
寄懷素川……一〇
將向咸陽作二首……一一
碭山……一一
宿磁鐘鎮示羽溪學士……一一
經古函谷關……一二
閿鄉縣日暮作……一二
盤豆鎮途上……一二
潼關……一二
夜入華州……一三
渭南道中……一三
登慈恩寺大雁塔……一三
三橋鎮……一四
發西安……一四
喫西瓜……一四
臨潼華清宮溫泉六首……一四
華州途上……一五
宿靈寶縣……一六
發靈寶……一六
磁鐘鎮途上……一六
復宿磁鐘鎮……一六
觀音堂中秋……一七
洛陽天津橋……一七
鄭州與松本博士羽溪學士別……一七
無題……一七
彰德府宿于火車中……一八
渡滹沱河向正定……一八
直隸車中即目……一八
伯牙臺……一八
洞庭湖望君山……一九
長沙次前田博士詩韻……一九
岳麓山望湘亭次前田博士韻……一九
愛晚亭次前田博士韻……一九
岳麓書院見木板有記國恥史者因賦……二〇
長沙賈太傅故宅……二〇
三閭大夫祠……二〇
汨羅……二一
岳陽……二一
溯江絶句五首……二一
江上聞雁……二二
爾雅臺……二三
曉發宜昌……二三

三遊洞二首……二三
峽口絶句四首……二三
下江宜昌曉發……二四
章華臺二首……二四
驚鴻……二五
石首……二五
發漢口……二五
宿廬山牯牛嶺……二六
棲賢寺……二六
白鹿洞……二六
萬杉寺……二七
開先寺……二七
歸宗寺王右軍墨池……二七
醉石館……二八
陶淵明墓下作……二八
官店溪道中……二九
虎溪……二九
東林寺……二九
琵琶亭三首……二九
衝雨上滕王閣……三〇
發九江……三〇
船到下關小泊望金陵有感……三〇
失題……三一
歲晚寄懷湖南内藤博士……三一
寄懷君山狩野博士……三一
寄秋吉默容師……三二
丁巳申江除夜……三二
大正七年戊午
戊午元旦……三三
如舟博士見示韓幹畫馬詩因有此贈……三三
贈道士李梅庵……三三
明故宮址……三四
半山亭……三四
孝陵……三四
臺城址……三四
景陽井……三五
方正學墓……三五
秦淮……三五
寒山寺……三六
楓橋……三六
館娃宮址二首……三六
西施……三六

靈巖至天平途上偶成……三七
虎邱真娘墓……三七
吸江樓……三七
多景樓……三八
江天一覽亭……三八
禹陵……三八
越王臺……三八
鑑湖過陸放翁故宅登快閣……三九
岳墳……三九
西湖……三九
春暮歸洛陽書懷……四〇
長樂館雅集次鳳岡祭酒詩韻二首（附録諸家詩）……四〇
和湖南博士晴川篇……四一
諸友爲余置酒于嵐山某亭……四二
送内田博士游于美洲……四二
送佐藤學士游學禹域……四二
九日龜山登高……四三
席上用長尾子生所攜惲南天畫菊扇題詩韻率賦……四三
輓香巖神田翁二首……四三
寄題福島氏讀雪樓……四四
輓富岡君撝……四四
十念精舍小集二首……四四
河堤……四五
追憶五首……四五
歳暮八首……四六
大正八年己未
己未元旦二首……四九
聞中山白崖掛冠賦贈次其詩韻……四九
送島華水航往西洋……四九
上苑春日……五〇
春日過禁苑偶成……五〇
御苑紫藤花……五〇
八幡祠……五一
北郊京洛園摘苺實……五一
芳野七首……五一
次福田靜處韻卻寄……五二
送武内宜卿學士之支那……五三
東山春雲樓宴別歌……五三
題福田眉仙所畫秦川秋旅圖卷……五五
柬矢野學士……五七

送岡崎櫻洲學士游学支那 …… 五九
嵐山洗心閣社集分韻得心字 …… 五九
又得初字 …… 五九
追憶籾山衣洲 …… 五九
贈羅叔言次其留別詩韻二首 …… 六〇
次惺軒博士詩韻 …… 六〇
答包敬士先生 …… 六一
至洲本訪從兄江口雨田軍醫留宿書懐
　二首 …… 六一
夏日偶成 …… 六一
始擧男兒志喜且言期望因以命名 …… 六二
菱華學士次余夏日偶成詩韻見寄乃疊韻
　卻寄 …… 六二
見菱華學士所寄香浦畫信片因憶霞浦舊遊而
　賦次前韻 …… 六二
菱華學士再寄詩乃疊韻卻寄三首 …… 六三
下鴨里糺林清心軒社集探韻得支二首 …… 六三
和寺町愛山移居詩 …… 六四
和菱華散人詩七首 …… 六四
讀袖浦竹枝寄菱華散人仍用前韻 …… 六七
陸文正先生第十三回諱日書懐二首 …… 六七
領得文學博士學位書懐 …… 六八
嵯峨郊行 …… 六八
清瀧 …… 六八
中秋大雲院社集三首 …… 六八
又 …… 六九
送小川如舟博士西航次其留別韻
送物庵理博再航歐洲 …… 六九
己未歲晚二首 …… 七〇

卷八

大正九年庚申

庚申新年 …… 七一
賦得歌題田家早梅 …… 七一
萩野和庵博士以其所著禹域游艸詩卷
　寄示賦謝 …… 七一
贈曾田文甫 …… 七二
賀野上雨峯翁六十 …… 七二
雨山詩伯壽蘇筵席上 …… 七二
送鶴陰織田博士以帝國學士院會員奉命
　出赴白耳義 …… 七三
春日雜詠十首 …… 七三
庚申天長節 …… 七五

賀小川博士新婚……七五
瓢亭飲集迎青山鹽谷先生爲賓……七五
題大石良雄頌牡丹圖……七六
清閑寺聽鵑偶述……七六
村居雜詩十二首……七六
歸鄉……八二
過鎌倉極樂寺村……八二
悼小島義卿……八三
江齋社集……八三
又……八三
鳳岡祭酒春雲樓讌集……八四
庚申守歲……八四
大正十年辛酉
辛酉新年……八五
若王寺矢土錦山先生祭筵……八五
和膽山翁八十自述二首……八五
清風閣壽蘇筵贈雨山主人……八六
漫吟三首……八六
輓高野竹隱……八六
送小柳柳柳子之支那……八七
陪默容師薄遊宇治作……八七
詩仙堂石川丈山二百五十年祭追懷成詠二首……八七
夏日草山寺社集……八八
哭佐賀東周學士……八八
山田岳陽贈金陵遊記賦謝……八八
題阪東貫山所畫泰山四時小景四首……八九
山中遇道士……八九
華神堂社集四首……九〇
觀音寺……九〇
碧梧吟六首……九〇
園木雜詩十首……九一
還家……九三
贈姪終一入營……九四
訪小林士維於今朝白郊居……九四
習卿兄墓……九四
小島義卿墓……九四
送人之朝鮮二首……九五
頌四章……九五
湖月……九六
杪秋遊嵐峽坐大悲閣悭軒博士同往……九六
辛酉臘月出南驛敬候攝宮駕二首……九七

儲皇攝政告陵畢駕入大內賜謁臣民余職
叨學官列忝參進感恩紀盛二首 …… 九八
鳳岡祭酒山亭宴 …… 九八
又三首 …… 九八
又二首 …… 九九
冬日香泉寺 …… 九九
又賦 …… 一〇〇
吉祥院天滿宮 …… 一〇〇
浴城崎溫泉二首 …… 一〇〇
大正十一年壬戌
蓬萊四首 …… 一〇一
賦得歌題旭光照波六韻 …… 一〇二
人日寺町愛山集成書屋招飲惺軒萬里
二君在座主人詩先成次其韻凡二十
二疊 …… 一〇二
乃木將軍夫妻祠堂二首 …… 一〇八
桃山陵 …… 一〇九
東陵 …… 一〇九
青谿觀梅絕句七首 …… 一一〇
東山清風閣邀飲金拱北陳衡恪二君賦
贈次湖南前輩韻 …… 一一一
鳩嶺社集 …… 一一一
席上次中田洞北韻 …… 一一二
光明寺社集次隱元詩韻二首 …… 一一二
光明寺即事二首 …… 一一三
山行 …… 一一三
湖寺賞月 …… 一一三
河橋翫月 …… 一一三
送神田邕盦遊支那 …… 一一四
東山無名庵賞月四首 …… 一一四
菊有黃花 …… 一一四
檜谷先生報屋後種豆遭兔害賦寄奉慰 …… 一一五
對月寄懷檜谷先生用前韻 …… 一一五
秋野漫興二十首 …… 一一六
月 …… 一一七
月八首 …… 一一八
皇后陛下行啓大學恭賦三首 …… 一一八
小倉山社集倉山亭觀楓二首 …… 一一九
富嶽三十二首 …… 一一九
壬戌歲晚陪鳳岡祭酒清風閣宴二首 …… 一二五
清風閣雅集即興和鳳岡祭酒詩三首 …… 一二六
又二首 …… 一二六

壬戌除夜……一二七

卷九

大正十二年癸亥

癸亥二月四日移居二首……一二九
岡本觀梅五首……一二九
次山田岳陽步月韻……一三〇
彥嶽兄五年祭日賦奠……一三一
脩姪大學卒業慶宴志喜四首……一三一
吉祥院村看菜花绝句九首……一三一
題畫……一三三
曳策……一三三
偶成……一三三
南鄉江樓題壁……一三四
和鳳岡先生歸家……一三四
詠懷……一三四
雜詩三首
山雞有麗毛……一三五
山木多自寇……一三五
荊棘覆嶺上……一三六
劫餘雜詠六首……一三六
忽焉亡……一三七
哭天兒……一三七
晨行……一三八
乘艦……一三八
婦罵夫……一四一
團欒……一四三
震後逃難獨歸洛寓遙憶泰兒……一四五
鳳岡祭酒清風閣宴集……一四六
宴集席上聯句……一四六

大正三十年甲子

東宮殿下納妃慶節恭賦六章……一四七
送青木迷陽學士遊支那四首……一四八
虎門歎……一四八
郵票歌……一四九
紈袴行……一五〇
東宮及新妃殿下駐輦仙洞出于紫宸殿小御所賜謁臣庶予亦預焉恭賦十二韻……一五〇
桃山謁陵……一五一
乃木將軍廟……一五一
老蘇村觀梅……一五二
石寺林中遇雨……一五三
出村沿繖山麓西行時霽……一五四

劉徹行 …… 一五四
我生行 …… 一五五
上苑散步偶成 …… 一五六
三旬 …… 一五六
民國前大總統黄陂黎公來訪大學前史所
無鳳岡祭酒設宴歡迎予病不能赴賦六
韻以贈 …… 一五七
臥病 …… 一五七
病起即事 …… 一五七
沼津訪池谷觀海翁别後有贈 …… 一五八
酬觀海翁見寄次韻 …… 一五八
除草 …… 一五九
雨霽 …… 一六〇
岡田劍西博士惠寄支那地圖朱線以記
遊蹤賦謝 …… 一六〇
送内藤湖南博士奉命西航 …… 一六〇
再疊韻 …… 一六一
湖南前輩西航鳳崗祭酒設祖席於東山
清風閣陪次賦呈三疊韻 …… 一六一
瀨田川泛舟送惺軒博士遊朝鮮 …… 一六一
戲和湖南先生舟中作四疊韻 …… 一六二
下保津峽舟中即事 …… 一六二
歸家曝書 …… 一六三
中元即事三首 …… 一六三
至彌彦村訪子德仲兄火宫避暑 …… 一六三
寶光院後老杉 …… 一六四
牧花里訪解良氏百木園 …… 一六四
呈主人精里君 …… 一六四
白山公園眺望 …… 一六五
萬代橋 …… 一六五
渡部村訪阿部氏於偕樂軒 …… 一六五
賀笹川良造君花甲 …… 一六五
次湖南博士詩韻二首 …… 一六六
聞清帝移宫報五首 …… 一六七
菊二首 …… 一六八
細菊 …… 一六九
嘵嘵雲中鴻一篇奉慰觀海翁喪令女 …… 一六九
送姪脩赴任郡宰 …… 一七〇
南都 …… 一七一
東福寺 …… 一七一
金閣寺 …… 一七二
二兄惠寄蕈菊蕈名薄衣菊曰籬下賦謝 …… 一七二

又見惠柹實感賦 …… 一七二

卷十

大正十四年乙丑
賦得歌題山色連天六韻 …… 一七七
大阪時事新報二十週年祝日賦詩一篇
規以代頌 …… 一七七
椿寺 …… 一七八
訪觀海翁不遇 …… 一七九
翁趕到車站時予隨驥子復用前韻 …… 一八〇
得加地生長安書 …… 一八〇
憶鄉中枇杷 …… 一八〇
酬如舟博士 …… 一八〇
將軍冢 …… 一八一
乙丑中秋二首 …… 一八一
讀觀海翁中秋見懷作卻寄二首 …… 一八二
水木生來访 …… 一八二
詩仙堂 …… 一八二
九日遊大原水木生同行和其詩韻 …… 一八三
又賦 …… 一八三
三千院 …… 一八三
鳳岡祭酒宴集次主人原韻二首 …… 一八三
大正十五年丙寅（昭和元年）
丙寅新年 …… 一八四
宿讀月樓二首 …… 一八五
豐島停雲贈虎畫賦謝 …… 一八五
河水維清 …… 一八五
賀大竹蔣逕翁古稀次其漫成詩韻 …… 一八五
觀海翁有途上所見四绝予續貂三首 …… 一八六
菅祠觀梅四首 …… 一八六
上苑 …… 一八七
送神田鬯盦之東京 …… 一八七
柳枝二首 …… 一八八
讀秋山穆堂清風書屋存稿書後二首 …… 一八八
春日雜詠十首 …… 一八九
課兒 …… 一九一
阿彌陀峰豐公冢 …… 一九一
天王山 …… 一九一
寶積寺 …… 一九一
山崎渡 …… 一九二
淀城址 …… 一九二
寄小島贇川學士 …… 一九二
和王晉卿見示詩次韻二首 …… 一九三

第二册目録

鳳皇吟一篇賀湖南博士周甲……一九三
徯吾后……一九四
次韻賀蓬城見寄詩韻……一九四
題蓬城匡廬瀑布圖次其詩韻……一九四
寄蓬城次前韻……一九四
和鳳岡祭酒詩七首……一九五
訪松濤師歸有詩見寄因和二首……一九六
八月十二日書懷……一九六
神戶乘船夜作……一九七
過西湨……一九七
杭州西湖有感……一九七
雞鳴寺……一九七
胭脂井二首……一九八
訪東南大學即目……一九八
清涼山憶曾元帝舊事……一九八
又書感……一九九
莫愁湖……一九九
朝天宫……一九九
明故宫址……二〇〇
將赴孝陵途上望白堊館……二〇〇
赤壁二首……二〇〇
白鹿洞……二〇一
黄鶴樓……二〇一
抱冰堂……二〇一
鄭州北過黄河……二〇一
燕京古物陳列所二首……二〇二
濟北渡黄河南望……二〇二
濟南臥病二首……二〇二
即事……二〇三
自青島乘船向大連曉過山東角望劉公
島芝罘諸山……二〇三
平壤牡丹臺二首……二〇三
景福宫……二〇四
慶會樓……二〇四
昌德宫秘苑……二〇四
歸家……二〇四
葛原芭蕉堂社集席上……二〇五
送王芃生歸湖南……二〇五
丙寅秋懷八首……二〇五
贈前田七樂……二〇七
紀恩……二〇八
贈人移居……二〇八

松濤師惠園蔬且圖之賦謝……二〇八
大行天皇輓詞二首……二〇八
丙寅歳晚二首……二〇九
昭和二年丁卯
衡梅院物庵理博茗集……二一〇
第七臨時教員養成所卒業式賦此送行……二一〇
現代娘……二一〇
酬王晉卿……二一二
送水木生東行二首……二一二
藤代素人先生輓詞二首……二一三
次鳥居速川武漢即事詩韻……二一三
聞素川談支那近事……二一四
鳳岡祭酒惠顧蒙賜所攜枇杷賦此奉謝
且述鄙情……二一四
哭王靜庵……二一四
南禪院行樂社吟集……二一五
歸村……二一五
枇杷樹……二一五
聽蟲吟……二一六
梁川星巖七十年諱辰書感……二一八
聞田嶋赤城博士致仕賦贈……二一九
八達嶺戍樓寫真歌贈素川子……二一九
攜兒輩遊于澳堤……二二〇
歸夢四首……二二〇
日日……二二一
題半臥子畫竹以半臥子畫四字爲句首……二二一
寧樂四首
春日祠……二二二
大佛殿……二二二
手向山神社……二二二
三笠山……二二二
恭聞上御苑田親手銍艾……二二三
嵐山大悲閣……二二三
虛空藏寺洗心閣社集……二二三
席上戲贈物庵理博……二二三
訪松濤師臨歸斫贈水仙花……二二四
三輪確堂將軍見惠筆筒大砲藥夾所
製云賦謝……二二四
酬松濤師二首……二二四
獲杜詩朱郭兩注本志喜……二二五
丁卯歳晚二首……二二五

卷十一

昭和三年戊辰
昭和戊辰新年作二首 …… 二二七
贈惺軒博士蒙召入京次其御題山色
新詩原韻 …… 二二八
物庵博士惠蠟蜜賦呈 …… 二二八
送倉石學士留學支那 …… 二二八
酬建部水城博士 …… 二二九
梅香遍 …… 二二九
蒼蒼閩山柏一篇賀葉母陳太夫人
五十壽 …… 二二九
祫祭三首 …… 二三〇
祖妣三十年祭 …… 二三一
習卿兄十年祭 …… 二三一
先妣小祥 …… 二三一
妙心寺桂春院社集 …… 二三一
又 …… 二三二
清風閣鳳岡祭酒春宴三首 …… 二三二
送吉川宛亭學士游學支那 …… 二三三
和高坂超然作四首（四月聖節） …… 二三三
東山清風閣宴贈鄭蘇戡 …… 二三四
和鄭蘇戡見贈作 …… 二三四
至大學講堂拜明治天皇聖影時始置
明治節 …… 二三四
京都驛迎駕 …… 二三五
登極大禮恭賦四首 …… 二三五
大禮推恩及祖考文臺追賜從五位感
賦二首 …… 二三六
鄉中諸君子致祭祖考文臺書懷遙
寄二首 …… 二三六
赴豐明殿宴二重橋上作二首 …… 二三七
正殿賜謁 …… 二三七
豐明殿陪宴 …… 二三七
衡梅院社集率賦 …… 二三八
贈惺軒博士二首 …… 二三八
和惺軒博士歸田作 …… 二三九
昭和四年己巳
物庵贈紫芝植盆填以岐陽水美石賦謝 …… 二三九
長岡菅祠社集二首 …… 二三九
伴兒女到瀫堤摘青 …… 二四〇
歸家二首 …… 二四〇
春日箕面山行 …… 二四〇

鳴門觀潮絶句七首……二四〇
望竹島……二四二
鳳岡祭酒以老致仕賦呈……二四二
東福寺開山堂社集……二四二
吉祥院村訪香泉寺六首……二四三
東倉石學士……二四四
東方文化學院京都研究所成志喜且示
諸生……二四四
己巳夏五訪恭仁山莊呈炳卿博士……二四四
悼山口松陰君……二四五
賀白莊司孤山定嗣次其自述原韻……二四五
賀野上雨峯翁金婚慶辰……二四五
題宛亭學士所贈六角彩燈……二四五
亡羊松本先生退休賦呈……二四六
奉命將航往歐洲五月五日同社諸友祖宴
於妙心寺大心院賦此呈惺軒博士兼贈
羣公……二四六
七月四日將赴歐洲書懷……二四八
留別諸友二首……二四八
次三浦梅癡送行詩韻……二四八
次寺町愛山送行詩韻……二四九
次高坂超然送行詩韻……二四九
次河野葦川送行詩韻……二四九
船到馬關……二五〇
出海峽……二五〇
海上所見……二五〇
香港……二五〇
海上所見……二五一
喫荔支……二五一
發香港……二五一
獨良果……二五一
望日本……二五二
阿牡丹……二五二
孟項珍二首……二五二
莽瓜……二五二
觀魚……二五三
彼南西航月夜二首……二五三
戲贈菅原代議士……二五三
錫蘭島寒泥雜詠三首……二五三
經亞剌布海作……二五四
發亞丁港……二五四
船過巴伯爾曼的布海峽二首……二五五

蘇士至開羅途上見幻河 …… 二五五
開羅府希撒金字塔 …… 二五五
希撒途上 …… 二五六
戲詠禪二首 …… 二五六
海上中元 …… 二五六
船中釋杜詩書感 …… 二五六
入英京作 …… 二五七
訪詩人虞來墓 …… 二五七
拿破烈翁寺 …… 二五八
巴里中秋 …… 二五八
法京逢織田鶴陰博士聞博士近將回國
因贈 …… 二五八
凱旋門 …… 二五八
德意地國西道中作 …… 二五九
矮馬兒市德國二詩人銅像 …… 二五九
和蘭陀道林村訪德國廢帝該撒幽居
三首 …… 二五九
歸巴里 …… 二六〇
薛延河橋上作 …… 二六〇
聖徒祭日偶成 …… 二六〇
徐世嬪莊偶感 …… 二六一
發法京 …… 二六一
瑞西山中作 …… 二六一
羅馬 …… 二六一
與杉本學士別 …… 二六二
歸舟地中海上阻風 …… 二六二
蘇士渠 …… 二六二
紅海 …… 二六二
即事 …… 二六三
紅海船中己巳除夜四首 …… 二六三
昭和五年庚午
庚午元旦 …… 二六四
亞丁灣外望阿弗利加洲 …… 二六四
望新月 …… 二六四
又 …… 二六四
望鯨 …… 二六五
急雨 …… 二六五
舟中月夜三首 …… 二六五
庚午初度 …… 二六六
偶感 …… 二六六
歸家 …… 二六六
酬惺軒博士 …… 二六七

酬超然老人二首 ……………………… 二六七
聽鶯即事 ……………………………… 二六七
光雲寺社集賦贈同志 ………………… 二六八
賀陶庵西園寺公八十初度次國府犀東
　詩韻 ………………………………… 二六八
題阪東貫山畫鱖三首 ………………… 二六八
清風閣宴餞鳳岡前祭酒二首 ………… 二六九
詩仙堂社集即興 ……………………… 二六九
席上贈萬里用其送予遊歐詩原韻 …… 二七〇
鳳岡荒木先生前辭大學無幾就聘學習
　院設宴留別招邀見及賦此奉贈二首… 二七〇
御室仁和寺千葉櫻花下歌 …………… 二七〇
詠藤樹書院老藤 ……………………… 二七一
寄題槃澗學寮 ………………………… 二七一
枯死雪江松歌 ………………………… 二七二
送河合月浦老人移居東京 …………… 二七三
賀月浦周甲二首 ……………………… 二七四
大德寺黄梅院社集 …………………… 二七四
展福原周峰翁墓 ……………………… 二七四
寄荒木鳳岡院長在駿之桃鄉次其見示
　函嶺詩韻 …………………………… 二七四
常滑正住院即事示天湖上人 ………… 二七五
嘲寺池食用蛙 ………………………… 二七五
常滑銷夏雜詠十首 …………………… 二七五
訪松濤師不遇 ………………………… 二七六
妙心寺長興院社集贈近重物庵 ……… 二七六
和物庵六十自嘲詩次韻 ……………… 二七七
次須賀蓬城移居詩韻 ………………… 二七七
大江萬里讀禮中寫孝經一本見寄賦慰
　次其秋懷詩韻 ……………………… 二七七
庚午中秋 ……………………………… 二七八
中秋步月城南訪松濤師夜坐 ………… 二七八
南郊歸路偶詠 ………………………… 二七八
月夜四首 ……………………………… 二七八
題鳳岡存稿 …………………………… 二七九
寺町愛山移居西郊有詩見示次韻卻寄… 二八〇
神戶港奉拜大觀艦式 ………………… 二八〇
十月三十日書感 ……………………… 二八〇
是日值古重陽節社集于植物園昭和
　會館 ………………………………… 二八〇
鴨堤曉行 ……………………………… 二八一
候駕京都驛賜謁 ……………………… 二八一

等持院社集……二八一
歲暮東山芭蕉堂社集有感二首……二八一
席上贈寺四乾山翁賀其古稀二首……二八二
庚午歲晚……二八二
庚午除夜三首……二八三

卷十二

昭和六年辛未

辛未元旦二首……二八五
二陵……二八五
乃木祠……二八六
坐索道電車登愛宕山……二八六
福壽草二首……二八六
偶成……二八六
贈岡本君清逕……二八七
和近重物庵病牀詠……二八七
題楠公父子櫻井驛訣別圖……二八七
十鶯詩……二八八
次物庵病中詩韻……二八九
憶白玉梅……二九〇
題兒島高德斫櫻樹圖二首……二九〇
雛祭行……二九〇
瀹茗……二九一
真如寺社集三首……二九一
題藝文叢誌終刊號……二九二
春日雜詠四首……二九二
學士會館社集二首……二九三
南郊賞菜花二首……二九三
玉水觀金棠棣花五首……二九四
東方文化研究所長狩野君招飲民國江
叔海胡綏之二儒同邀有感……二九五
妙心寺退藏院社集題院中假山水次無
著道忠禪師詩韻十七首……二九五
靈雲院雅集二首……二九九
紀事……二九九
遊西芳精舍……二九九
又……三〇〇
和鳳岡先生牡丹花詩……三〇〇
贈從三位牧野侯拜朝恩后一年恭賦次
日本弘道會長德川伯爵詩韻……三〇一
清水成就院社集……三〇一
青山漫興六首……三〇一
天龍寺社集二首……三〇三

天龍寺社集漫興六首……三〇三
戲呈惺軒博士……三〇四
南紀航行曉起……三〇四
勝浦港面望那智瀑……三〇五
青岸渡寺方丈望瀑……三〇五
那智瀑布水歌……三〇五
浮島……三〇六
平重盛手植竹柏……三〇七
泝峽絶句六首……三〇七
泛熊野川入瀞峽作……三〇八
湯峰……三〇九
丹鶴城……三〇九
木本途上……三〇九
花窟……三〇九
獅子巖……三一〇
鬼城……三一〇
徐福墓次僧絶海詩韻……三一〇
渚宮……三一一
岌島……三一一
勝浦港外泛舟……三一一
望忘歸洞……三一一
西航向田邊……三一二
潮岬二首……三一二
圓月洞……三一二
鬬雞神社……三一三
示白莊司孤山……三一三
彌彦村拜仲兄子德墳別横刀舍……三一三
歸粟生津舊廬書懷……三一三
高野山三寶院寓居作……三一四
白莊司孤山來訪……三一四
孤山歸寄詩到次韻卻寄……三一四
急雨……三一四
和惺軒博士見示即興……三一五
寄久保檜谷翁在善集院……三一五
山中雜詩五首……三一五
展僧契仲墓……三一六
檜谷先生見訪辱示論學二篇賦呈……三一六
予已歸洛檜谷先生自楊柳城寄詩再次
　前韻賦呈……三一七
杜詩譯解成自題其後二首……三一八
妙心寺方丈社集……三一八
九月二十七日夜晴……三一八

高坂超然惠懸崖菊雙盆賦謝 …… 三一九
題豐公擲明封册圖 …… 三一九
重陽 …… 三一九
追懷桑原博士 …… 三一九
水無瀨神社 …… 三二〇
櫻井驛址觀乃木東鄉两將軍題字碑 …… 三二〇
賴山陽先生百年祭賦奠二首 …… 三二〇
是日東山長樂寺後拜山陽先生墓 …… 三二一
寄超然老報崖菊近狀二首 …… 三二一
牀頭崖菊 …… 三二一
聽泉居賞秋賦似主人島華水博士 …… 三二二
和氣公墓 …… 三二二
高雄山寺 …… 三二三
地藏谷投杯戲 …… 三二三
東福寺通天橋觀楓 …… 三二三
箕面山看楓七首 …… 三二四
鄰事 …… 三二五
復見 …… 三二五
臥病即事 …… 三二六
賴惟久贈水西莊枯梅印顆賦謝 …… 三二六
謁伊勢神宮 …… 三二六

昭和七年壬申

曉雞聲 …… 三二六
北野謁菅祠二首 …… 三二七
壬申正月蒙命充宮中講書始儀漢書進講控儀畢紀事書感六首 …… 三二七
恩命頒賜羽二重帛一匹感賦 …… 三二八
和孤山七十自述二首 …… 三二九
得孤山梅花信二首 …… 三二九
浪華客舍 …… 三三〇
和歌浦二首 …… 三三〇
觀海閣 …… 三三〇
南部觀梅绝句十二首 …… 三三一
白濱 …… 三三三
白濱客舍浴泉二首 …… 三三三
銀沙湯 …… 三三三
圓月洞 …… 三三四
大學臨海研究所 …… 三三四
湯崎千疊敷 …… 三三四
三段壁 …… 三三四
崎湯 …… 三三五
紀聞 …… 三三五

鬼橋巖……三三五
田邊灣竹枝词……三三五
途上所見……三三六
春曉……三三六
鄰寺……三三六
建勳祠社集……三三六
織田公三首……三三七
長岡菅祠二首……三三七
楊谷寺至登山口……三三八
聞戰報……三三八
贈人……三三八
謝客問詩……三三八
妙心寺大心院社集……三三九
席上分韻得瑜字……三三九
送族子江口敬四郎赴任平壤高等女學校……三三九
遊新和歌浦至牛鼻岬作……三四〇
寂光院……三四〇
桑原北洲博士墓下作……三四一
衰李……三四一
粟津……三四一
茶白山……三四一
石山寺……三四二
三井寺……三四二
平安神宮宮苑賞櫻花四首……三四二
祇園夜櫻……三四三
無料休憩所……三四三
東山……三四三
嵐峽看花三首……三四四
兒女……三四四
風雨……三四五
鹿谷光雲寺社集……三四五
雨中訪寺町愛山嵯峨山莊主人有詩次韻……三四五
題莊中水西闕……三四五
贈主人……三四六
吉祥院賞菜花绝句……三四六
次前韻……三四六
玉水看棣棠花……三四六
橘諸兄公墓……三四七
壬申天長節……三四七
御室……三四七

嵐峽泛艇……三四七
伏見本教寺看牡丹(傳)……三四八
桃山二陵……三四八
長岡菅祠看躑躅藤花……三四八
訪藤樹書院……三四八
初夏地藏谷……三四九
高雄至清瀧途上……三四九
溪上作戲……三四九
空也瀑二首……三四九
梅宫二首……三五〇
松尾祠……三五〇
祠前寓目……三五〇
遊西芳寺二首……三五一
西芳寺即事四首……三五一
再疊韻……三五二
典試入京留宿學士會館聞呢哥來寺
鐘聲有感……三五二
送人之滿洲次韻……三五二
荒神橋學士俱樂部社集……三五三
賀建部水城博士周甲次其自述原韻
二首……三五三
大阪城桐畝……三五三
送姪脩藏赴任東京二首……三五三
孤山惠美洲美龍瓜……三五四
滿洲國成……三五四
寄鄭蘇戡總理二首……三五四
過不忍池……三五五
超然惠崖菊黄絳两種二首……三五五
孤山惠臺南白柚加洲黄瓜用孤山體……三五六
賀知恩院孝譽上人百歲壽……三五六
陸軍大演習駕幸大阪至京都驛站迎候
二首……三五六
龍安寺社集二首……三五七
桃山驛站候駕……三五七
大阪城東練兵場親閲中等學校專門學
校大學學生生徒及青年團處女團陪
觀紀事……三五七
遊高雄山二首……三五七
通天橋觀楓……三五八
清水寺……三五八
三千院……三五八
寂光院……三五九

寄題羽田博士西賀茂新居……三五九
寺町愛山不欲人賀其壽戲贈……三五九

卷十三

昭和八年癸酉
留宿東京學士會館逢生日作……三六三
癸酉講書始儀蒙命充漢書進講官入宮
途上作……三六三
鳳凰房講詩周頌思文篇書懷二首……三六四
退朝有感……三六四
告廟……三六四
和高橋翠村翁春詠……三六四
紫明閣即事……三六五
月瀨觀梅……三六五
梅溪山亭……三六五
月瀨觀梅絶句七首……三六六
伊賀上野二首……三六七
彥嶽兄十五年祭日賦奠四首……三六七
翠村先生惠寄詩篇奉酬……三六八
癸酉天長節例赴大學講堂拜聖容書懷……三六八
奈良公園……三六九
春日祠紫藤……三六九

祠后寄生木……三六九
大佛鐘……三六九
初瀨寺賞牡丹……三七〇
寺後白藤花……三七〇
定家俊成墓……三七〇
安然塔……三七〇
三井寺眺望……三七一
自片原街移居相國寺東鄰作（附録
諸家和作）……三七一
戲詠猪……三七二
孤山惠台灣巴俳椰果……三七二
贈竹内清齋步羽峰南摩氏琉璃溪詩
原韻……三七三
遊琉璃溪作……三七三
琉璃溪十二勝……三七四
新居雜詠六首……三七六
相國寺曉池……三七六
驟雨……三七六
秋意……三七七
蟲韻……三七七
閒庭……三七七

夜步鴨堤……三七七
陸羯南翁廿七回忌辰言懷二首……三七八
羯南文録刻成題其後……三七八
古座峽紀遊詩(並引)二十五首……三七九
獅子舞巖……三八〇
奇绝峽二首……三八〇
鉛山懷古……三八〇
海僊樓晚望……三八一
宿于海樓示孤山……三八一
橋杭巖……三八一
擬大島竹枝詞……三八一
望九龍島……三八二
古座峽歌……三八二
清暑島……三八二
少女峰……三八三
髑髏巖……三八三
三山冠……三八三
玉筍峰……三八三
一枚巖……三八四
天柱峰……三八四
望滴翠峰……三八四
舟中望玉筍……三八四
即目……三八五
巨人巖……三八五
鱣魚潭……三八五
明月巖……三八五
姫松原……三八六
潮岬……三八六
癸酉中秋……三八六
越南大閲駕幸京都恭迎二首……三八六
京都宮入謁……三八七
超然贈蘭菊賦謝二首……三八七
關原懷古……三八八
寄懷孤山二首……三八八
孤山贈台灣白柚文旦賦謝……三八八
過龍安寺……三八九
秋晚偶成二首……三八九
山科本願寺別院……三八九
醍醐傳法院林池……三九〇
醍醐途上……三九〇
小野小町粉粧橋……三九〇
江村先塋側新卜兆域葬長女雪江書懷……三九〇

又二首 …… 三九一
姪脩藏婦峰子嚮以六月二日逝是日亦葬于
　予女墓北鄰 …… 三九一
埋葬畢書示脩姪 …… 三九二
追憶峰子四首 …… 三九二
雪江小祥日書懷二首 …… 三九三
同社兒 …… 三九三
皇長子誕生恭賦 …… 三九三
又賦 …… 三九四
草筆 …… 三九四
賀上原看雲氏八十八壽 …… 三九四
寄題村上前田氏庭松 …… 三九四
癸酉除夕孤山惠寄臺灣椪柑新編詩存
　亦到賦贈 …… 三九五
癸酉除夜 …… 三九五
昭和九年甲戌
甲戌新年 …… 三九六
元旦謁菅祠 …… 三九六
日本學術振興會舉予充委員 …… 三九六
拜桃山陵 …… 三九六
訪孤山問病二首 …… 三九七
望嶽有感 …… 三九七
偶成 …… 三九七
贈孤山 …… 三九七
新雪寄懷孤山 …… 三九八
敲冰 …… 三九八
病起值晴 …… 三九八
檜谷先生入洛賦呈二首 …… 三九八
寄孤山 …… 三九九
又 …… 三九九
賀物庵博士開眼退院 …… 三九九
甲戌紀元節二首 …… 四〇〇
蕗薹 …… 四〇〇
偶成 …… 四〇〇
和孤山病中詩三首 …… 四〇〇
內藤炳卿博士病中寄示二詩賦贈二首 …… 四〇一
賀淡村和田君古稀二首 …… 四〇一
懷德堂文科講義竟書懷示堂友諸君
　二首 …… 四〇二
春日長岡菅祠 …… 四〇二
濃州春望 …… 四〇二
松井大學總長狩野研究所長邀飲都館

席上贈滿洲國鄭特使二首……四〇三
春晚圓福寺三首……四〇三
伏虎殿……四〇四
即事……四〇四
庭中垂絲櫻竟不開……四〇四
枕頭……四〇五
東樓病起即事二首……四〇五
久邇宮大妃殿下有教在修學院離宮鄰
雲亭賜茗飲陪筵偶成……四〇五
小庭即事……四〇六
贈某……四〇六
調孤山……四〇六
江樓社集壽檜谷先生……四〇七
東鄉元帥薨葬以國儀二首……四〇七
南禪寺最勝院社集……四〇七
和風軒即詠……四〇七
悼天隨久保博士二首……四〇八
甲戌中元……四〇八
東塋……四〇八
南塋二首……四〇九
故里二首……四〇九
訪山際柳堤翁留宿……四〇九
最上氏杉雲山莊二首……四一〇
出門不見山……四一〇
悼白莊司孤山……四一〇
解良氏百木園池亭即賦贈主人用壁間
所掛王穉登詩原韻……四一〇
解良君奉令耕獻穀田余聞之而喜賦贈……四一一
新營家墓撤長女雪江殯處躬庋其骨瓮
于幽壙架上了書懷……四一二
追步小川南堵叔父詩韻二首……四一三
鴨涯紫明閣社集追悼孤山五首……四一三
失題……四一四
中秋鷹溪觀月同檜谷犇山二君二首……四一四
又次檜谷先生詩韻二首……四一五
歸途又作……四一五
客懷……四一五
謝超然惠菊二首……四一五
送姪高橋啓三入營赴朝鮮羅南……四一六
又……四一六
即事……四一六
超然病中贈寒菊……四一七

繼宮明仁親王殿下甲戌誕辰恭賦八韻 …… 四一七
歲暮書懷 …… 四一七
除夜得吉村勝治悼亡信卻寄 …… 四一八
昭和十年乙亥
賦得池邊鶴 …… 四一八
送新村博士應召入朝進講 …… 四一八
贈宇野博士進講 …… 四一八
送神田鬯盦游學歐洲 …… 四一九
奉送新城前祭酒赴任滬上長尾雨山狩野
君山二公先有作仍步其韻 …… 四一九
賀須賀蓬城耳順次韻二首 …… 四一九
又 …… 四二〇
乙亥紀元節 …… 四二〇
花園天球院社集二首 …… 四二〇
席上分韻得山 …… 四二一
即事二首 …… 四二一
送原田學士赴任臺灣文政大學次其贈
詩原韻二首 …… 四二一
鴨涯紫明閣社集即興次杜子美夜宴
左氏莊詩韻 …… 四二二
日出岡春眺 …… 四二二
琵琶湖飯館 …… 四二三
槍山 …… 四二三
自醍醐踰嶺至巖間寺途上 …… 四二三
湖望 …… 四二四
義仲寺 …… 四二四
迎滿洲國皇帝頌 …… 四二四
滿洲國皇帝來航駕自東京至京都又向
奈良紀盛八章 …… 四二五
聽松院社集二首 …… 四二六
偶成 …… 四二六
桂水泛遊 …… 四二七
先考愓軒先生四十年祭賦奠二首 …… 四二七
贈柳堤山際君 …… 四二七
天授庵社集 …… 四二八
物庵理博以土佐虎斑硯見惠賦贈 …… 四二八
得迷陽青木君信云新膺學位贈賀 …… 四二九
內藤炳卿博士小祥追懷次韻 …… 四二九
最上君慶筵賦贈 …… 四三〇
羯南先生夫人今居氏小祥逮夜作 …… 四三〇
羯南夫人墓下作 …… 四三一
白莊司孤山小祥前五日展其墓追懷

二首 ……四三一
鎮西上人七百年忌頌二首 ……四三一
乙亥中秋 ……四三二
桂花二首 ……四三二
賀富山房五十周年贈主人坂本君 ……四三二
赴下呂溫泉途上車中作 ……四三三
下木蘇川二首 ……四三三
舟中望犬山城 ……四三三
同 ……四三四
登犬山城 ……四三四
對叢菊贈超然居士 ……四三四
聽琴橋 ……四三四
乙亥十一月朔脩姪始舉男兒報到書感
願其成長後覆讀此篇三首 ……四三五
又示脩姪 ……四三五
對菊 ……四三六
偶成 ……四三六
念齋報到 ……四三六
有人索筆詩 ……四三六
追憶天隨博士 ……四三七
秋晚再遊琉璃溪二十五首
諸勝八首
螮蝀泉 ……四三七
渴蚪澗 ……四三八
沈虎潭 ……四三八
高臥石 ……四三八
彈琴泉 ……四三八
會仙巖 ……四三八
水晶簾 ……四三八
錦繡巖 ……四三八
宿待仙亭 ……四三九
晨起溪閣即事四首 ……四三九
溪行雜詩十二首 ……四三九
長女雪江三周年祭志懷 ……四四〇
啓姪除隊自羅南至賦示 ……四四一
超然老寄興津鯛戲賦 ……四四一
讀惺軒博士鼓腹集 ……四四一
又 ……四四一

卷十四

昭和十一年丙子
丙子新年 ……四四三
平野祠冬櫻 ……四四三

北野菅祠臘梅……………四四三
愚庵和尚三十三回忌辰追懷……………四四四
和龜井南溟詩七首……………四四四
相國寺東寓社集用移居詩舊韻八首……………四四五
次川西宮司移梅詩韻……………四四八
梨木神社行樂社集二首……………四四八
春日梨木祠……………四四八
次蓬城題圍碁圖詩韻……………四四八
失題三首……………四四九
自東京歸值雪霽……………四四九
入京途上相州車中作二首……………四五〇
次某氏詩韻三首……………四五〇
偶成二首……………四五一
青谿觀梅二首……………四五一
鹿王院社集三首……………四五二
賀濟齋山田君古稀次其自述詩韻……………四五二
得一京信官印記曰準戒嚴令開緘……………四五二
贈宇野博士退休……………四五三
龍安寺社集二首……………四五三
丙子天長節二首……………四五三
詠庭前木蓮花……………四五四

島蓉港先生五十年諱辰讀義嗣華水博
士所寄先生小傳有感賦奠……………四五四
粕壁牛島觀藤花作二首……………四五四
和乾山翁詩……………四五五
如蘭會席上賦呈諸友……………四五五
杜鵑花……………四五五
芍藥……………四五五
乾山翁來訪賦呈……………四五六
夏日一休寺……………四五六
又次乾山翁韻二首……………四五六
相國寺池蛙……………四五七
訪鳳岡院長二首……………四五七
文學部同志懇親會席上二首……………四五七
德雲院聽雪居社集……………四五八
賀乾山翁喜壽次其自述詩韻以賀喜壽
冠句三首……………四五八
賀人自滿洲還……………四五八
過山際柳堤翁居……………四五九
書先君子遺墨後……………四五九
贈三浦君賀其退休……………四五九
大覺寺望雲亭社集……………四五九

賀野上雨峯翁夫妻同迎喜字壽次其
自壽詩韻……四六〇
中元宵至三條橋觀大文字火……四六〇
悼伊藤鶯城翁二首……四六〇
梨木祠社集二首……四六一
學齋午睡……四六一
遊相國寺蓮池……四六一
夾竹桃……四六二
秋海棠……四六二
惺軒博士竹林養雀……四六二
詠胡瓜……四六二
詠茄子……四六三
詠豆腐……四六三
詠白桃……四六三
詠白葡萄……四六三
詠結城瓜……四六四
流雲……四六四
今夜……四六四
陰曆七月既望玩月二首……四六四
賀石川文莊翁古稀次其自述韻……四六五
送姪脩赴任廣島……四六五
梨木祠觀天竺花……四六五
松花堂即事二首……四六六
中秋無月……四六六
梨木神社祭日獻詠二首……四六六
遊柹生村上秋葉邸……四六七
拜明治神宮……四六七
送姪終一赴仙臺二首……四六七
重陽前三日超然老寄崖菊雙盆並絳蘂
燦然賦謝二首……四六八
嵐峽迎賓館社集……四六八
詠史……四六八
偶成……四六九
二塚……四六九
下赤坂城址……四六九
楠公誕生地二首……四六九
產湯井……四七〇
檜尾陵……四七〇
觀心寺中院……四七〇
金剛寺天野殿……四七一
金剛寺觀月亭……四七一
鎌倉極樂寺訪浦苫屋屋爲外舅羯南陸

先生養痾讀書之處二首……四七一
江島樓眺……四七二
震災記念堂……四七二
遊向島百花園五首……四七二
牛淵……四七三
京大俱樂部第三回總會有作……四七四
白山茶……四七四
悼河合月浦……四七四
遊山寺雜詠四首
次傅君韻三首……四七四
次君山所長韻一首……四七五
再疊和君山先生山居詩三首……四七五
三疊自述三首……四七六
四疊贈君山先生三首……四七六
五疊贈君山先生三首……四七七
傅講師用遊山寺詩韻其第三疊及虎辱
賜佳製乃敬奉和卻呈三首……四七八
無題……四七八
十二月廿七夜……四七八
丙子歲晚二首……四七九
丙子守歲……四七九
昭和十二年丁丑
丁丑新年二首……四八〇
田家雪……四八〇
同……四八一
依傅君芸子韻論文就正三首……四八一
山行自將軍塚至清水寺二首……四八一
君山先生惠貺高詠其辭過奬賦此奉答
三首……四八二
生日讀除報……四八二
贈諸橋博士蒙召講經二首……四八三
贈中田洞北次其七十自述詩韻二首……四八三
行樂社五壽會席上放歌……四八四
相國寺晨行所見……四八五
窗東……四八五
陽坡……四八五
隔牆……四八五
過大塚君……四八五
送大塚君歸北平……四八六
悼岳陽山田君……四八六
蓬城宅社集五首……四八六
次蓬城君韻三首……四八七

疊韻自述三首 …… 四八八
席上分鄭師冉聯句得煙低兩字各一首 …… 四八九
詠人丸石 …… 四八九
無能 …… 四八九
熱海途上 …… 四八九
奉賀久邇宮恭仁子女王殿下高等科
　卒業四首 …… 四九〇
修學院離宮奉陪久邇宮多嘉王王妃兩
　殿下茗讌恭賦 …… 四九一
展桑原博士墓 …… 四九一
賞庭櫻四首 …… 四九二
雨日春遊七首 …… 四九二
贈犇山次其自述詩韻 …… 四九四
送兒泰平遊學北海道三首 …… 四九四
香泉寺社集八首 …… 四九五
香泉寺社集憶刑部卿文章博士菅原是
　善公作 …… 四九六
席上分韻得風 …… 四九七
丁丑天長節 …… 四九七
賀佐佐木博士蒙賜文化章 …… 四九七
竹柏園主人佐佐木博士招飲芝山三縁亭
　席上率吟敬贈 …… 四九八
鳳岡先生移居志感有詩見寄攀韻卻呈奉
　賀時先生新相樞密 …… 四九八
奉和鳳岡樞密移居志感 …… 四九八
狩野君山博士古稀壽筵口號 …… 四九九
蕃山堂社集憶蕃山次其題畫詩韻 …… 四九九
又次餞行詩韻 …… 四九九
蕃山堂息游軒庭上觀忠孝碑 …… 五〇〇
次超然移居詩韻三首 …… 五〇〇
悼吉田泗鷗 …… 五〇一
哭小野櫻山 …… 五〇一
虛白洞社集用近藤南州詩韻 …… 五〇一
賞櫻二首 …… 五〇一
葵祭次傅講師韻 …… 五〇二
天授庵社集 …… 五〇二
席上贈檜谷社幹 …… 五〇二
王師 …… 五〇三
江上 …… 五〇三
和鶴陰博士自述賀其古稀三首 …… 五〇三
神宮祭主久邇宮殿下輓詞 …… 五〇四
禹封 …… 五〇四

送西村學士從軍……五〇五
秋懷二首……五〇五
明治節讀上海戰報……五〇五
題紫明閣……五〇六
遷宅……五〇六
虜寤……五〇六
問超然病……五〇六
雪江五年祭筵書懷……五〇七
聞南京捷報……五〇七
續賦四首……五〇七
冬日赴講堂有感……五〇八
北山……五〇九
丁丑歲晩行樂社集書懷二首……五〇九
丁丑歲晩二首……五一〇

附録

愁思賦……五一一
離憂賦……五一三
孤嘯賦……五一七
哀清賦(並序)……五二一
靈芝賦（並序)……五二六
賀皇太子納妃表……五二九
賀皇長孫誕生表……五三〇
賀皇弟成婚牋……五三二
賀登極表……五三三
賀登極表注……五三四
賀皇弟成婚辭……五三七
賀登極辭……五三八
賀皇長子誕生表……五三九

鈴木虎雄

豹軒詩鈔

詩鈔卷七

北越　鈴木虎雄　撰

大正六年丁巳　四十歳

丁巳元旦余在燕京僑民盡詣交民巷使署拜
聖容余亦隨其後

滿街車馬不揚塵使署旌門昇旭新僑客三千來拜頌
天皇陛下萬年春

和如舟小川博士新年作次韻

薊門始見歳華新鑪畔盆梅白點銀誦到南枝詩意切
何人不憶故鄉春

如舟博士見贈一裘賦謝

獺襟貓裏剪裁新輕似浮雲暖似春賴有一裘憐范叔
嚴冬抵得固窮身

送如舟博士東歸二首一月六日

朝叩書莊夕玩坊薊門十日忽殊方臨歧無奈依依思
一往一來爲學忙

兩次迎君又送君春帆去入海東雲京中如遇相知士
爲道平安攻舊文

送法學博士巖谷顧問孫藏患喉就治日本三月

楊柳未黃梅未薰扁舟直指海東雲不妨求藥蓬山去
春色帶回偏待君

陶然亭二首

二月東風放豔陽郊亭與客俯池塘輕波淡淡蘆芽小

暖日遲遲柳線長

人生何必問窮通行樂隨時佳興同且指西山浮爽氣

陶然一醉坐春風

天安門至中華門輦道如砥予日日散步忽見

新草生有感

輦路生芳草青青映砌斜不知朝代改春色屬新華

六條胡同本願寺觀桃花賦呈默雁尊者（四月三日）

本願寺中桃李花千枝萬朶爛如霞栽人誰得如斯樹

一帶朔方漲錦華

萬壽山四首

崑明池北玉泉東構築曾誇閬苑雄荒草已埋耶律墓

行人猶問覺羅宮湖隄煙柳垂垂綠露砌海棠豔豔紅

回首傷心龍島水錦帆無影拂橋虹

丹巘青崖帶禁牆甕山夏木鬱蒼蒼煙嵐重疊峰三面
樓閣玲瓏水一方舞殿花明空鼓笛釣臺露冷失鴛鴦
金輪去後豪華盡只有池蓮似六郎

西后頤園枕鏡湖半天宮殿藹虛無風生畫棟雲猶動
人去雕廊月自孤無復宋民憐艮嶽空傳王母宴蓬壺
非由峻宇糜財力孰使遼師喪舳艫

荇青沙白接山平寶殿琳宮隔水明佞佛梁皇輕棄甲
遊嵩周后誤調羹春風華表丁威鶴夜月雲間子晉笙
社屋蓋新還六載觸蠻南北未停爭

聞宣統帝復辟報 七月一日

旌旗五色變黃龍劍佩枉修文武容誰引豺狼朝大內

不知禁闕化飛烽

南池子夜坐時張勳擁立宣統帝段祺瑞討之
城中喧騷七月五日

爲鼠爲龍亦偶然流氓滿目實堪憐中宵不寐涼棚下
缺月林風聽老蟬

七月十二日紀事段軍來攻余避難于東交民巷日本郵局長官官舍因獲無事長官中林子賢也

動地炮聲宿霧披紛飛彈子裂榆枝先生無事薊城裡
起見青山臥詠詩

燹後過南河沿張辮子廢宅

轅門無復列霜戈戰敗項王如汝何屍骼縱橫玉河上
老榆殘壁暮蟬多

亂後書感二首

鄰殃波及暗躬驚禹域頻年不弭兵安奉吾　皇臨大
陸千秋萬代郅升平

誰奉　神孫供奉班恩波西被遍瀛寰乃將江海爲池
水直視泰衡同假山

步相川竹陰老人寄示詩韻卻寄八月三日

年少枉來長者書風雲變易慨慷餘恨吾文字非經國
寄向故人焉起予

明陵次前度詩韻

蔴豆徑連粱稷塍溪流飲馬露光凝紅牆翠柏昌平路
復弔明朝舊帝陵

居庸關

誰道守之在四夷關門零落草離離壁間留得雕經石
六國文形費苦思

土木堡即明英宗爲也先虜處

舜階干戚迂愚甚禹域衣冠不解兵可笑朱家傳北伐
古來天子幾親征

宣化

曠野無涯黍若雲山坡牧畜各成羣荒涼未見沙場景
一半先窺塞外文

洋河遭雨

中流沙淺水東馳南岸柳榆風倒吹白雨黃塵紛撲面
荒丘破堡電雷垂

赴大同途上書感

累垂禾黍接天昏處處泥牆猶有村誰化斯民躋壽域
朔方風色似中原

大同府月夜聞笛

玉露金風遍白楡天高野曠月輪孤邊城夜半吹南管
宛似漢人守塞圖

對月憶家

徘徊曠野露沾衣頭上驚看早雁飛絕塞自憐身是客
滿天明月戀庭闈

寄題鳥居素川讀月樓

滿腔熱血罵侯王青眼相憐是衆氓讀月樓中讀何典
乾坤無字大文章

寄懷素川

草白朔方覺已秋夜來銀漢向東流雲中爲客逢明月
不耐遙思讀月樓

將向咸陽作二首

昨過居庸奇字搜月明逢著大同秋今朝又向咸陽去
自笑太忙馬少游

四十書生猶黑頭年年行李發清秋魯齊山岳豫雍水
問學游兼覽古游

碭山

亂世何無草澤雄眞龍不起碭山空蘼蕪原濕蕭蕭雨
片片雲飛向沛豐

宿磁鐘鎮示羽溪學士了諦

君截菜根我點醬呼僮炊飯各相嘗起居欲注油燈暗

手解氊包上土牀

經古函谷關 在靈寶縣西

黃河如海濁流閒峽道縈回萬仭山細雨濕書暫停卷
騾轎夢冷度函關

閿鄉縣日暮作

河上驚濤拍岸還行人轎裡暮閒關雨餘雲氣曳殘白
隔水紺青三晉山

盤豆鎮途上

猶是潼關半日程隴丘稍倦旅人情秋風忽送西天翠
馬首崢嶸秦嶺明

潼關

殘堞連崗草木空城樓一上望無窮天邊華嶽崢嶸出

雲際黃河屈曲通亂世固多狗盜輩清時未見鳳圖功
關中王氣全消滅休說當年設險雄

夜入華州

騾鈴蕭索響寒茅驛路泥深車轍交未到華州秋日沒
長庚一點上楊梢

渭南道中

高桑老大與楊齊村店無人閒午雞添得渭南田野趣
木綿花發路東西

登慈恩寺大雁塔

風鐸鏘鏗鳴不休依然高塔曲江頭靡蕪全沒芙蓉苑
草樹斜連涇渭流昔日衣冠題詠地東方客子俯臨秋
終南山色蒼茫暮更自何邊辨九州

三橋鎭 曩在零口余與羽溪學士宿于騾轎是夜則宿騾車之上

阻雨回來野店家
咸陽北望密雲遮
征途艱苦猶難測
昨宿騾轎今宿車

發西安

車上翩翩揚旭旗
如絲大道疾徐馳
異邦民亦知皇德
匪類避回行旅隨

喫西瓜

騾轎油幕夕陽斜
熱氣藴隆渴意加
烏柹淺紅未堪喫
白楊樹下賣西瓜

臨潼華清宮溫泉六首

既有棲鴉噪白楊
驪山秋色晚蒼茫
槽前稅駕臨潼驛
先訪玉環供奉湯

山下亭園秋柳黃雙池南面室中央玉甃金雁零落盡
道是唐朝妃子湯

碧嶂嵯峨渭水濱千門想像翠華春于今山下溫泉滑
不洗凝脂洗旅塵

東向河南第一程微風纖月入華清牆邊敗葉蕭蕭響
猶似當時私語聲

殿址荒涼渭水東分明樹色接新豐開天遺事倩誰語
不遇津陽門北翁

清后行宮碧蘚荒聞曾內監侍新妝青銅三百給門老
笑導吾曹浴御湯

華州途上

曉來清爽似深秋雲氣南山凝亦流雪白蘆花黃綠柳

兩行夾道向華州

宿靈寶縣

淨碧天高鵲起柯夜深驛館絕村歌一輪函谷關頭月
照得離人秋思多

發靈寶 靈寶古桃林塞廿八日

路傍閒草露華多曉度桃林日上柯迢遞隴丘禾黍外
煙消赭岸識黃河

磁鐘鎮途上

嘉禾黃熟隴丘間日脚漸斜禽犢還遠近諸峰皴法妙
紫山缺處畫青山

復宿磁鐘鎮

窮山寒鎮宿蒿萊前度行人復又來喫著火豚幸相恕

多慙店主馬回回店主姓馬奉回教者回教禁喫猪而余等私喫之

觀音堂中秋

假面巧爲優孟冠村祠月白笛聲寒可憐佳節人千里
不見女兒芋栗盤

洛陽天津橋

洛水湯湯人影空古橋唯剩一穹窿九原如問邵康節
地氣今移東海東

鄭州與松本文三郎博士羽溪學士別

西風露冷換衣初暮宿朝餐二月餘今日臨歧鄭州路
同行憶共食鱸魚

無題

殘燈無談曉雞號夢覺綺牕殘月高猶訝破啼成失笑

淩雲飛去鄭櫻桃

彰德府宿于火車中

橫流河北失西東一到安陽路不通非馬非騾車是火人生宿舍信無窮

渡滹沱河向正定

橋梁倒壞水聲多行客爭先奈晚何一椀欲嘗無麥飯天寒木落舊滹沱

直隸車中卽目

渺渺朔天平野寬禾雲收盡曉霜寒水流曲折成村處黃柳一團又一團

伯牙臺在漢口西以下南行諸作

梅子崗邊漢水潯柳殘荷折月湖深雙槳漾盪琴臺畔

千載誰知鍾伯心

洞庭湖望君山

洞庭一望曉雲閒洲嶼蒼茫積水間怳惚猶聞神女瑟柁樓獨立對君山

長沙次前田博士名慧雲號止舟詩韻

我到長沙市清湘萬瓦涵屈祠猶水北賈宅尚城南斑竹何邊在紅楓盡日探忍聞鄰境事衡桂戰方酣

岳麓山望湘亭次前田博士韻

孤亭突兀俯岧嶤萬里澄清秋鶻驕楚澤風帆連水盡蒼梧淚竹入雲遙前賢有道垂遺緒後進昧靈甘折腰欲弔蔡黄蔡鍔黄興藨蘋藻路旁有二子墓滿山紅葉下天飈

愛晚亭次前田博士韻

寒山無客怪禽鳴斜日逗梢楓錦明愛晚亭邊來去久
併看林外數峰晴

岳麓書院見木板有記國恥史者因賦

案書狼藉衆賢祠忠孝堂中虛講帷木板徒知題國恥
眞成幾箇是男兒

長沙賈太傅故宅（時爲屈賈祠）

城中華市屋相侵故宅蕭條尙有林睡石（云誼長暑之所臥者）近
牕梧葉散遺容隔幔篆煙沈修門無繼三閭節宣室誰
知太傅心百代飄零禦戎策長教行客淚沾襟

三閭大夫祠

秋陽曉上桂椒枝岳麓東崗訪舊祠細逕斑斑薰野菊
寒塘漠漠長江蘺孤臣常抱哀郢志才子空吟弔屈辭

堂宇儼然猶木主案前虔拜淚先垂

汨羅

秋風嫋嫋洞庭波日午天寒傍汨羅洲渚砂明飛雁鶩
平原草綠亂蘭荷秦關客主貽謀少楚澤孤臣含恨多
千載躬經懷石處大招吟罷一長嗟

岳陽

舷頭始認岳陽城城下停舟正晚晴夢澤雲山帆外列
瀟湘煙樹坐中橫詩囊未滿三千首驛路空經九萬程
眼見洞庭湖水濶雖非遷客亦傷情

溯江絕句五首

舷頭坐受大江風山色水光望不窮想得西征零口夜
盤無蔬飯宿轎中

長堤楊柳翠煙遮茅舍竹籬一帶斜除卻大江如海濶
風光總似故鄉家
滾滾長江萬里流樓船駕浪傍中洲夕陽煙樹山如畫
一水中分兩岸秋
魚龍出沒夕波間遠樹淒迷落日閒千點鴉歸帆影盡
江平兩岸更無山
江水汪洋滮若油澄明風氣入高秋青山紅樹人家小
彷彿倪黃畫裡遊

江上聞雁

漢陽西去第三程江路曉聞新雁鳴南浦星雲低有影
長洲蘆雪冷無聲稻粱知爾謀方急書劍憐吾功未成
兄弟離羣妻子隔臨風目送一傷情

爾雅臺

棟傾壁圮鎖寒蕪爾雅臺餘斷石孤渠賦游仙非俗物
韓公漫議注蟲魚

曉發宜昌

篷窗風冷水生煙數點殘星江外天多少人家貪曉夢
已看漁火網新鮮

三遊洞二首

近沙巖角繫孤舟遠上崔嵬霜樹稠下有下牢溪水碧
寫來千壑萬峰秋

千崖矗立碧溪頭絕壁孤雲映磵流怪有紅毛來縛屋
卻無人繼白蘇遊

峽口絕句四首

神劖鬼鑿費工夫峭壁懸崖似丈壺綴得霜林千段錦
展來着色郭熙圖

臨潭萬嶂碧崔嵬黃菊丹楓影倒開解識古人詩句好
看山人自蜀中來

江流曲曲畫屏開容與扁舟幾溯回造化胸中眞不測
千峰未盡萬峰來

懸崖欲墜怯經過峭壁深紅掛蔦蘿臨泛欲窮江上興
更移孤棹向巖阿

下江宜昌曉發

舵樓人語上紅燈天地蒼蒼曉氣澄暫與溪山長揖去
一聲風笛下夷陵

章華臺二首

荊州城郭接江流陂澤參差擁故邱徙倚章華臺畔路
風煙猶似昔時秋
山河不改水東流楚子雄風土一邱熊掌蜂腰誰管得
寒煙領略渚宮秋

驚鴻

極目江天望不分蘆洲風起雪紛紛欲題相思寄東海
一陣驚鴻亂入雲

石首

江路渺茫頹岸間水天無際白帆斑舟行似得佳人慰
雙黛嫣然石首山

發漢口

萬古朝宗江漢流天寒木落雁聲愁書生游迹何時定

又上東呉月夜舟

宿廬山牯牛嶺

孤店空山上夜深明月高野蔬白如雪澗水細於毫天淨峰巒出林寒豹虎嘷薄衾不成睡虚籟起驚濤

棲賢寺

深秋尋古寺樵牧不相逢籬接彭蠡水門當五老峰誦經黄葉散擊磬白雲封前哲皆何往空思塵外蹤

白鹿洞

昔聞白鹿洞今訪小李村沿谿度丘隴澗湍橋下喧五老峰壓屋講舍儼如存丹堊變素壁不聞咿唔溫可歎詠歸地匾標改其門賢祠與文廟廂廡牛馬屯學規揭何處丹桂枯臥垣碑版或在壁所記乖天恩墜敗朱張

志豈能闢靈源入夜我留宿明月照前軒清風生虛籟松釵紛滿園獨上讀書臺榛莽白露繁澗流碎月影對之無片言馳想千載上寸心誰與論寄語軒冕輩盍思覺斯民

萬杉寺

杉樹森森秋日明清晨入寺一鐘鳴逢僧閒話山中事喫得東坡玉糝羹

開先寺

五老東望屹儼然香爐雙劍並峰名插晴煙行行早識開先寺朱壁黃林翠嶂前

歸宗寺王右軍墨池池在寺傍萬壽宮庭中宮改作清風黨小學校

莊嚴右軍宅寂寞梵王家池水猶翻墨壁碑紛若麻彩

旗秋葉落翠桂夕陽斜童子方收課各自罷塗鴉

醉石館 在栗里柴桑橋北數里虎爪崖下

陶公住栗里來往廬山中醉則臥石上酒痕至今同我來尋其地谿谷披林叢巨石當崖下南山尚巃嵸我固不解飲欽公心茅空朱子固達者崖傍爲築宮空同亦賢侶存祀粢盛豐飲酒何足貴賢達意或通獨憾松菊徑無人標淸風

陶淵明墓下作 墓在貫口面陽山半腹

行行辭貫口漸近面陽山合沓蒼崖秀紆餘碧水閒唯聞雞犬靜不見牧樵還古樸想晉俗幽邃憶陶阡萬松猶羅列一徑自彎環墓門稽首久夜臺長閉關天道不與善委順隨化遷大哉夷齊後淸高絕厥班

官店溪道中溪在廬山西南麓

碧溪回折路高低林壑幽深廬岳西不怪詩神淸徹骨山茶花發畫眉啼

虎溪

一樹老槐古澗西殘碑無字沒砂泥當時三士知何事大笑相持過此溪

東林寺

行盡廬山山萬重回望邱壑暮雲封唯緣嘗讀高賢傳來聽東林寺裡鐘

琵琶亭在九江西北江磯三首

朱甍粉壁映江流楓葉荻花非古秋欲識香山作詩意琵琶亭畔試登樓

潯陽送客月波流　楓葉荻花鴻雁秋　一曲琵琶還侑酒
詩人何怨謫江州

茫茫江水月生波　家在海東秋半過　貶謫詩人淪落女
何如遊子淚痕多

衝雨上滕王閣 南昌

雨急章江捲碧瀾　西山山色隔簾寒　秋風淒颯吹蓬鬢
心折少年王子安

發九江

打船逆浪響蘆蒲　晨發潯陽帆影孤　江路二千三百里
天涯載病向東吳

船到下關小泊望金陵有感

獅子山邊落晩潮　金陵王氣未全消　休言江水分南北

東逝應歸一統朝

失題 以下上海

瓦解土崩今已睹支離滅裂昔嘗聞西牆壞倒災將及
東舍倉皇髮欲焚吾護吾生非盜國汝亡汝教失尊君
蓬萊唯待眞龍出願奏堂堂玉册文

歲晚寄懷湖南內藤博士

蘆光雁影楚天秋相見相分江漢頭我去將尋廬岳寺
君來忽上洞庭舟西邦風物驚工變逆旅文章易著愁
纔到滬城逢歲暮明春回棹好從遊

寄懷君山狩野博士

海雲吳樹遠依稀客舍登臨對夕暉申浦風寒蛟已蟄
淞溪葉落雁孤飛山川空入仲宣賦今古何歎伯玉非

轉眼平安春又近須裁桃李滿王畿君山博士次韻見寄云歲暮江南木葉稀山川滿目帶斜暉塞關突兀孤雲過煙水蒼茫獨鳥飛爲客知君詩味淡閱人覺我宦情非歸來把臂期應近早已春光入帝畿

寄秋吉默容師師時在燕

兩年琴劍滯燕門憶在通衢幽事繁賞畫幾過武英殿
買書同訪海王村禪房明月叩玄理破屋凍風思古言
今日申江逢歲晚寒樓獨夜夢朱垣

丁巳申江除夜

平生迂僻耽幽獨今日天涯悲索居彩服遙憐童稚面
斷鴻長阻友朋書瓶交梅柳稱正旦盤缺屠蘇仍歲除
冰臆淒然申浦夜五方歌吹響樓疏

大正七年戊午 四十一歲

戊午元旦 時客申江

赫赫晨曦破海煙江南留滯入新年去鄉逾遠皇恩大稽首三宮御影前

如舟博士見示韓幹畫馬詩因有此贈 君時在青島余在滬上

正月江南春漸回忽逢齊北雁書來新收堪羨韓生馬遠寄無從陸子梅玉骨冰姿魂獨苦風蹄霜鬣夢空猜一枝何日鞍傍插離恨關山笛裡催

贈道士李梅庵 梅庵號清道人善書

一曲采薇不忍聞欲乘仙鶴拂星文人間枉作臨池戲君是前朝張白雲

明故宮址 以下七首南京

江南佳麗帝王居古址蕭條浩刧餘玉殿圻磚童子賣
芳園種菜野人鋤衣冠影向龍橋盡劍佩聲隨雉堞虛
獨有紫金山上月清光依舊滿城渠

半山亭 王安石故宅在鍾山麓

無聲澗水擁門庭排闥遙峰送舊青彷彿幽人高士跡
白林疎石半山亭

孝陵

朱家陵墓對城闉殘闕淒涼慘愴神馳道方生銀苜蓿
荒郊久臥石麒麟蟠龍踞虎消王氣玉樹金蓮非舊春
六代繁華倶滅絕豈唯明社惜湮淪

臺城址

迢遞邱巒帶寺牆朱樓翠殿迹茫茫多情偏是臺城柳
要待春風放舊黃

景陽井

雞鳴月落曉煙平結綺臨春次第明一曲後庭猶未了
景陽樓上已鐘聲

方正學墓

雨花臺北舊墳遺宿草荒涼沒斷基蜀道風雲猶抱怨
金門煙鳥更添悲青山一片留香骨碧血千秋濺玉墀
殘虐徒勞瓜蔓抄燕王篡奪匹夫知

秦淮

煙雨青山六代愁吳宮晉苑邈難求潺湲唯有秦淮水
長向石頭城下流

寒山寺（以下七首蘇州）

麥綠楊黃接遠峰溝流一道白溶溶姑蘇城外春堪賞
來叩寒山亭午鐘

楓橋

吳歌一曲水迢迢東望雲山鄉國遙猶有相思忘不得
柳煙如夢過楓橋

館娃宮址二首

香徑屧廊空委塵館娃宮廢尚留春曉來山外湖天碧
不見吳王歌舞人（沈子培曾植曰若使漁洋山人觀之知其必當擊節歎賞）
蛾眉一笑霸圖空雪辱全歸浣女功越壘吳臺俱壞滅
行人唯說館娃宮

西施

既傾人國報吾讎一旦事君恩亦優怪汝不隨吳燼滅
飄然共泛五湖舟

靈巖至天平途上偶成

楊柳風微村郭晴疲驢仄帽不貪程林疎石怪天平路
身在倪黃畫裡行

虎邱眞娘墓

眞娘香塚草花紅短簿古祠松柏空酷似靈巖山上路
獨緣西子識吳宮

吸江樓 在焦山以下三首鎭江

中流孤嶼俯滄波絕頂層樓出薜蘿淮甸野平春草綠
吳天雲盡暮山多長江萬代空王霸遠客一身聊嘯歌
今日登高堪作賦休將好景付漁蓑

多景樓 在北固山甘露寺

形勝東南第一樓登臨與客坐磯頭天垂山色排雲出
地坼江光壓樹浮細雨疎鐘京口寺春風斷角秣陵舟
羈情不覺滄洲遠疑是丹青屏裡遊

江天一覽亭 在金山江天寺

北固焦山相對開江天一覽望悠哉青青楊柳漁村遠
歷歷帆檣極浦迴三楚煙霞生障壁兩淮草木入樓臺
臨風嘯傲碑亭畔想像清皇巡狩來

禹陵 以下三首紹興

出城三四里來弔禹王陵門對清溪水碑迷荒逕籐新
亭餘窆石古殿閟金燈歎息成疏鑿會稽到此崩

越王臺

越王臺下雨如塵表裏湖山煙樹春誰料破家亡國地卻生嘗膽臥薪人（鄭蘇戡孝胥曰沈著可稱名作）

鑑湖過陸放翁故宅登快閣（閣今歸姚氏）

一曲鑑湖春水清林光野色鏡中明登臨定似放翁興飽看山山雨後晴

岳墳（以下二首杭州）

汗青曾識岳家軍杖屨今來訪鄂墳道左奸臣長跪地牆邊老柏欲淩雲金牌枉奉班師詔霜簡空傳斬佞文廟食誰教等關羽（時岳廟改爲關岳廟）盡忠報國最推君

西湖

湖邊春早柳絲絲鶯囀輕風與水宜草色遙連蘇小墓濤聲不隔伍員祠長堤緩轡佳公子曲港停橈豔雪兒

予亦追隨行樂伴西泠橋畔立多時

春暮歸洛書懷以下歸自游學以後作

風餐雨宿兩年程眼見古今興廢情未洗朔南塵土氣
晚櫻時節入神京

長樂館雅集次鳳岡祭酒詩韻二首

衣上尚殘關洛塵登樓驚見夏光新綠陰全就紅飛盡
又負東山一度春

電燭輝煌酒半醒夜深高會此山亭不關新樹鵑聲急
故舊重逢眼盡青

附錄諸家詩

荒木鳳岡祭酒云不是尋常汗漫程野梅官柳兩關情歸來欽汝奚囊重賦自南京到北京又云不看東山羅綺塵綠陰如水夕陽新平生閒卻風流事獨爲櫻花賦惜春又云惜春詞就酒全醒簾外

風寒怕下亭聽到新鵑魂欲斷萬花紅盡暮山青又云繁華如夢跡茫茫形勝猶存古帝鄉休說西安城外路荒煙亂草冷斜陽

長尾雨山云閱尋興廢萬千程禹廟空山采藥情行自雲中經夢澤便過宛洛入咸京

狩野君山云尊前剪燭問行程話到曾遊空復情煙雨樓臺連北固青山一抹是南京

西村碩園云雨花桃葉記遊程楚舞吳歈尚惹情借問春光依舊否銷沈王氣古南京

近重物庵云載筆雲濤九萬程燕山楚水最關情憐他流寇亂離日不聽張衡賦二京

和湖南博士晴川篇

稅駕神京日開襟江漢時論前宣室席學愧廣川帷非病甘甕牖獻誠思玉墀驩虞王道作弱昧霸謀隨西顧憐蠻觸新歸望契夔殷憂難可輟反覆誦徽辭湖南博士原唱

實用予丙辰遊學臨發述志詩韻者其辭曰昔遇晴川上衡湘告警時形骸勞夢寐星月照籬帷歸纜乘春浪飛驂趁曉墀談論相上下詩酒復追隨鑄錯九州鐵憐蚿一足夔惟君知此意嗟我乏微辭

諸友爲余置酒于嵐山某亭

水閣花殘叫小禽歸來遊子始登臨一條逕細青苔古
五月江寒新樹深嵐峽偏疑通巫峽龜陰宛似入山陰
傾杯弄筆賓朋後卻憶篷窗擁鼻吟籾山衣洲次韻云停杯兀坐聽溪禽小閣如舟岸上臨幽徑逶迤楓陰合餘花寂歷寺門深蟬聲催暑天將午嵐氣成寒山易陰萬里歸來錦囊重勿辭醉誦峽中吟

送內田博士銀藏游于美洲八月二十六日時米價踊貴亂民蠭起

萬國方戎馬神州誰弄戈良民爲盜賊富戶奪綾羅中
夜行人少青天警騎多非除生理苦難阻怨咨歌博士
成均雋潛心經濟科往觀堅陸土茲駕太洋波咀嚼西
儒說救痊東極痾歸來請教我足食法如何

送佐藤學士廣治游學禹域九月十七日

藤生游太學素志抱高尚刑名違世趨禮儀充我餉乘時觀異邦雄心何其壯澄霽瞻秋旻舟楫駕溟漲勉勵明昭質皇天有嘉貺願子作瑚璉獻之廊廟上

九日龜山登高（十月十三日）

肅殺金天賓雁翙凄凄風露下林皋授衣何處催寒織對菊幾年孤濁醪水石鄭王推氣韻（座有江上瓊山杉野僊山二畫伯）文章李杜吐牢騷登高難盡平生興靺鞨征人欲襲袍

席上用長尾子生所攜惲南田畫菊扇題詩韻率賦

霜花采采泛秋英爽氣西山不可名憶得孤斟范陽晚林林黃葉旅魂驚

輓香巖神田翁（信醇）二首（十二月十五日卒）

歲暮窮陰逼清霜餘翠筠風流空洛社煙霧隔桃津崔
尙叨推句王翰許卜鄰生平知己感已矣獨傷神

才名馳上國好古樂餘年耆舊今凋落文章日變遷虛
懷容晚輩臨老愛佳篇華祝嘗違約蒼茫詠輓聯

寄題福島氏（名甲子三號晚晴越後長岡人）讀雪樓

不貪高臥安無待寒光假訪戴每歸來上樓書靜把

輓富岡君撝（名謙藏爲文科大學講師戊午十二月二十三日卒年四十六）

風流公子貴不幸見天猜罵座存豪骨賞春揮玉杯玄
間俄駕駟三長未施材最憶循陔恨黯然使我哀

十念精舍小集二首（行樂社吟集此爲其第一次時戊午十二月二十九日也）

將士堂堂奏凱歸祥雲正見海東飛愧無椽筆歌王業

僧院撚髭倚竹扉
揚雅扢風雄思飛斯文寧可委衰微歐西民氣狂浮甚
放桀誅辛事日非

河堤

河堤霽雪晚徘徊至後新寒春未回湍竹驚風濤勢動
林松含日鳳形開青山爭擁青山出白水斜將白水來
詩思無須驢背上行歌杖策興悠哉

追憶五首

書劍當年西入秦歸來倉卒歲將新文章愧乏驚人句
山水思抽羈世身日照黃河明九曲雲開華岳落高旻
至今遺恨遭霖雨不向畢原披棘榛
秋老已辭王粲樓春來又訪闔閭邱花開南國佳人盡

木落荆門客子愁漢室三分聊復爾吳娃一笑孰能留
東風吹綠俄回棹恨不聽猿泝上游
昔聞騎鶴入揚州余亦嘗乘邗上舟微雪紅橋楊弄水
春風廢寺麥埋邱迷宮不覺隋家夢白塔徒成清室愁
明月長空依舊好司勳狂態竟難求
楚北越南多水鄉晨聞打鼓夕鳴榔題詩虹棟晴川閣
聽雨篷窗白塔洋夢裡不知家國遠尊前且愛楚些長
何時重上剡溪路飽看溪山雲樹蒼
憶上越王句踐臺湖山表裏雨中開高原草碧鷓鴣亂
古壘花飛麋鹿哀雲樹蒼茫生聚地風流蕭索詠觴才
右軍林竹放翁閣今日天東首幾回

歲暮八首

泬寥天地慘窮陰浙瀝風聲園樹林鴻雁哀鳴雲斷續
魚龍潛蟄水幽深夜窺青簡燈光暗曉拂霜空劍氣沈
擾擾人間唯促老愁來聊作暮冬吟

困窮四海日相催昭代寧無變理才人道齊民爨桂玉
吾悲古道沒蒿萊饑禽棲止危巢仄離獸咷號亂穴摧
獨立荒郊霜雪至寒天惆悵首慵回

近日財雄朱頓狂飈輪電掣截康莊石家爭碎珊瑚樹
桓女連齎錦繡裝海北林邱淩艮嶽竹西歌吹壓維揚
何如寒巷詩人富樓閣華嚴彈指光

忍將名教比輕毫瀛海狂風捲怒濤都講似誇鑽穴巧
頑童競習偷香豪草廬誰抱臥龍志蘭砌頻煩青鳥勞
更有鄭姬懷芍藥黃壚醉殺紫葡萄

連年兵馬萬方同輸挽蒼黃老弱窮久厭歐洲龍戰野
忽聞瀛海鳳鳴桐三王臺殿荒荊裡六國旌旗曉日中
安得躋民仁壽域乾坤翊戴　聖皇功
弭兵盟就尙屯軍歲暮歐洲未絕氛隴上執矜總陳涉
岐陽來鳳孰周文西民自古無忘已東海于今獨奉
君春色蓬萊看已近遙依北斗拜仙雲
先皇在御歲時遙嘉穀滿篝風雨調貔虎騰驤幽朔野
鳳鸞翔舞舜堯朝修盟玉帛輶軒盛垂教誦弦丹册昭
垂涕每趨桃阜路恍瞻　神駕度雲霄
嗣極　今皇文德敷拱垂何復數唐虞濟時姚宋和民
志論道召周弘帝謨猛士防冬乘堠障勳臣錫寵使桑
榆定知尊俎能寧謐閒殺憂天一腐儒

大正八年己未 四十二歲

己未元旦二首

紅雲擁日曙光新喜躍豈唯王土民萬國盡銷兵馬氣
一家雞犬共迎春

三歲始逢京洛春插門松竹色鮮新妻兒圍桌偕稱壽
椒酒一杯甘我貧

聞中山白崖（親和）掛冠賦贈次其詩韻

桃李始嘗栽柳池（柳池校名爲京都小學教育之祖）清風橋院幾年吹
（君爲大學事務官執務醫院頗久）欽君晩遂歸田志林下逍遙好詠詩

送島華水（文次郎）航往西洋

文學家聲久乘春作遠遊花嬌經北美月淨入西歐危

國王逃走空郊鬼嘯啾君看興廢迹賦就早相投

上苑春日

上苑風微韶景明繚垣徐步弄新晴流鶯近囀誕生井宮東北中山第址有祐井係明治天皇誕生沐浴所用云垂柳深藏御覽櫻在宮西中立賣門內後水尾法皇所垂叡賞云林表青山霞淡淡池邊淺草水盈盈行廚士女多遊樂仰見皇天德澤平

春日過禁苑偶成

桃櫻半綻草新萌黃鳥隔林三兩聲北苑春光堪賞處辛夷如雪照顏明

御苑紫藤花

禁苑風柔午日光老藤垂蔓紫英長拖筇探蜜忘歸去吟客狂蜂各自忙

八幡祠

八幡祠外草萋萋時有斑鳩恰恰啼簾肆貪閒村媼話
不知金棟日將西

北郊京洛園摘莓實

莓熟郊園紅玉圓提攜兒女摘晴煙雙籃易滿欣其大
萬顆盡肥驚許連下盌糖霜皚屑屑繞匙瓊液紫鮮鮮
滇南荔驛知多事妃子須栽梨圃邊

芳野七首

春遲芳野雪初消次第花開張絳綃昨夜平安櫻已謝
幾回飛夢到南朝
芳野櫻花天下聞風光戶誦國風文直從山口連山奧
一白茫茫都是雲

金峰宮殿草蕭蕭長憶　君王恨未消花白延元陵下
夜依然月色似南朝

黝扉猶見梓弓歌髫塚荒山暗薜蘿平日不揮丈夫淚
今朝感慨爲君多

忠臣遺烈壓花王萬代千秋名姓芳扉上梓弓歌一曲
無人不泣意輪堂

老木蒼巖園數弓荒祠忍說是行宮夕陽誰與論心事
立盡磬殘花落中

父子英雄護塔王四櫻猶放萬年芳惡詩不及盲詞壯
安得李華賦戰場

次福田靜處韻卻寄　五月

憐子憐妻子傷春新寄詩葬兒歸有我　習卿兒三月廿七日逝　奉

母養于誰花木空揚色山河相助悲缺如行樂興久廢手中危

送武內宜卿學士義雄之支那

寂寂春將暮征帆逐去鴻藏書尋杜下問俗到江東絃誦今何在烽篩尚未空待君回棹日興化壓文翁

東山春雲樓宴別歌

大正己未夏五松本亡羊小川如舟原勝郎三博士奉命航往歐洲亡羊先生將經南洋印度如舟先生則深入露南行邁有日而田子銀博士偶到自歐米於是西京大學文學部僚友相謀設宴東山春雲樓洗塵送旆余亦在座作長句歌之五月十六日

諸公挾册上講堂儒雅春容英風昂鳴金戛玉在東序
人文陵轢漢與唐紫鳳銜命自東至雄飛八方各騁轡
余也生晚廁其間聞之浩蕩動壯思亡羊先生今學宗
內典外典羅心胸窮理之餘探石窟摩挲畫壁剔苔封
江南塞北芒鞋遍南海身毒思印蹤希羅又作城墟弔
使我神往伴瘦筇如翁平生縮地術環九萬里裹糧出
片石穿涬鴻蒙前海澨幽討原人室萍果羵羊笑尼宣
崑崙縣圃事皆實乘槎煙濤入俄南唯恐山中滯王質
原侯矯矯卓不羣縱横史論擧世聞跋涉應同漢太史
觀察不比吳季君近時德邦議和睦白野法山豁戰雲
聯盟竊疑暗蓄患未知乾坤能掃氛卽今生民爭衣食
邪說横行過楊墨辨王斥霸多牽强正理公是復誰得

雛鷲翔舞鳳在笯朱門肉臭儒菜色爲淵毆魚臥積薪冥思仰天幾嘆息新歸可悅田博士豈啻讀書徹表裡經國濟民意所傾舟中講說海洋史足食前年曾請益東航一記眞予起諸公所求非細小源委糾錯理竅窾展效邦家請勉旃臨歧無奈勞心悄洛陽五月萬木幽簾前置酒東山樓迎來送往感離合飛觥未已月上邱忘形賓主語交膝明日雲帆去難留暫別不用惜黃鵠早歸神州恢皇猷

題福田眉仙所畫秦川秋旅圖卷 六月

眉仙手持一卷圖百里命駕來訪吾示吾秦川秋旅畫忽覺雲山湧坐隅憶昨來往長安市日傍秦嶺與渭水今觀此畫盡入圖游蹤一一可歷指積雨始霽氣鮮新

瓜田不飛青門塵南山回望青若黛灞橋楊柳黄依人
橋東遙看新豐樹嵯峨驪山臨大路鴻門不知排闥處
華清泉滑噴成霧銀海金棺土一堆皇帝枯骨空黄埃
驛樹引行華州道渭水漸遠華山來嵂崒三峰摩天上
決眦亂雲心胸盪劉徹求仙竟難求承露空傳仙人掌
潼關形勢擁湯池一夫能當百萬師今古英雅幾成敗
路傍唯留楊震祠當時此地我經過往往抽思詠詩歌
豈若畫手妙揮灑片紙尺幅收山河對此再作秦地想
彷彿駕車踰坡陀我固昧畫何說畫君畫既似脫流派
西技工形藐其意南法重意形則敗西技併取南法神
不怪沈著兼痛快君更攜有蜀中卷從横掃卻天邊棧
精緻能伍范李徒疎淡堪比倪黄選蜀中山水我未覩

推此神似不待辯方今圖畫頗多門幾人眞知造化尊
聞君近將遊吳越歸來知必奪化根題君此圖悵歎息
世上畫師何足論

柬矢野一仁學士 六月

羣盜入富家强奪散倉庚赫赫執明炬放火及牖戶主
人袖手觀煙光照鄰宇鄰人急出救擧椎壞牆土鄰人
爛額奔主人瞋目怒何以壞我牆牆壞汝速補鄰人仰
天歎主人一何魯以子偏疎虞致災延我柱子災子所
招我災我豈敢壞牆不得已我欲護我堵壞牆論區區
危堵實爲汝近者膠澳事引例可比伍野兄有卓識前
年遊費府寄信托飛鴻深衷向余吐同嗟鄰交疎論陳
張旗鼓學士寄書曰我之於韓支也非本意攻略也歐美諸國倚依其積年之財富樹立所謂經濟的

帝國主義者壓迫亞洲日漸一日而韓支兩國弱衰不能自立當是時苟欲免西人之侵淩我今日之所爲則萬不得已也兩國有識之士未能解到大勢若此深可憾也次言風敎衰師道類商賈衆庶智未開議政權難予學士書曰敎育家之見侮今日爲甚而彼遂未能棄其地位者以彼恐失其職也余故曰敎育不振之患存于敎育化爲事門職業今欲敎育之振興則莫若使世人先知敎育之可貴也敎育猶且如此尙何普通選學之可說下言貧富爭慷慨淚如雨驕富恣殘忍救貧戒莽鹵勞者若無慶富者焉多祜學士書曰勞働團體一說世論囂囂其說無必不可雖然至要莫若使資本家一飜然醒覺改易曩日之態度夫資本家之虐遇勞働者其害不獨止于勞働者亦足以馴致資本家自己之累也句句皆名言言言出肺腑自我不見君春秋四代序依然恥阿蒙企言思踵武情懷付燕章波濤暗遠浦裁書向君去知君定何許讀史倫京郊問俗法都圃歸期應不遠客土愼寒暑待君回棹時往來數相覩嵐峽林如錦琶湖鱠似

縷同共傾一杯從橫揮玉麈

送岡崎櫻洲學士文夫游學支那六月

跋涉山川志始舒浮雲天末渺愁予拾遺猶未成三賦
太史終應著八書秦塞寒煙征馬外吳江落月泊舟餘
安危論就裁風雅待汝佳篇付鯉魚

嵐山洗心閣社集分韻得心字

寂寞招提境友朋來遠尋晴煙開綠野湍水帶幽林鳥
哢窺人影室虛生道心嗒然忘我處似聽采樵音

又得初字

檻前幽草秀花餘林下青楓葉盡舒文囿竝驅洗心閣
一時人物憶黃初

追懷籾山衣洲己未七月七日在大阪寒山寺設筵追悼

詩酒相知海島村（予識君在臺灣）山林賴見布衣尊春風對坐
總如夢蛺蝶翩翩南菜園（園在臺北城南郊數里卽藤園兒玉將軍別墅也君時寓于此）

贈羅叔言次其留別詩韻二首（羅詩云八年浮海鬢成霜魂夢依然戀首陽他日盲翁傳話柄小臣有墓傍先皇）

滄海橫流怯履霜忠臣誰復起南陽如今唯有采芝老
卻自山中思漢皇

蓬山采藥久經霜復駕雲車發海陽無乃先生嫌地淺
故將移住近羲皇

次惺軒博士詩韻

戰罷陰陽未必和狂風四海見酣歌足兵足食事寧小
敎地須揮回日戈

答包敬士先生

夢裡常相憶別來年又周空望四明月又隔墨沱鷗東
土衣冠盛西京山水幽儻回千里駕塵耳洗清流

至洲本訪從兄江口雨田雷次郎軍醫留宿書懷

二首八月二十一日

五六年來迹如夢濤聲松影感偏長相逢畢竟先何說
君病雖閒我伯亡
窗裡併容山海光盤中又見菜魚香天倫樂事尤堪羨
兒漸成人母故鄉

夏日偶成

湘簾如水暑威加庭樹炎天影不斜孰與先生勞涉獵
蝶蜂爭趁碧梧花予時寓鶴山巷樓前有老梧一株

始擧男兒志喜且言期望因以命名兒泰平以己未七月二十六日午前八時生八月四日名之報于閭

墮地擁懷非錦繃呱呱疑已不凡聲顯揚先祖尋常事
庶使東方致泰平菱華學士惠和云頭玉磽磽出繡繃他年何啻耀家聲命兒知汝還深慨四海風雲尚未平

菱華學士青木宗太郎號菱華散人次余夏日偶成詩韻見寄乃疊韻卻寄學士詩云蒼梧翠竹影交加遙想閒吟一榻斜不是先生勞涉獵中年吾已鬢生花

往事蒼茫感慨加酒詩君每墨痕斜中年何用嘆霜鬢
夢裡須生筆底花

見菱華學士所寄香浦畫信片因憶霞浦舊遊而賦次前韻

岸樹汀煙碧轉加櫓聲咿軋片帆斜分明猶記湖天曉

滿目芙蓉出水花

菱華學士再寄詩乃疊韻卻寄三首

近來狂杜酒量加想見階前醉步斜玉樹芝蘭識多少

揚州休賞竹西花此首聊戲之也學士再疊韻云閒居自笑酒量加午下銜盃到日斜遮莫

文人才子夢卽今祇有眼生花

江湖載酒興逾加一棹乘秋忘日斜定有吟懷如白傅

夜深蘆荻出燈花

潮去潮來潮勢加素帷白馬月輝斜何時大洗磯頭閣

斗酒雙螯弄水花學士三疊云舟入潮來詩興加紅樓遙指曲闌斜喧啾蘆虎秋猶淺滿地

菰蒲未著花

下鴨里糺林清心軒鴨祠祠官客房名社集探韻得支

會者惺軒愛山誠堂藤山洛東及余二首八月二十四日

穿樹淸風渡水吹簾前蟬咽擁杉枝閒房半日堪逃暑
三五同朋來賦詩
滿街車馬逐涼颸臨水縛棚傾玉卮恰是都人歌舞地
方逢我輩苦吟時

和寺町愛山雅文移居詩

平生文史惜三餘卜宅新從滿架書未必秋風憐寂寞
草玄將見子雲居愛山詩云都門作客卅年餘辛苦支貧未賣書今日秋風吹我冷笑從棃巷賦移居

和菱華散人詩七首

散人用予花字韻凡十疊寄來予乃酬之
曰高和十章愈出愈妙兄將用楚人雲梯

之攻僕亦不屑鄭伯肉袒之降聊復賡數首勿惜郢斤之弄

文氣酒量老更加勿言前路景光斜糊塗今我甚於子誤把菊花爲菌花和四疊原倡云慚把黃金換五加百年但是夕陽斜叮嚀責子徒爲耳只合淵明醉菊花

佔畢幾年清職加每歎文教日衰斜餘生唯欲勞刪述無意兒曹榮帽花酬五疊原倡奉賀陞任敎授云儒官陞賜寵榮加從是清塗不陂斜應有述刪酬聖代君家五彩筆頭花

粵脚燕伶譽互加金蓮蹭領柘裙斜何圖千里東西隔君賞碧雲吾畹華華字借花音畹華梅蘭芳字也今年夏予在大阪中央公會堂觀梅劇書肆彙文堂輯品梅記爲繙譯梅郎所演崑曲玉簪記琴挑一齣和六疊予原倡序云八月念四日淺草吾妻座觀支那女優趙碧雲三氣宣王劇作其辭曰阮咸鉦鼓樂聲加羅綺登場繡幙斜恍聽碧雲歌幾闋美人

妖血慘如花

中歳獲男鍾愛加憐他豐臂玉筍斜放縱或似離羈馬

防護恐如窖裡花

謝散人賀予生兒兼酬之

錦街啜茗雨聲加甫里論詩日脚斜春去秋來同賞幾

池郁黃葉墨隄花

洛地風光秋最加山林張錦碧溪斜祇將待得黏生到

同喫川魚賞葉花

右二首和七八九疊憶舊遊作原作七七疊云麥綠菜黃春色加天王寺畔酒帘斜吟行攜手廿年夢日暮村南去賞花八疊云雨後澄江水勢加與君同放扁舟斜記不塘上春正徧緩棹飽看滿岸花九疊云八瀨大原秋意加離宮門外路斜斜于今遺恨不同賞御苑霜楓紅似花原作十疊予無和作原序云東京驛前偶迎西園寺老侯侯之是行世論尤其攜愛婢自隨然僕之所見若是詩曰門地聲譽蔑以加風流瀟洒角巾斜頹齡持節歸千里勿問帳中一朶花

日日倡酬詩興加破顏一笑兩肩斜元輕白俗何須問

情極眞時筆化花又疊前韻　菱華寄詩云公與丕才十倍加蒹葭倚玉笑歌斜文章經國君當任消夏聊爲競筆花且曰以此爲大團圓

讀袖浦竹枝寄菱華散人散人時自稱長洲吏隱仍用前韻

海門嘯傲巨杯加嶠角日移猪鼻斜似把沆瀣勸我飲天西八朶嶽蓮花竹枝詞原五首今附記其第一第五兩首曰羽衣松畔百花紅猪鼻臺前一水通袖浦誰言無土宜河東獅吼海西風河東句原注云土佐語千葉名物嗅天下仁加良都加勢又曰袖浦平沙千頃開遊人散盡暮潮回夕陽將沒芙蓉紫大月早懸猪鼻臺

陸文正先生第十三回諱日書懷二首九月三日

十有三年流若雲世間橫議益紛紛操觚枉許春秋筆不見至誠憂國文

咫尺容顏儼若存蟬聲樹色易傷魂茫茫今日吾誰適

來哭先生埋骨村

領得文學博士學位書懷九月三日

平生學壘欲高攀世上名聲好是閒叨伍羣賢稱博士

何如身列古人班

嵯峨郊行

蒼空秋日淨野竹帶晴煙柹熟逢兒打栗香聞婦煎平

原行欲盡峻阪忽當前已辨清瀧近淙淙脚下泉

清瀧

幽境環峰底清溪斷峽中巖湍翻雪白霜葉染花紅魚

影敷平石鳥光入碧穹悠悠濠上意不復問窮通

中秋大雲院社集三首十月八日

人生行樂耳宜不問窮通試見雲間月弄輝盈缺中

月白無雲影清光地上流年年今夜色不及此中秋

更深雲散盡衣袂夜涼通倚檻難成句青天月正中

又

同社人皆集堪繼昔賢流明月團團影能賞幾回秋

送小川如舟博士西航次其留別韻十一月

樹葉染丹天隕霜壯心浮海復投荒九州君已嗤鄒氏

一枕吾空夢帝鄉象鳳林間秋弄影珊瑚水底曉搖光

巽風裁入輶軒語待托飛鴻寄震方

送物庵理博再航歐洲十一月

東海流通西海流飄然乘鶴問前遊俟君變化鍊丹術

爲解黃金白髮愁君在京都大學主金相學講席王維云白髮終難變黃金不可成李夢陽云黃金白髮愁殺人

己未歲晚二首

嘗住東都學簡編西京卜宅亦悠然今宵屈指渾如夢
自出故鄉三十年

頭痛涔涔憶陳檄牀無蟻鬬耳雷聲自忘憂苦憐渠小
半歲病兒連叫嗚

豹軒詩鈔卷七

豹軒詩鈔卷八

北越　鈴木虎雄　撰

大正九年庚申　四十三歲

庚申新年

息馬放牛天地新困窮萬國奈斯民朱門白屋休爭鬬
東海須迎別樣春

賦得歌題田家早梅

隱映茅簷與竹籬春光深淺數花知縱然風雪逞威虐
開自南枝到北枝

萩野和庵由之博士以其所著禹域游艸詩卷寄
示賦謝

憶昨曾探古九州文章愧未錦囊收一篇禹域行游艸
仰見元龍百尺樓

贈曾田文甫（號靜庵周防人居相國寺北門手寫孝經一千本頒人新築講堂名曰勸孝頃者市上獲山本亡羊所製茶碗名曰勸孝碗）

洛北有奇士日臨明義篇自居名敎地常樂月花天林
外溪三曲窗中山半肩笑持勸孝碗傾酒又煎泉

賀野上雨峯翁（名知哲僚友俊夫博士嚴君）六十

躬陟六旬母八旬兒爲博士宦成均不知清福何由得
定自一家和樂春

雨山詩伯壽蘇筵席上（二月初八）

仲春陰曆臘猶殘高閣登臨靜凍湍風節當朝思氣骨
文章謫海捲波瀾尊前知己曾誰在壁上遺容今我看

冥漠神交讓山老且逢斯日共成歡

送鶴陰織田博士以帝國學士院會員奉命出
赴白耳義

扶桑初旭照崦嵫鴻博輶軒絕海馳到日講論淩白虎
昔年吟醉解金龜深懷孤憤韓非子分說三權孟德斯
劫後民情何處定歸來應有計匡時

春日雜詠十首

秀麗山河冠萬方崇蘭轉蕙見風光乾坤一夜櫻花發
天地化成錦繡鄉

鶯黃楊柳帶紅霞流水金溝響不譁遲日暖煙芳草裡
人人來賞上林花

鴨水西來鷹水東鳴鑾漱玉映蒼空流花時點浣紗上

第一橋頭楊柳風

祇苑祠東老樹櫻春來爛漫滿山明都人何以酬花績

付與黃苔邱一成

平康院院自春風墮髻泣粧裙子紅相約與歡攜手去

東山總在百花中

金鞍玉勒躍青驄嘗屬嫖姚西破戎今日昇平無事甚

看花來上梵王宮

飛樓結閣俯溪泉朱塔青山花欲然賽去賽來清水寺

綺羅男女盡神仙

豐公廟北竹煙青僧舍磬殘聞誦經松外山櫻無限好

更無人訪郭公亭

清水南行是彌峰石梯千級出雲松韶華堪比醍醐宴

廟下花深紅雪封

日日看花日日忙人言我是爲花狂家居悶殺杜工部

鄰近恨無黃四娘

庚申天長節

萬國和平歌大康　三宮影下拜容光外人何解神州

事寶祚長於天地長

賀小川鄉太郎博士新婚

同本芙蓉並蔕新雙飛孔雀和鳴頻從今共住瑤池上

待見桃花萬遍春

瓢亭飲集迎青山鹽谷先生時敏爲賓七月

秉燭東山夕薰風侍坐清文章憐寂寞道德仰崢嶸逸

興游魚躍高歌宿鳥驚蒼茫過二紀猶憶向陵情

題大石良雄頌牡丹圖 爲東京義士會屬

太守擊劍眦欲裂高家貪奸面濺血柳營弄兵法所禁
君侯呑恨入泉穴五萬世封竟難保復讎倡義倚邦老
不爲私室留兒孫卻頌花王貽舊好瑤葩瓊蘂綠衣裳
年年春風吹天香工人寫出畫圖上名花忠臣共流芳

池谷觀海曰唯是平敍然於收束處見搖曳之趣

清閑寺聽鵑偶述 七月十一日行樂社集課題

近聞靺鞨信凶獷逞橫虐 時有尼港事變 同胞七百人殺戮屠
且磔街屋破燒盡渠溝流血碧慘淡古未聞怛然驚我
魄今來清閑寺喬木蔽山澤西望鬱陰雲杜鵑聲裂帛
汝亦識我情冤鬼與共惜嗟誰招此殃咄咄肉食客

村居雜詩十二首 八月

雞鳴東窗白鳥雀驚我眠披衣著矮屐逍遙籬落邊離離樹上日依依草際煙候蟲送曙急欄花帶露妍稚女亦來到相攜步園田田區雖不廣野蔬畦自連蜀黍八九尺芋莖十餘聯錯落紫茄大縱橫黃瓜圓采擷滿衣筐相顧共欣然阿母理上膳滋味勝擊鮮自我違此境倏忽三十年或恐迷往路徒貽賢者憐何時遂初服悠悠全我天池谷觀海曰野趣盎然攜子歸省侍老親八間至樂莫過焉詞穩語圓尤見眞情不可掩矣

晨行東郊道四面盡水田玉露溥稻葉清風吹白蓮已見耕耘者荷鋤向遙阡丈人與我語止步視禾巔今歲風雨順嘉穗秀挺然若無螟蝗害秋穀必有年薄酒聊可飲買布不乏錢質言有妙味使我樂忘旋池谷觀海曰敍老農

言氣味近少陵然其筆致安舒之處自是作者之本色

歸家始數日故舊叩柴扉因話近年事事事與往違東家問張老新墳竹柵圍西家問李二墾田北海飛南家問阿玉已嫁織寒機北家問阿桂長病氣息微老者固已矣壯者且日非天道有消長不宜說祥禨保身願強健力作防寒饑生生善孫子一家雞犬肥無事把耒耜有事著戎衣上奉　聖天子下能養庭闈邑子苟若此足以揚國威吾意亦至樂何歎舊識稀 池谷觀海曰敍事周匝工整前半問訊之處不遑應接一轉善譬暢喩諄諄切至其德薰人也可知矣

世態貴驕奢里俗與時移途逢一壯漢靡麗公子姿戴帽非麥稈襯衣是纖絲戒指黃金耀葉卷紫煙吹操縱自轉車雙袖孕風馳小農初入贅駿馬絡金羈中農新

嫁女寶裝十輛隨況聞吉凶禮杯盤糜鉅貲借問何由
爾賣米富其私米價雖踊貴費大必有斷鬻田買股劵
冀獲市利奇奇利未及獲股劵價不支多陷駔儈計蕩
產失所施豪家益兼幷貧家益窮疲嗚呼戊申詔奉行
者是誰池谷觀海曰近時上下驕溢無度此弊不救則有衰頹而已此篇敘閭里之狀委曲而徹確乃知北越之地亦猶吾駿也可以供大正風俗史之資料斷非徒作矣又曰驅筆而下若騏驥走熟路珠玉轉金盤僕欲呼靜軒翁於地下使之一誦翁必將言公蓋撰大正繁昌記也
農家元朝禮里正過門首隸曰里正過主人先候久跪
坐積雪上拜送額加手尊卑昔若斯故老誦在口今人
說平等上下復何有事事相犯校物物失制守謙讓爲
卑屈愎戾以誇負不見露與支御馬索已朽池谷觀海曰所謂下刻上者歟

憶年八九歲膝下學讀書朗朗十百遍厭厭已倦余童
朋四五輩喚我立庭除令嚴不得去睫淚潸漣如孤懷
存往事歸臥有敝廬戀戀視屋樹歷歷教訓初所愧爲
人子顯揚少孝譽

舍西長樂寺寺南一小邱是我先塋處喬木參天幽我
祖眠其下我父亦茲休隔田望隴畝墳墓鬱環周墓中
多相識悲風下松楸人生若朝露形軀難久留不有身
後名百年徒悠悠池谷觀海曰第五至第九大率敍幼時嬉遊事此詩獨異望先世墳墓而感慨係之其調在漢末魏晉之初乎

舍北竹馬逕田野別成寰吐穗禾麥盛桑條綠堪攀極
目江樹外削碧見彥山風景依然在今我獨往還池谷觀海曰語意蕭散味乃不盡

少時好垂釣一竿曉出門野徑薔薇發江岸流水渾始求渟滀處巑岏老柳根輕風吹釣絲視筌終日蹲漸見蚯蚓盡轉苦鰕蟹繁欲去偶擧鉤不覺大鯉翻追思當日事其樂不可言池谷觀海曰僕實同此感

長日聊乘暇冒暑曝簡編父祖勉校讀手澤見附箋珠玉韞櫝裡不知若干年我若不鈔出蠹散化雲煙兀兀役楮兎忘卻汗如泉池谷觀海曰父祖積學積德而世多不知博士今日蔚然成家僕知其淵源之遠且深也

餐後一沐浴紵衫熨糊新手搖白團扇涼榻雙脚伸清風林下起屋月皎如銀豈獨家眷屬笑語雜比鄰秋稼熟幾石嫁娶畢何春不知有貴賤何問富與貧夜深各散去皡皡太平民池谷觀海曰意態歸閒綽清風明月之下爲良夜之笑語眞得皡皡如之

趣

兄弟十四人寥寥唯餘二鞠育母氏勞惟予居其季憶昔童蒙時貪果膝前戲唐詩若干篇微吟使我記和歌小倉選背誦幾覆試駕乎柳母賦勝于荻畫字母氏今八旬矍鑠稀比類聊欲共家慶會鄰設酒饎願母保椿齡孫子永相侍

池谷觀海曰豹軒博士村居雜詩十二首起筆母氏理食膳以會鄰祝母氏爲卒章首尾呼應中敘許多情趣面目隨變煥乎近時文壇之偉觀也僕不啻以詩見之表其母氏之賢家庭之儀與博士至性之美以勸世人取範於此云

歸鄉

客子年年來省閭村中轉覺故人稀低頭無語茅簷下落日寒蟬悄倚扉

過鎌倉極樂寺村　九月九日

籬落薔薇長海煙不知孫女戲堂前濤聲嶽色依然在
苫屋秋風十四年

悼小島義卿 義卿一號松石其廬在長樂寺南　九月二十九日

寺南誅縛小茅廬野色蕭蕭松石居骨是近仙耽飲酒
心常憂國愛觀魚肩隨相待通家後琴絕俄遭落木初
鄉老年年凋瘁盡何堪北望哭喪車

江齋社集 十月二十七日是夜月蝕

江齋洛社例相看良夜來追文字歡東嶺雲消明貝闕
中流水動湧銀盤已憐靈雨洒餘白復惜貪蟇吐後寒
共在人間見盈缺不知天月本團團

又

不見中秋月幸逢今夜明蝦蟇忽來食似惡十分盈

鳳岡祭酒春雲樓讌集 十二月六日

歲序屬窮陰興情抱悒怏邦黌未云盈人有勞生想大
賢領成均三事常掖獎公堂自從容幽襟冏曠朗東皋
延彥英層軒就清敞林木斂霞彩澗泉細鳴響衆山遙
對酒遠水平如掌文侶各相命雅才何澹蕩敎原或在
斯豈惟翫物象卽事歡調同探懷詠心賞

庚申守歲

窮陰歲節復遭逢感往猶思來日悰劵紙始焚半生債
書塵且掃一年封芳香杯泛涓涓酒綠影門交細細松
懷裡眞如魚縱壑微吟坐待五更鐘

大正十年辛酉 四十四歲

辛酉新年

雞鳴日出海天紅金殿衡茅曙色通自有山川環紫極
亦看梅柳映寒叢萬方玉帛同盟後六歲干戈載戢中
朝賀獨悲停例御連傳內召下 儲宮

若王寺矢土錦山先生祭筵一月七日

麴巷當年問字過英魂一旦返山阿寒梅香冷若王寺
猶憶嗚嗚酒後歌

和膽山翁八十自述二首

已過古稀又十年年年歲歲累加年悠悠詩酒娛情性
容易春風迎百年

古皇二萬八千年彭祖傳聞八百年誰以先生爲得壽
蒙然猶是稚童年

清風閣壽蘇筵贈雨山主人（十一月二十七日）

年年攀古飲山閣復來過哀樂何時已風流此日多清
尊傾北海豪興壓東坡屋角斜星漢尚聞湛露歌

漫吟三首

一日狂風三日雨出門何處認春光輕紅未上櫻花杪
惱殺柳條催淺黄

貪着看花忘老催平生不飲亦攜杯應門多鎖君休笑
一日出門遊幾回

鄰寺櫻花已滿開祇園花發例同催追隨滚去看花隊
遮莫紅塵拂面來

輓高野竹隱（四月十日逝）

野老詩名久京門晩識君清高巖竹秀幽墨谷蘭薰幾

共淺深酒細論今古文可堪蒿里曲哀奏向春雲

送小柳柳柳子司氣太之支那

春風冰未解借問是何時覆卵毀鸞鳳連根剗葯蘺景山哀宋子黑水憶湘妃君將入西伯利歷訪興亡迹應揮淚萬絲

陪默容師薄遊宇治作五月十五日

飛錫來相訪京郊薄共遊一篙山水綠孤寺石泉幽問理忘塵俗論心繫世憂不嫌歸去晚渚坐對閒鷗

詩仙堂石川丈山二百五十年祭追懷成詠二首五月二十三日

一曲淒涼蟬水歌戰場歸去老巖阿嘯樓明月梅關雪林下清風依舊多

三十六仙楣楯間野巾相對一身閒風流何獨論辭句
心術不容王半山

夏日草山寺在深草里僧元政棲隱處社集六月二十六日

梅天漏日破淫霖負郭青山曳杖尋疏石小庭閒草色
幽花密樹好泉音逍遙不隔前賢樂寂寞長思獨往心
欲弔遺墳何處是三竿翠竹鳳悲吟

哭佐賀東周學士君學于大學卒業後住持建仁寺兩足院

鴻都才雋盛逸足固空羣歸佛仍聞道篤行兼好文竹
摧新積雨鵬破絲堆雲老宿凋衰日何堪更哭君

山田岳陽謙吉贈金陵遊記賦謝七月

吳楚江山宿債殘歸來三載賦遊難臺城楊柳鍾山月
翻向金陵記裡看

題阪東貫山所畫泰山四時小景四首

翠柏紅牆廟貌雄風煙直與帝居通羣靈絳節朝天迹
總在冥濛山色中

采藥誦來玉簡文蒼崖下聽澗芳薰奔雷忽過泉聲大
鶴出松巢人入雲

槲楓霜染半林丹山翠分明映錦湍斜谷晚風翻白紙
登登遙響打碑寒

日觀晨躋叩帝宮雲天嘗指海波紅幾時能更淩風雪
燒糞煨芋石室中

山中遇道士 追憶

碧霞道士好容姿手執山中三秀枝自說經過秦漢代
又逢清帝奉禋時

華神堂社集四首 堂在等持院東蘆田某氏別墅 七月二十四日

常歎一字貧猶愛苦吟身半日僧房坐詩成願有神

逃暑似逃貧西東遷此身竹林風忽動水檻欲蘇神

雲生竹不貧涼影欲埋身急雨懸簷瀑池魚躍有神

憂道不憂貧應當吾黨身請看文字底誠實感人神

觀音寺 在泉涌寺北 八月一日

山閣平臨碧樹梢北窗甘受亂蟬嘲人間苦熱渾忘卻
枕上清風自在交

碧梧吟六首

牕前梧樹十餘尋白日炎天碧葉深我輩不須勞苦詠
蟬聲替作鳳凰吟

屋矮暑天蒸蘊隆祇依有汝蔽炎空婆娑枝葉分寒色

阻絶塵埃送冷風
不鍊金丹不羨仙聊安所止任彼天吾家自有延年術
梧下枕書白日眠
或有隱几寫解嘲未能焦尾伍簫韶多翻月色優脩竹
早報雨聲同碧蕉
夏花撩亂華簪仄秋子累垂黃玉攢樂府言辭微託興
門垣出入美人看
我家鄉里南軒外亦有高高許大梧王父先生聞手植
每逢風月憶彼株

園木雜詩十首

辛酉八月歸家起行庭中樹有舊行皆往
昔父祖弟兄之所愛植悵然動懷遂成十

絕句題曰園木雜詩

東井傍生一柹樹枝如碧織四邊開猶思丱角趨庭日
秉燭深更摘實來

老楓呼做奧州簾形若鶴翔葉細尖憶得當年風月夜
先生對此弄吟髯

春至辛夷花盡開條柔葩紫照蒼苔摩天上壓公孫樹
聞道太姨幼日栽

紅櫻瓣複還堪愛社後年年發豔芳何日半幹被砍去
籬東應近減春光

綠陰全就樹扶疏早有新蛙鳴繞廬細雨花明紅躑躅
年年五月照堦除

梧碧南軒曉日涼捲簾庭木自成行可憐含露團團影

篁底一叢花紫陽
梧邊原有黃金桂年久葉疎樹漸衰彥嶽先生恐其死
倩人栽向北庭移
先人遺愛紫薇花何事至今猶鎖葩昨夜南風炎暑劇
朝來已見泛朱霞
北庭老柹四三團秋晚果紅映白扉味澀不蒙凡俗賞
大兄借號意尤微
百尺喬松隣柹蒼梢頭明月皎如霜唯今館廢風光改
無復青衿倚檻望

還家

還家不是錦衣身儒服蕭條感慨新冒暑歸來緣底事
爲尋八十倚門親

贈姪終一入營

爲將爲兵何足論戎衣一旦入營門忠臣孝子途非二
勸汝平生服此言

訪小林士維於今朝白郊居（長岡城東　八月二十日）

一別悤悤十六年交情相見每依然清談剪燭今朝白（地名）
滿地清香階下蓮

習卿兄墓

雖告弟歸魂不回墓門新樹幾徘徊哭聲難徹黃泉底
手捧秋花掃碧苔

小島義卿墓

神劍峰青返照前江村喬木尙依然不堪鄉老年年減
獨立無言墓畔煙

送人之朝鮮二首

箕邦赤子盡王臣惠澤須敷率土濱里巷有時逢父老
爲言幾處尙頑民

江上荒涼箕子祠山川滿目盡含悲君行猶幸逢搖落
不見春風麥秀時

頌四章 九月十一日

帝子西遊辭 聖君樓船淩駕海天雲觀風二萬三千
里開國以還曾未聞

鐵艦堂堂度海洋仙旌四訪德威揚黎民盡仰眞王氣
萬國齊瞻皇極光

萬歲歡呼溢道逵人人迎拜綠門時乾坤已動昇平象
天日煌煌 太子旗

今上之儲　先帝孫東方累仰　聖人尊將來定見眞
天子紫氣已當仙洞屯

湖月

湖天逢月上山寺最宜秋一片玲瓏色無邊浩蕩流

杪秋遊嵐峽坐大悲閣惺軒博士同往十一月十七日

惺軒博士今經師廿載論交我肩隨往往出城遊伴我
此日復遊嵐峽陲嵐峽秋老山色靜桂川水落禽聲冷
扁舟溯洄棹碧流百尺潭倒錦樹影棄舟直上大悲閣
俯視喬林指棲鶴龜山倉山近來追夕霽遠天明城郭
我生平日厭囂紛每來山中輒欣欣苟乘興時乃命駕
同賞同調幸有君雖則同賞異其旨我翫其象君其理
葉落花開觀物情鳶飛魚躍愛流行洛橋聽鵑邵康節

霞池吟月王文成我于數公固無分偏臨風景命欲拚
文章千古聊自期窮通禍福多不問仰頭偶見風雩軒
吾與點也有孔言坐軒端拱恭默默詠歸之意此暫存
嗒焉忘卻歸路暗一杵晚鐘驚二魂

辛酉臘月出南驛敬候　攝宮駕二首 十二月十三日

憂虞問寢潛淵際孝敬上陵躬祀時萬戶旌旗臨閣道
九天霜露下瑤池行瞻日月扶龍馭近報乾坤裁鷄師
翊戴　攝宮民意一神州振古勢無移
天寵神州靖四方　祖宗緜德及　儲皇已從鴻典攀
宸極仍自青垣攝國綱京洛山川生景象園陵草木有
輝光今年微命尤多感出驛再迎韶樂長

儲皇攝政告陵畢　駕入大內賜謁臣民余職

叨學官列忝參進感恩紀盛二首 十四日

上林霜木帶冬曦鑾輅輕飈向殿移細想五雲回御座
周傳百辟序朝儀入簾蒼翠山河色負扆端莊　龍鳳
姿震位乘圖天曆數贊颺　令德苦無辭

萬古銀潢一派流金甌無缺是神州羣方漸拱天中極
寶位今瞻殿左頭日色忽臨華紱動珮聲徐向玉牀幽
彤庭荷寵眞何幸咫尺　溫顏陪列侯

鳳岡祭酒山亭宴

陰陽短景又相催高閣聯翩共上臺漢室文章推董馬
梁園賓客憶鄒枚江邊木落橙螯美天外霜寒鴻雁來
擾擾浮生多感慨唯當一笑盡歡回

又三首

金鑾草制天四子玉案修文竹隱翁聚散一年猶不測
喜悲須付酒杯中
往昔嘗從鄴下歡高談不覺曉星殘今朝重上東山閣
冰日淒涼鄰笛寒
鄰邦社稷干戈際絕海風雲涕淚中士氣銷沈憂不細
河流砥柱待諸公

又二首

木侯文字飲鉅製客能裁酒後吾才蹙燈前歲感催奔
泉回砌去落月入簾開夜久驚投轄沈吟坐覆杯
主人豐清饌上客續鷗盟鄭帶交情重蘇書逸態生天
低星繞閣野遠月當城漢史如朝奏少微應有名

冬日香泉寺 十二月二十五日

一徑紆餘度遠疇天寒微雪到林邱恰如迎客山爭出
絕不逢人水亂流載筆送窮車在座持經說法石低頭
菅公祠宇還鄰近指點北門梅竹幽

又賦

古寺依南野松門傍水開雪峰高入座煙樹遠連杯香
喫文王歡詩吟菅相梅崢嶸逢歲暮愁壘忽焉摧

吉祥院天滿宮

菅公遺宅舊郊畿殘樹荒涼帶凍暉玉潔泉寒留鑑井
堂封塚古識胞衣百年魏闕雲難散一夜荒關梅自飛
宰府昔曾垂涕淚經過此地更歔欷

浴城崎溫泉二首

攣者伸兮躄者起齋藤拙堂句靈泉一浴勝諸方未知能換

仙凡骨日日澡來御所湯

山蒸靈液送奇香一客不來燈影長無事深更將就睡
探巾又試第三湯

大正十一年壬戌 四十五歲

蓬萊四首

日出海門天地分煙濤盪激綺成文何知萬道虹霓氣
盡向蓬萊作五雲

蓬萊仙子掣金鼇直駕海風淩雪濤局東笑他任公釣
蹲山旦旦守漁篙

海上珠樓十二重紫煙長插玉芙蓉數間茅屋堪高臥
住在蓬山第一峰

餐霞吸露飲瓊漿披著天孫雲錦裳一曲簫韶爲君舞
蓬萊今見日重光長尾雨山曰豹軒博士寄示近什縹渺高秀如望五城十二樓於彩雲中殆是天際仙吟絕非人間凡響

賦得歌題旭光照波六韻

滄溟窮髮外翕艴破鴻龐低拂榑桑幹横懸紫貝宮陽
侯神不旺海若意殊融未晉渾沌黑初臨上下紅垂文
流地軸騰采薄天穹會見鼂鼉侶浴暉朝極東

人日寺町愛山集成書屋招飲惺軒萬里大江文城

二君在座主人詩先成次其韻凡二十二疊

昨枉城南高適書春筵來趁詠詩初常思道義全貧裡
未必文章出緒餘薄飲銷寒人日酒載驅乘輿午時車
他年故事長相憶山紫水明三樹廬主人僦居係賴子成山紫水明處

椒酒辛盤四擁書休言得句不如初主人詩賦恥王後
座客風流似晉餘醉裡乾坤對松菊閒中日月傲軒車
誰能今古同强項共上賴翁修史廬
傾來美酒對奇書人品自然思古初公等何生秦火後
吾徒聊續楚騷餘難將明鏡藏霜鬢欲繫長繩縛日車
聖世狂歌非俗物無妨痛飲步兵廬
偕老夫妻愛讀書一枝棲穩卜居初漢官多出刑名輩
魯士裁存禮樂餘下酒每披班令史采樵時御鹿門車
蘆簾紙閣鴻光隱疑是匡山白氏廬（主人夫妻）
姚江一卷伯安書攻苦近來公厥初魚躍鳶飛窺道奧
花紅柳綠表心餘舌鋒鬬擊陶猗窟筆勢摧殘楊墨車
獨怪漆園叟相好應知仁義是蘧廬（惺軒博士）

江君沈浸閩關書問委尋源洙泗初講究文章希聖裡
品評風月哭兒餘衝天紫氣雷公劍指路縉雲織女車
靈藥海南知就否別來想望葛洪廬（萬里教授）
不厭儒書與道書詩從唐宋遡黃初高歌流水青山外
長揖夏絃春誦餘緩轡頗驅少游馬無錢能駕廣文車
兩衙朝晚趨槐市亦似出廬亦臥廬（以下自詠）
平生宿好在詩書憶我趨庭受課初堯典善忘加楚裡
周南背誦斷機餘子喬有意乘雲鶴司馬無心誇蓋車
墳隴蒼蒼松柏長年時夢繞故園廬
雖玩詞章服聖書持身先慎得喪初退之何訴僕芻急
子美不追杯炙餘樂育英材聊就器行逢衰老卽懸車
願將蹤迹如雲水故國尚存顏闔廬

奔競少年繙蟹書逐流趨末失原初自誇歐米斗山說
多是翟朱糟粕餘纔治技方非國士緣求利祿簇公車
如斯爲學眞何用不若荷鋤耕草廬以下時事

大夫名姓上刑書習俗堪驚異往初法弄文章寧太末
人無廉恥問其餘朱門漫羨封侯宅鐵鎖終乘城旦車
選舞徵歌酣宴夜豈知窮苦泣寒廬

名媛往往誤通書識字焉知失禮初秦史教簫乘鳳兆
江妃解佩采蘭餘華林亂逐彈金射紫陌爭迎擲果車
一氣雙煙何處所博山鑪爇綠楊廬池谷觀海曰涉時事者色稍闇獨第十二極出色文字

春來愁接海東書秦楚强梁盟會初歃血未能宴王母
揭旗猶見動夫餘百年難奈異心面六國焉逢同軌車

將欲舉觴謳聖代風塵沓至賈生廬

憶向雍州攜劍書蕭蕭匹馬入關初黃河東走川原壯
秦嶺西來地脈餘豪傑眞堪開帝宅戍兵空見叱民車
皇天不欲生人息諸葛隆中未出廬以下憶舊遊潼關

江南霜隕雁成書林壑正逢搖落初五老巖屏雲裂後
彭蠡水鏡鷺飛餘香爐懸瀑明條練玉峽奔湍殷萬車
臥病只今春雪裡楚天回首憶匡廬廬山池谷觀海曰以下博士之本色才大識高誰望其片鱗

攀崖傍壁剝苔書布韈草鞋遊歷初白鹿入林明月滿
黃龍望嶺晚霞餘陶潛宅畔寒衝雨慧遠塔邊昏駐車
遺恨至今愁未到濂溪祠廟樂天廬同右

變化常欽逸少書越中想昔艤舟初茂林脩竹肥遯地

曲水崇山觴詠餘夕照碑亭欣賣字冬青野寺懶回車
寒塘處處羣鷺白我輩疑爲道士廬 蘭亭
髣髴龍門太史書會稽南鎮到來初青山突兀秦祠古
片石離奇禹穴餘漚紵卽非西子裔采樵或是買臣車
霞城蔚蔚天台近仙路雲埋劉阮廬 禹穴
成敗長想吳越書姑蘇城外暮春初夫差亡國蛾眉後
皮子泛湖烏喙餘玉勒公孫驅白馬榴裙美女駕香車
綿綿恨逐萋萋草共弔西施與闔廬 姑蘇 虎曰觀海翁極推斯篇而余則不自安也
上官何奪左徒書想見靈均憔悴初山鬼女蘿幽憤極
美人香草不平餘愁深帝子沈湘淚夢逐荆王辭郢車
賈傅異時眞作配長沙祠廟共同廬 長沙屈賈祠

不問故鄕疎雁書西風河洛往來初一川黃柳新霜後
萬馬青山落照餘懷古長歌伊闕月登高能賦虎牢車
梁郊最憶追高李俯野吹臺醉舊廬　河洛

連吟嗟乏腹中書擲筆呼天窮返初無厭聱牙生硬調
還成劌目鏤心餘曠懷求友高常侍屛氣敗軍李左車
趙壁翻然標白幟三朝謝病臥蓬廬　又贈主人池谷觀海曰余平生服豹軒博士之文辭典麗富贍今二十二疊韻愈出愈妙蓋其才之美能運蘊蓄或淺或深或遠或近有不盡長江滾滾來之勢曾遊諸篇格高調諧鏘然金石之響也

乃木將軍夫妻祠堂二首　一月八日

將軍祠下淚新揮野樹湖雲天四圍鐵馬靈山摧敵壘
香鬢赤坂伏朝衣全家血肉皇天報二烈英魂此處歸
楠族盡忠同一轍雙懸日月護王畿

先備三棺復一棺四魂殉國寸心丹風雲猶訝馳汗馬
環佩長思乘素鸞茅宇衡門武侯陣祠右有將軍所舍旅順陣屋一字
麻衣墨經禮宗冠晉皇甫規妻死後人圖畫之號曰禮宗祠前巷陌傳圖
畫凜烈威容萬古看

桃山陵

先皇陵墓倚桃峰玉樹靑蔥繞壠封天日高懸神道淨
春煙近映祀壇重兩回遼朔勞兵馬一代伊周輔袞龍
西極郎今論偃武廿年追憶感遭逢

東陵

皇陵東去拜東陵鬱鬱新林佳氣凝豈有芻蕘驅雉兎
轉知風露護松藤長孫文藻傳歌曲長孫氏唐太宗后歌曲言金剛石歌
明德儉容愧練繒明德後漢馬皇后也配極承天陰敎盛行人垂

涕到今稱

青谿觀梅絕句七首　三月十二日

月瀬梅花天下聞　籠牢山嶺夾江濆　何圖咫尺京郊地　見此青谿萬樹雲

竹籬茅舍倚邱園　向背瑤林香雲溫　行到水窮山盡處　梅花以外更無村

林深禽靜水珊珊　晴雪薰風吹不寒　妬殺谿頭梅萬樹　又添峰下竹千竿

遠映山青近映霞　日高枝影弄龍蛇　予何志小無他願　每遇梅花欲置家

數聲雞犬白雲間　餐玉飲泉心自閒　試臥青苔堪獨笑　梅花梢上見遙山

梅村行盡又梅村谷谷冥濛花氣昏縱使鶴歸迷止處
香雲流出不知源
功名富貴慮都虛唯願身强歸故居繞屋種梅三百本
月明花下讀仙書

東山淸風閣邀飲金拱北紹城陳衡恪二君賦贈

次湖南前輩韻五月二十五日

奔泉喧蘚砌碧樹壓紅燈畫理參松雪書風憶永興賴
君神淡泊教我氣飛騰伴作王孫在言陳君更深更拂綾
金君見贈云車書扶大雅心理共明燈被教俱涵化聞風亦起興丰神朝日朗典冊夜光騰繪事慙徵及何辭十幅綾

鳩嶺社集五月二十八日

南風吹綠野鳩嶺共登臺林外三山秀比叡桃山及朝日山闌前

二水開(木津淀川)金梁瞻廟宇(八幡祠)雉堞俯蒿萊(淀城址)神德
名言絕緬思稱霸才(豐太閤)

席上次中田洞北(顯藏)韻

崢嶸嶺閣俯潺湲樹遠沙明野色閒借問城中名利客
幾人伴我詠江山

光明寺社集次隱元詩韻二首(七月二日隱元詩云杖藜踊躍動秋聲惹得源空太有情不是一番風雨拶何如徹見大光明題曰仲秋六日自大原至光明寺阻雨)

阻雨一詩金石聲奮然猶是楚狂情年年我輩嘆衰鳳
欲說胸中竟未明

溪風帶雨送蟬聲簷際斷雲來去情半日僧房詩思苦
幽林忽透夕陽明

光明寺卽事二首

名佳栗生野入寺境何幽禽鳥欣深樹雲煙擁古樓松
聲猶廟宇苔色自林邱長憶高僧苦勿嗟生未休

古寺鐘鳴齋飯時讀來題壁隱元詩亂雲飛雨聽琴瀑
近嶂遙峰相對宜

山行

大悲閣下逕崎嶇邁步雲中要杖扶不及兒童黃犢健
先登絕頂遠相呼

湖寺賞月

玲瓏湖寺月赴約是中秋一片冰輪影無邊碧水流涵
空開大鏡散彩結瓊樓偏訝深潭底弄珠龍出遊

河橋翫月

橋下清流金破碎山頭明月鏡飛來愛惜清宵不能寐
三更風露獨徘徊

送神田鬯盦喜一郎遊支那　九月二十三日

我離禹域已經年諸子西遊互後先要見中原河嶽大
更思三代聖王前

東山無名庵賞月四首　十月五日古中秋

良晨多易雨日夕怨天公望月何邊好試遊凫水東
黃昏東嶺黑雲氣坐來收一片玲瓏月同懸萬里秋
月出碧雲間天虛意自閒清風吹桂影香動滿青山
年年賞佳節能得幾回同多少人生感卻生明月中

菊有黃花　四章章四句　十月三十一日

菊有黃花其色維鮮純芳不歇吾　皇萬年

菊有白花維鮮其色皎潔不移　后壽無極
菊有枝葉其影扶疏振振　宗子永保孝譽
鮮鮮菊花我采其英泛此美酒以樂太平

檜谷先生久保雅友報屋後種豆遭兎害賦寄奉慰先生時在高野山

讀餘閒事學耕桑屋後豆苗三尺强何料缺脣來嚼齧
遙思縫掖坐悲傷陶家籬落雖蕭索楊子園田豈穢荒
見說根荄生意在終應上膳伴鹽漿

對月寄懷檜谷先生用前韻

高高白月出扶桑風色依然今夜强天上流輝他自得
人間易老我空傷翻飛烏鵲海雲杳斜轉星河城樹荒
幽室廣寒定相近願攀仙桂寄瓊漿

秋野漫興二十首

曉日照霜郊霧開天地曠前山蒼翠明半出疎林上
喬樹臨官道樹下卽門前借問君生計聽水又看山
笑語喧南畝農人飯午晴驚飛黄雀散盧井桔槔鳴
靜視清川底臨風弄日華繚回螺印土郭索蟹行沙
曼珠華一枝不識誰遺失流入碓泉來上輪旋又出
紅蓼冒陂水蜻蜓接地飛歌清郊路永村女采樵歸
紅顏新嫁女素襪事田疇情欲歡憐愛野花插滿頭
月生遙野暝雲斂高天碧素足映寒流洗蔬塘畔夕
寒灘鳴濺濺岸樹老傾攲落葉沈浮去睡鷗流不知
刈稻比鄰忙守家誰浣濯垂垂園梯紅隨意鴉來啄
滿車黄蔟蔟穫稻向秋場日脚低平地兩邊樹影長

一碧秋天淨嘉禾滿曠原歸牛遙似石落日赤如盆
野渠水清淺人去斷橋斜自在閒花草繁生映嘴沙
洲岸蘆花白殘陽紅在河行人爭渡罷童子騎牛過
野渚覆蒹葭水回魚子集傍生老柳根翡翠拘拳立
漁子竹竿梟大魚振鬣斜細鱗愼休出鷺鷥集圓沙
粱稻謀方急葦蘆托作家雕籠鸜鵒飽豈識雁飢沙
落照殘喬樹煙生黃葉村牛羊歸已盡燈火欲扃門
晚歸披露草徑暗日沈西橘柚寒煙起時聞洗馬嘶
田家多逸樂地靜古風存何日能歸臥白雲黃葉村

月

雨霽園林秋氣清遙空月出已離城玲瓏萬里雲無影
寂寞中宵鵲一鳴固識廟堂常食肉怕聞關塞尚屯兵

高樓少婦多愁思休向鴛鴦機上明

月八首

皎皎天邊月傄傄地上風流光與淸氣振古固無窮
自識君顏色悠悠幾十年悲歡常伴我今後亦應然
徙倚鳴環佩階前草露幽可憐天上月空照漢宮愁
明月如明鏡靑空一片團照來天地極不寫妾心酸
邊月如弓彀雲空大漠閒將軍今夜夢逐北度陰山
思婦樓頭月淸光關塞連幕營霜草白照否枕戈眠
月明征戍遠夜永坐裁縫不覺剪刀冷霜結木芙蓉
憶殺貧家月穿牕影散錢母兒顏若雪三日竈無煙

皇后陛下行啓大學恭賦三首十一月十五日

玉輦晨行出鳳闈雍門迎候拜鸞旂松靑遙映朱帷繞

楓錦徐隨金轂飛學門奉迎

松楓掩映淨晨霜秋日暉暉照石堂碧血丹心忠義士
牘中各自說尊攘駕臨尊攘堂

新陳器物列縱橫綷縩　仙裳近架棚漢代寵形埃及
像幾千年上見人生文學部陳列館

小倉山社集倉山亭觀楓二首十二月三日

歌仙祠下已深秋亭樹荒涼石徑幽無復騷人來訪古
楓殘菊瘦夕陽愁

衣冠餘事選風謳想見山莊林苑幽坐聽蕭蕭時雨響
錦楓飛盡不堪秋

富嶽三十二首壬戌歲暮作

聖子神孫一派流皇家無缺是金甌邦基不動名山鎮

長映仙城五鳳樓池谷觀海曰自是首章之語
蓬萊宮殿五雲重松柏金溝翠色濃劍珮鏗鏘趨闕曉
青天擎出紫芙蓉池谷觀海曰紫芙蓉三字妙
上排雲漢嶽蓮開不數漢家承露臺似獻　君王無限
壽秀容先泛御前杯
湘南別館避寒宮臘後悠悠頤　聖躬莫使醫方勞藥
餌蓬山咫尺有雲通
湘海煙波鷗夢安沙汀　玉步弄晴瀾淩空一萬三千
尺時有　至尊含笑看
仁慈餘暇重蠶桑供養晨昏守御牀偏識　椒房憂意
切仙鬟故侍玉簾傍
日月重光照海東仙城盡在五雲中葱葱佳氣連山色

直自青宮接帝宮

日照天衢旌旆閒西來嶽色禁城閒祥雲苒苒隨銅輦

知是　青宮朝闕還

青宮別殿屹霞關瑤草琪花竹樹閒鸞鳳行知巢阿閣

曉來晴雪對西山

諸王列第若翬飛瓜瓞緜緜振古稀一脈宗支同大嶽

萬年藩翰護皇圍　池谷觀海曰總收自是卒章

大麓雲霞紫翠重孤高絕頂雪常封傳聞帝女飛花後

化作蓬山第一峰

天祖照臨除草萊君臣一體古先開安河恐在斯山上

八百萬神曾會來　池谷觀海曰奇想天來

瀛海蒼波萬古流花明錦繡繞仙樓晨昏最有蓮峰美

倒影青來六十州
粃糠周漢蔑虞唐皇國治風冠萬方代表雍雍君子象
雲天發作嶽蓮光
東溟光變紫葡萄紅日初升曉海濤流彩動搖來貝闕
嶽蓮天半五雲高
曾淩絕頂瞰煙洋日出金霞萬道光雲擁朱輪龍偃蹇
乾坤始見大文章
看盡西東千萬山孰如東海劃仙寰玲瓏八朵芙蓉瓣
插在九天閶闔間
東方不二最高峰翠袖素冠仙子容海船遠來先指點
無人不說玉芙蓉
五十三亭行路難風光偏愛嶽蓮寒函關晴雪松湖雨

幾度詩人駐馬看
拍拍濤聲打岸回長汀極浦望悠哉垂楊煙雨漁村夕
衣白仙人迎我來
徐福東遊指此山塵緣不得叩仙關秦王枯骨金棺冷
空待扁舟采藥還池谷觀海曰以下藻思煥發眩耀人目正如入崑岡逢羣玉
漢武金莖霄漢間露漿焉得駐紅顏終然俗骨非仙骨
古洞桃花笑此山
生無寸地賃人樓五尺昂藏死則休尙有胸中林苑樂
東海爲池蓮嶽邱
萬丈丹梯亦可攀入雲採藥出雲還誰言我屋風塵近
咫尺門連海上山
海上仙山接我廬晴天每見五雲車跨鸞吹笛飄然去

白日來尋王母居
王母招余飲玉漿彩霞春色百花香窺園無用偸桃實
九億萬年天壽長
仙韶縹渺碧雲間舞袖如霞九彩斕麟脯龍羹瓜大棗
身參瑤宴第初班
層閣雕梁七寶欄美人如玉集雲端夜深庭際將何見
月宿三千雙白鸞
太空如水月華淸寥廓不聞環佩聲獨有風流王子晉
碧桃花下坐吹笙
名聲不用下方聞日戀仙山五色雲定有石函金匱在
我將巖穴葬吾文
未必平生慕玉皇太淸何事惜文章峰頭夜半聞天語

封汝冊爲香案郎

前身不問是太白後身不論金粟仙吐盡胸中盤薄氣
直乘鸞鶴上靑天 池谷觀海曰豹軒學士往年登嶽賦詩江湖傳誦稱筆力絕于一世今忽賦接七絕十首更復接二十餘首何其富也通覽之則初十首富嶽爲賓 皇上爲主次十首富嶽與 皇國互相出入以爲章末十二首一轉往往交游仙之語蓋見妙於不離不卽間者適藉富嶽而漏其蘊蓄也故結以吐盡胸中盤薄氣直乘鸞鶴上靑天可謂匠心緻密矣若夫驅使典故文字極瑰麗固不待余之讚也

壬戌歲晚陪鳳岡祭酒淸風閣宴二首 十二月廿一日

東山閣夜靜林塘洛社風流逸興長平日所懷非寵辱
斯生堪托是文章揮絃天外瞻鴻影秉燭尊前伴菊芳
高會不論催歲暮籠紗舊句續來忙

杯行節序任流波坐久衆賓顏自酡四海論交知己少
一年良會賞心多偏宜遲暮依巖桂寧可淸時賦女蘿

屋角星傾鴻雁度喜聞主唱白駒歌

清風閣雅集卽興和鳳岡祭酒詩三首

年年風雅宴復此倚高欄愛客思文擧摛才愧子安巖排奔磵急雲斂斷鴻寒醉我峨冠仄偏依禮數寬

孤亭依絶壁高會擁危欄同慨文章替深思社稷安風標松竹健意氣斗牛寒要使經綸得須振五教寬

風霜嚴束樹河漢轉平欄磵凍魚深匿巢傾鳥不安北溟悲盜賊南嶽憶饑寒連引深深盞爭教愁肺寬

又二首

蒼蒼松柏色我愛後凋寒不願膏粱味怕違菽水歡乾坤斯道貴猿鶴故山安焉得成初服非嫌儒士酸

代謝驚時運蕭條屬歲寒屢蒙前輩遇漸減少年歡昔

夢雲霄逸今思雞犬安調羹大臣在無用問甘酸

壬戌除夜

孔氏遺言存典型開宗諷誦自髫齡燈前不覺年將盡
夜半聞鐘校孝經

豹軒詩鈔卷八

豹軒詩鈔卷九

北越　鈴木虎雄　撰

大正十二年癸亥 四十六歲

癸亥二月四日移居 自鶴山巷移寓于立本寺前街 二首

漸老無牆屋搬移每自嘲新鶯非出谷舊鵲借居巢室
小圖書定牕虛梅竹交漫期風月夜友好或來敲

擧家總九口籤架十餘間破屋堪容月登樓況見山對
書吾道貴隔竹鳥聲閒後圃開荒徑求羊待往還

岡本觀梅五首 二月二十五日

萬樹梅花倚甲陽風前綴玉送寒香笙歌聲裡春如海
怪得仙鄉有醉鄉 右次曾田靜庵韻

二月甲陽春已回　登臨花發半林梅　誰能付我愚公力
移取溪南雪一堆　右次小野櫻山韻

風入亭帷蘭麝香　瑤雲天地是斯鄉　泛杯傾盡梅花酒
好爲吾曹沁涸腸　衆摘梅花泛觴飲之

孤山處士獨憐梅　蜀合江園客續來　君有幽林兼二意
年年花節向人開　以下二首贈園主增田君合江園事見陸放翁梅花詩自注

山田百頃接書樓　泉石不喧竹木幽　清貴如君眞可羨
世人呼作萬梅侯

次山田岳陽步月韻

月出梅村一鶴歸　空濛白氣玉成圍　誦君詩句花相似
無限清香來襲衣　岳陽詩云天籥橋邊步月歸江村野路淡煙圍乾坤如水心如玉一氣空明映白衣

彥嶽兄五年祭日賦奠三月二十七日

哭君猶若昨歲月忽四周家事稍可喜聊以報冥幽萱堂尚强健遺室亦督郵仲季守故轍諸族無患憂偏歡姪學仕將班士夫儔時春草木秀表墓阡新修戚朋遠來會俎豆奠庶羞冀神儼來格昭鑒垂庇庥

脩姪大學卒業慶宴志喜四首三月二十八日

學業非容易悠悠十四年崑山新折桂我意始怡然

聞喜諸賓至春風共擧杯先兄雖不在阿母笑顏開

張燈春夜宴花閣醉歌情阿母翻翻舞可知歡喜情

青年登仕籍前路浩茫然臨政主忠信生涯好愼旃

吉祥院村看菜花絶句九首四月二十九日

五日曾無一日晴閉門岑寂老殘櫻悶來先東城南寺

欲賞菜花千里明
孤塔崚嶒弘法寺蒼松翳蔚菅公祠黃雲圍野菜花遍
繡草徑邊回首時
梅花清絕托窮山桃李豔芳無意攀孰與翩翩雙蛺蝶
悠悠相逐菜畦間
丞相祠門苔徑斜林塘無客老春華照顏躑躅如猩血
茸紫風吹燕子花
清泉汩汩井欄長脩竹亭亭野日光十畝城南留故宅
晚鶯時節拜祠堂
麥氣連天雲雀颺霞山如夢菜花黃風光宛似集賢里
誰解來修綠野堂
隴畝男耕問女桑尋花蝶去欲斜陽負笻歸路炊烟遠

日月東西野菜黃

清世猶傳鬭富貧只今誰是濟時臣菜田若變黃金海
天下恐無窮苦民

挾册常嫌城市譁攜壺好去弄烟霞新晴恰有南郊約
盡日僧房看菜花

題畫

遠寺鐘聲動空原落照閒牛歸芳草外不出菜花間

曳策

曳策逍遙野水濱暉暉日暖物容新嬌花山外紅催霧
弱柳橋邊綠著人

偶成

江湖思魏闕紫綬戀青山不若乘元氣乾坤恣往還

南鄕江樓題壁 七月二十九日

前山送翠氣疑秋南注湖川似不流風扇嚼冰市門客清涼孰與水邊樓

和鳳岡先生歸家

水碓淙淙聽不喧依然桑竹是吾村紆朱敢易文章貴垂白長思父母恩天上風雲看每變籬邊松菊喜猶存欽公行李悤悤裡且把孝經仔細論

詠懷

磁石引鍼鐵葵藿傾太陽庶物有本性伊余懷忠良致君堯舜上願見變陰陽伊呂久寂寞金張徒跳梁春華雖翕艶秋葉忽焜黃美人亦遲暮衷心悽以愴 池谷觀海曰溫柔中包筋骨詠歎之際偶足以見其深思氣味其晉之諸公乎

雜詩三首

山雞有麗毛

山雞有麗毛刷錦臨綠水終日顧其姿目眩以溺死誰謂痴可憐知己孰如己内足不外求華彩唯自恃道德固至尊文章非小技願言傚斯禽弄影明鏡裡池谷觀海曰世無知己則獨自養自恃其志特爲可憐矣但至恃其美而致死則僕不取僕寧樂之而終者也立意不與僕同耳虎曰亦各從其所志而已

山木多自寇

山木多自寇蘭膏常自煎班揚附王竇宋陳頌則天古來文章士幾人守貞堅白首戀軒冕暮夜媚貂蟬頤使黃閣下屈道勢要前卓哉陸敬輿巍巍王佐賢導之納軌物建極法皇乾制詔出倉卒躬當艱難年典謨羅胸

臆下筆輒沛然高躅一斷絕自爾五姓遷池谷觀海曰前舉班揚宋陳先敍其醜而宣公之賢愈明矣慕宣公之賢自是主意結餘意不盡作法參差筆致謹嚴僕服其佳構又曰頤使二句及典謨二句割愛如何

荊棘覆嶺上

荊棘覆嶺上松柏秀澗底以彼尋常姿蔽此淩雲體非由材力高地勢使乃爾何況寄生枝非復荊棘比一朝俱飄風高高至岵屺若無喬木依蹂躙羊牛趾軒車何赫奕冠裳何綺靡觀者避路傍揚揚夸毗子行潦雖無源泛濫游鰋鯉蚊虻託騏驥倏忽超萬里池谷觀海曰揚揚作誰家刪行潦四句以未了語爲收束則如何又曰在方今之世作茲種之詩恐無顧之者流俗詩人之所不顧卽是僕等之逍遙游地又無何有鄉也

劫餘雜詠六首

忽焉亡

當昨大震坤軸搖天晦地霾捲迅飈滿城火烈誰能禦
卅萬人家三日燒頹壁仄柱若禿髮廢墟渺茫狐兎窟
南自芝浦連台邱青者殘煙白人骨窮氓狂走號求食
板屋佳人翳金翠富貴榮華忽焉亡幾歲復見興市肆

池谷觀海曰此篇用白描法正見作者之憮然自失悲哉禍災矣

哭天兒

跣足走者誰家兒裳衣殘斷四肢疲髮焦額爛哭不已
涕淚如流交兩頤昨夜猛火燒老屋煙中恐惶失九族
陌上問人人不知東搜西索猶未伏殘夜沈沈河漢傾
喬木風死鵂鶹鳴墦間冢崩飛燐火似聞爺孃喚兒聲

池谷觀海曰字字皆淚不堪卒讀事悲情切故出以短章愈見其痛末段極悽愴至似聞爺孃喚兒聲天地爲

動鬼神爲泣人誰不斷腸

晨行

晨行東叡阜仰屍官道傍膚裂血濁漉面垢泥髮蒼爪
指如攫物拘膝似螳蜋蠅蚋止顙額不知姓李張胸前
挂片楮鉛字兩三行云是韓土子乘災夜穿牆險心毒
人井哀哀遭殺傷行人顧唾罵或故以穢嘗嗟汝蠢爾
輩雖頑亦吾氓竊恐天漏處荊棘竄虎狼鴻澤未感孚
所以昏作狂君子貴自反警惕在履霜池谷觀海曰乘人心洶洶逞其凶惡彼等之罪不可逭斬戮固其所矣此篇先寫棄市之狀結以勸戒之誠正正堂堂正襟批之又曰哀哀二字未妥或作紛紛如何虎曰哀哀二字所以憫彼之死也末尾君子二字亦指肉食者讀者請勿誤會

乘艦 九月十三日

乘艦芝浦口侵曉客蝟集兵卒查官符余亦手提執移

艇有後先機動不假楫浮城屹海天亭午始相及艦勢
鬱峨峨懸梯數十級兵曹捷猴猱扶援雁行入軍吏問
貫籍舷門秉簡立甲板囂以紛舷右下塵笈布幄護曬
陽板席防沾濕側帽我箕踞額賞客拱揖四點汽笛長
傳令拔錨急鷁首截雪濤噴薄驚蛟鼇所遇千百艘桅
檣遞重疊食貨關西來足以充供給黝黰帝王城觚稜
空嵂崒焦土杳微茫殘煙眇蕭瑟風色濱埠遠波光賀
邑出一客前致辭未語雙頰熱曩者濱埠災事變起倉
猝輷然萬家壞巨焰同時發保甲因刲剽刃脅乘火烈
路上阻行旅斬殺不問詰白晝姦婦女飲酒吹竽籥颸
言韓兕來嫁罪蔽其實君子請望前塞嶠波滋汨嶠麓
即賀邑人家盡蕩失女生數十人崖崩隨埋沒于今蹤

旬餘沙土未掘撤拱手聽客言衷懷交驚惕暐暐畿甸
民何以爾䑨䑨艦中晚傳餐脫粟團團餒當此倉皇時
見羞魚羹滑固無箸與盂掌持紛嚼齧枵然飽飢腸感
恩難備述夜來風怒號天黑雨脚密幄雷飛瀑成板座
濺涙溢防濡蔭張繖邁步憑牽綷蹌踉似奔魚失手卽
顚蹶孝子侍老翁先志問愁疾少婦伴新姑讓席圖容
膝或有繈褓兒呱呱索乳切或有裹傷鰥呻吟煢煢恤
賦命雖不齊撅翻同一轍無告誠可憐感歎更嗚咽終
夜耿不寐延佇聞蕩潏或勸進艙寢未忍獨覓豁萬家
方流離數口少全活我寧憚苦艱幸已免燼滅東都遺
三兒西京隔親暱消息各蒼茫且歸訪蓬篳近聞　九
重憂頒帑賑飢渴內廷亦減膳丁寧戒般逸朝野經緯

忙勵精首輔弼孰敢肆怠荒國運未可詘揆日經輻道
斷斷采松栝版屋築椓丁崇明柱櫨仡園陵儼有神佳
氣動鳳闕必見帝都隆康莊蹄輪結市鄽珠寶連宮殿
衣冠列梯航來俟荒禮樂遍郊術四海共驩虞寶位永
無缺周道我復瞻頌聲期黼黻池谷觀海曰乘艦一篇一百二十四句六百二十言蔚然大文字分爲四大段起筆乘艦敍至艦之所逢船舶是其第一段其回視京濱浦賀六句所謂過渡所處以入客說其慘狀是其第二段自艦中晚餐至風濤之暴同乘諸人之態是其第三段自　至尊之仁及帝都復興是其第四段章法井然篇法完備或森嚴或詳密或宏麗筆力之高且大不用余之贅言而可矣又曰揆日以下十數句尾段中最用力者

婦罵夫

昨夜壯風濤今入清水港晨霧豁前巒尙餘波浪盪甲
板客爭臻艦腹機舵響行篋各有攜擠排相忙慌有婦

罵其夫聲色悍崛彊解苞擲帶衣散亂珠翠晃倉卒火
震時行李待汝掌汝物獨自珍我物若鹵莽夫聽恚且
瞋咄咄袖右攘擧拳毆婦頭捽髮抵地搶而後厲聲云
狂婦費弄吭故意誰敢然眼見有阿丈恨不飽海魚面
赤益慨慷舅老勸婦言阿女無禮象四座羣目周匆復
說誣枉痛哉伉儷間私慾如草長當此患難秋洸潰起
兵仗豈獨一夫妻人心嗟放蕩海兵扶余降危梯四五
丈移艇馳悠悠岸近聞板榔池谷觀海曰市井夫婦詬罵相爭狀宛然躍出若觀

一場之劇唯散場後寂然無譁汀迴浦遠作者偶經此境顧望佇立感慨無已不知何者夫婦得上博士之筆亦幸亦不幸又曰余平生貴老杜不爲風流三昧作詩必關涉家國時事今次大災可歌者何限即采以入詩皆足以補史之遺而不得望之於詩人方今有學有識有才通當世曉事理不詩人而爲詩人若吾豹軒博士者果有幾人乎博士曩有團欒篇今又得忽焉哭兒婦罵三章神味類老杜而不襲面貌筆力矯健寫其所欲

寫如水走雲行余已𢥀若投筆任其獨步眞可畏矣哉

團欒 十月三十日

遣甥迎三兒三兒歸自東其姑及祖母相送亦來同倒
屐及門戶團欒一堂中焉知非夢寐視定動我衷憶赴
東都日本意祭舅翁舅家始稅駕問答未及終大地忽
震動轟然耳生風坐堂如駕浪鳥驚出林叢屋瓦紛飛
散棟柱軋磨礱中庭盡龜坼盆池半塞壅亂穴噴濁水
狂魚頒噞喁牆壁波皺紋潰土煙濛濛兒輩戲樓上恐
怖憐昧蒙蹶起歷階進蹩爾頓足蹬庇兒惟婭在共扶
趨下從地軸響輷騞天蓋黯朦朧安危在倏忽疾呼警
族宗跣涉泥塗窟戴席倚孤松四方急叫喚比屋訴涌
洶隔鄰幸無事避難故人宮入夜最悽愴飛廉助祝融

萬井成火海赫爍天雲紅炎炎燎達曙虐威增旺隆焦
延十區餘轉見火勢雄再暝疾風吼劫災滔決瀰黃閣
大臣罷攝廷新宰庸巷陌令嚴戒城郭制暴兇天綱密
羅網巡徼有鋪縫盜賊乘難發亂起如羣蜂揮刃斬頭
足擲彈炸垣墉或曰殷頑民大舉將襲攻皇恩被海裔
固疑角出撞閉戶各鳩首室閭耿小釭地震亦間作人
人懷恟恟忽報燎將及康衢驅婦童顚蹶介車馬困頓
泣聲聾時余出探望閣道眺帝邦炎官張朱繖熱屬揮
絳幢惡鬼吐赤舌朶頤噉檽臚烈焰萬笏立回飈捲霓
虹解瓦飛百里騰煙焚亢龍隤壁哭魑魅雷硠殷虛空
走歸促老弱提任篋與籠數里就草野缺月挂疎桐羣
氓沓競集堧隙做遠烘衾裯雜几案槃盂間釜鬷薦地

臥童稚榛棘披蒙茸爲父愧鹵莽有姑致慈恭衆雛縱橫睡露枕鳴候蟲丑漏風轉位還處意漸降斯事踰朞月回顧神尙曹不圖此會合無乃冥佑功東都百萬士奇變俄遭逢骨肉多離散富貴一旦窮而我免災異殃禍不及躬全室復相見依然舊顏容繼晷更秉燭艱難話心胸至幸無物比深拜謝蒼穹池谷觀海曰視定一句起以下滔滔五百有餘言眞藝林之大觀也兒輩數句博士當時之心可想可想黃閣十字稍唐突再考勢不可已乎炎官以下數句稍近小說在就實敍事之作非所以稱妙人如曰一篇精采在此僕不信矣起手突兀結得深穩一正一反面目不同亦是作法之變化又曰博士志事在紀實故詳敍其所遇所睹毫無遺漏然他人讀之居然一大文字震災以來軒輊此篇者蓋未有之豈獨曰供家乘亦足以補大正年間之史偉哉又曰缺月一句百忙中置此一句畫龍點睛何等姿態露枕一句亦不可少者共於回想當時殊有生趣嗟賞久之

震後逃難獨歸洛寓遙憶泰兒九月十四日

汝今齡始五憐慧我尤癡步月望層闕瞻雲倚短籬鳩
車顛去幾繪本訓來誰道路猶梗塞迎歸未有期池谷觀海
曰能寫慈親之情余想見其爲人也

鳳岡祭酒清風閣宴集十二月十五日

半峰亭子俯喬林天外離離鴻雁音偏藉主人能愛客
卽逢窮歲且閒吟西山爽氣終無盡北闕浮雲漫莫侵
聞道召周營洛邑劫餘風物尚陰森

宴集席上聯句

楓衰菊還瘦荒木鳳岡復値歲時闌山閣風流繼豹軒
草堂杯酒寬江湖多逸興狩野君山景物慨跳丸冷宦
餘頭髮內藤湖南深燈話舊歡內村北涯

大正十三年甲子 四十七歲

東宮殿下納妃慶節恭賦六章 十一月二十六日

大道南郊嶽色通金輿朝發入宸宮禮官清掃 皇靈殿鸞鳳來儀玉燭風

玉殿冠裳霜雪明壇前列侍盡公卿奠觶雙拜 神靈鑒永結紅綫昨日盟

靈宮樂闋禮成時冉冉祥雲繞玉墀 列聖鴻休垂奕葉新開萬世太平基

羽衛煌煌列六軍嵩呼沿道壽 儲君仙軿轣轆紅旌遠倚向青山揖彩雲

聯軒入見 聖心安玉潔蘭芳含笑看榻外松濤天樂響何如華祝萬方歡

儲皇立配禮斯修萬古一王義彌悠政理須振新日本
人文要化舊神州

送青木迷陽學士正兒遊支那四首

樓殿參差入漢雲武英文華氣絪縕寶圖彝器今猶在
著錄偏依彩鳳文

春風太液畫船空瓊島鶯啼綠柳中不識金鼇橋畔路
可無題壁滿江紅

閬苑浮空水一方頤園宮樹草萊荒氍毹零斷勾欄仄
試上前朝歌舞場

檀槽牙板肉絲場裂石穿雲頑豔狂風雅知從何地發
眞成顧曲待周郎

虎門歎

羽衛輝煌一十里銅輦朝向明堂裡金彈命中常侍貂
咄大不敬逆賊子殿閣門開夜燭紅丞相倉皇下宸宮
我聞滂沱血淚流噫天致此或有由君不見風俗日降
不知底大臣盡先顧大體勿爲厚顔狎優恩乞骸仍受
前官禮池谷觀海曰虎門之事入心之變極矣博士謹嚴持己溫醇容物然激越痛切不用少假借字字皆立語語皆淚是時勢致之耳噫

郵票歌

郵票郵票方且小中央菊章櫻花繞上有雙蜻相向飛
下畫芙蓉峰杳眇紅者三錢青半之帖信能達千里表
何事票背缺膠糊票界針孔今則無剪刀粉壺各自用
逸是一人勞萬夫去年地震燒印院試許商人製此片
商人趨利不足言大吏默容何通變君不見平生經綸

誇意氣江湖名聲夙專貴郵票一出人人嗔當路大臣

犬養毅池谷觀海曰議者歎輕佻浮薄也久矣余每見此郵票以爲薄俗之徵莫過之者博士作歌諷之不知當路何辭答之又曰前半敍去詳細不失典雅逸是一人勞萬夫一語轉捩入議論激憤之餘少陷淺露亦不可已歟

紈袴行

紈袴子弟爭金紫攫肉餓虎逐臭豕黨人跋扈孰鹽梅天家藩翰汝非材君不見甲第鬱鬱連雲黑四海飢民行號食長夜酣宴臥積薪洛陽書生獨太息池谷觀海曰近日華胄子弟喜與黨人結託不自知之罪爲可歎臥積薪之風刺當三復也

東宮及新妃殿下駐輦仙洞出于紫宸殿小御所賜謁臣庶予亦預焉恭賦十二韻二月二十七日

負扆臨宸極升階配少微鳳鸞振逸響日月繼重輝陵

廟新享祀山川舊甸畿上林齊駐輦南洞故移旂開殿見臣庶比牀頌德威天晴冠冕入日午鼓鐘稀遂宇煙霞暖敞庭泉石肥憑高仰雙座屏息近層扉眞氣籠葱接　仙容咫尺違鵠行暫揖讓磬折畏瞻依春樹歡騰溢禁垣祥繞闉宜秋門外路退出彩雲飛池谷觀海曰排語造句肅整整一誦之乎聲響律應鏗鏗鏘鏘和平之音搖曳座隅正是博士得意長技薰手拜批

桃山謁陵 三月十三日

攀髯事往迹茫然翻憶　君王御宇年已頌召公平朔漠又聞謝伯築荒煙勳臣衰老青山外俠少翱飛黃閣邊陵道草萌寒食近南湖回首綠楊天池谷觀海曰聲調諧和用典自由得風人之旨而逼唐賢矣

乃木將軍廟

先帝陵園淚暗揮將軍廟下更歔欷一門忠節同楠尉
四海豆籩思岳飛寒雨凝香梅骨健輕雲送色柳黃微
朝衣碧血猶如昨驚見祠林漸合圍池谷觀海曰前聯以和漢爲比稍苦吟後聯不可換一字

老蘇村觀梅村在江州蒲生郡三月二十一日社友同往

京中多寺觀周垣列屋租或有廢圃宅種菜梅則無近
聞湖東地有村名老蘇茅茨散林麓家家植梅林招我
同社友共遊山澤隅裹糧適蒼野杖頭掛一壺微雲翳
垂宇徐風拂吟鬚迢遞蹊阡陌煙靄連平蕪籬落聞雞
犬隴畝見耕夫時有暗香掠已識近幽區果見前巘下
俄然景象殊草廬數十戶隔林雪糢糊流水度潺湲石
逕穿崎嶇躋攀邱阜上顧眷指來途身落衆香國展觀

瓊林圖未知修何業能至天仙衢老農邀我飯款接色愉愉生長梅竹里心足無所須世俗日儇薄悠悠思黄虞黄虞豈謂遠守樸歸其愚斯人不易遇古道徒自娛獨此山中樹清高居民俱遂使我輩懶百里起奔趨感歎仲尼語嘗曰德不孤池谷觀海曰京中一節以閒筆起而種菜梅則無一句忽起以下老蘇梅花村老農一節使人思淵明老蘇洵是佳名世人所未知博士一遊爲藝林開一境可慶可慶

石寺林中遇雨

涓涓聽細泉苔徑循樵迹穿雲至梅坡倚林各岸幘呼吸骨髓芳逍遙形神適急雨下脩篁花動煙氣白愛此幽絕鄉清香千古積山靈知我徒喚起花魂魄時見翠鳥飛未覺美人隔此境若可居我欲棄塵役池谷觀海曰野寺遇雨一段風趣不可無詩而得花動煙氣白五字空靈縹渺妙味不盡因清遊漏天機作者不自知也各岸幘用

來似可亦似不可未覺云云頗似唐突

出村沿織山麓西行時霽

嚼蘂又飲水誰知餐玉方山鐘鳴亭午逶迤向西岡湖天平野闊巒巘起道傍城址已爲寺崖崩舊堞荒雄豪今安適身滅名亦亡寂寞餘邑聚傾家東作忙雞狗守空宅童稚晝泥牆往往籬落外風吹疎梅香栽柳非陶隱歌鳳豈楚狂耕織晴煙裡老死白雲鄉可羨安樂國帝力殆相忘明年花復好暗期重徜徉池谷觀海曰余少壯觀梅浮蘂於酒戲呼爲梅花酒今博士餐玉方亦同不覺一笑憶往時又曰此篇平敍安詳中寓許多感慨故自靈活不陷平板矣

劉徹行

君不見漢家天子號劉徹召試賢良簡衆說表彰孔氏

斥百家遠識可謂帝王傑雜霸實兼黃老爲宰相時出
稱經師戇直汲黯每面罵阿世陋儒卻乘時寂寞獨憐
膠西相三年草長園不窺

我生行

我生若不爲宰相垂紳端笏廟堂上進退百官如易棊
出入閶闔隨兵仗唯須得拜大將軍叱咤百萬驅風雲
意氣壓倒侯與伯飛將名姓塞下聞冠劍畢竟不稱意
壯歲一擲功名事相如多病愛林園子雲好玄耽奇字
遮莫廣文官常冷淸世講學聊自幸時有數子載酒過
論文起予發深省眼見世事感慨多國之四維日消磨
暮李朝牛相傾奪五侯七貴競玉珂虎門忍說轂下變
雙橋爆藥如雷電士林無復黨錮流太史擬立逆臣傳

范滂不遂攬轡遊陳蕃徒爲掃室謀翻然出位思伊呂
回顧當年筆欲投卻笑杞人憂墜天秀麗神州好山川
上有英明　聖天子下亦豈無房杜賢　東宮孝敬本
天性　新妃淑愼由賦命龍樓出門朝問安彤庭負扆
宵視政四海欣戴父母親萬國行見太平春祥至瑞應
知不遠制禮作樂方斯辰今日未可臥草廬寄語儒生
勿自疎登嶽或擧封禪禮一卷待獻茂陵書

上苑散步偶成

輦路垂楊拂幰車流鶯啼度禁垣花皇州春色元公道
天上人間總不遮

三旬（今春臥病四月半至五月半）

三旬絕我讀書聲誰識心中無限情最怕老親費思慮

家書報病避分明

民國前大總統黃陂黎公（元洪）來訪大學前史所無鳳岡祭酒設宴歡迎予病不能赴賦六韻以贈（四月十八日）

游方憶襄野乘筏到瀛封采藥蓬山雪避風玄圃松鴻都紆策轡東序觀鐘鏞要識人文化無非道藝肅石渠花暗接虎觀柳偏濃不落瑤池日莫辭酒累鍾（池谷觀海曰文字典麗似學選體博士時病臥筆端稍窘蹩是爲可惜耳）

臥病

百花零落綠陰成臥病三旬夢易驚伏枕亦知春已盡竹林啼過是殘鶯

病起卽事

黃雀引雛燕語梁午庭新樹藥煙蒼可憐苔砌南窗下
一朶薔薇倚竹香

沼津訪池谷觀海翁事在病前別後有贈

有美一人住嶽陽冠玉切雲佩蘭芳廿載願見始相見
桃李花開映草堂堂前大海去帆杳屋後高山遊雲長
向生昔遊說河嶽韓子古道托文章暫逢何忍又分手
別後雲山各渺茫春風未盡半日興明月難同千里光

池谷觀海曰廿載七字余所欲言今爲博士所道破呵呵結末二句意遠恨長冀後會連牀剔燭高談啓余蒙也

酬觀海翁見寄次韻

海嶽晴光映我車東皋憶共坐飛霞別來臥病花空落
客裡懷人日欲斜獨往夢隨黃犢草聯吟興乖白鷗沙

自憐詩筆殆天奪敢信江山助更加池谷觀海曰前聯醞藉足想見其人後聯飄宕亦足窺其襟度

除草

違失攝生理沈痾久不痊始臥桃李盛稍癒春夏遷景風蕩雲氣熙日照芳妍移步顧園植惡草最鬱然蓬蒿沒蜀葵蔽蔓施竹巔茅菅與蘩蔞蔽牆無片磚有似朋黨輩結托相負緣揮鎌試芟滅莖根密且連深除藉耒耜羸衰我力慭歎息以卻立呼兒走東阡急買九松子新植南窗前唯期一世後鶴來宿蒼煙池谷觀海曰病後涉園矚目傷心忽見惡草侵佳卉一轉入黨人之結託憤懣不能自掩結末怒漸解栽君子樹以期瑞鶴之來宿不着晦澀之語不學紆餘之態筆路尤明晳是亦吾博士之別調矣又曰僕往年有茲種之作寄託畧同而不想到十年之計所以不及也

雨霽

雨霽新林幽意長捲簾無事坐書堂珊瑚紅映琅玕翠
的歷榴花脩竹傍

岡田劍西正之博士惠寄支那地圖朱線以記遊
蹤賦謝 五月

南極海南北冀幽感今懷古幾回頭歸來圖面添朱線
亦使吾儕恣臥遊

送內藤湖南博士奉命西航 六月九日

乘槎滄海指西雲儒雅風流世所聞白首兼優才學識
青衿穿貫史經文星光已向天邊動紫氣先從關外分
不比延陵觀上國宣播東教正由君 池谷觀海曰遣詞造句步武堂堂後聯天象應人事之義正見湖南博士使命之重且大結末吐眞意壯本朝意氣軒昂抱負極大不可以尋常贈

詩視之也

再疊韻

蒼茫半歲隔龍雲亦識鴻音別後聞絕域輶軒仍察俗
流沙墜簡定論文天連印緬炎瘴合地入法英秋霧分
客土風光須自愛歸來重奉　聖明君

湖南前輩西航鳳岡祭酒設祖席於東山清風
閣陪次賦呈三疊韻

層閣平臨萬木雲淙淙鳴澗坐來聞青山祖帳迎班令
中夜清尊會廣文長路關心帆影遠危時論道斗光分
河梁一別雖堪惜尚喜醉吟同五君主人湖南君山雨山北涯

瀨田川泛舟送惺軒博士遊朝鮮六月二十二日

半江煙雨響菰蒲釣艇送君臨碧湖到日箕邦爲相問

有人猶賦黍離無 池谷觀海曰前半藏離情於言外輕淡敍去至結句見幽憂惕厲不能自止之誠矣

戲和湖南先生舟中作四疊韻 原作序云同舟有中濱醫博攜其季女郎渡邊某君夫人又有螺良夫人爲佐多醫博女並訪其夫至歐洲也而湖南博士此行伴令郎法學士猶未有室

舷波櫛櫛學銀雲彷彿月明環佩聞郢客漫誇巫女夢
陳王枉詠洛神文盈盈一水看還渡脈脈雙心隔不分
卻惜孤飛金孔雀鴛舟同載令郎君 池谷觀海曰格調高邁運用典故燦然斐然而博士自云戲作吾不信矣

下保津峽舟中卽事 吉田子熊 鈴木𢋄湖 湯淺愚庵同遊 七月廿九日

疊嶂回溪下瀨船傾杯話盡卅年前壯心依舊豪吟發
鑿底堪驚蛟鰐眠

歸家曝書八月三日歸村

門庭寂寞故田家曝著蠹殘書五車依舊簷前遺愛在
夕陽紅逗紫薇花

中元即事三首

有母有兄子德兒姪全還山旬日好安眠夢魂不到風塵
境林下逍遙似地仙

供花獻果祭筵清誰識燈前默坐情堂屋渠然留母嫂
絕無歡笑昔時聲予家往年羣屬同居者凡十五六人今母嫂一婢耳

入夜家家燈影清村南鼓笛踏歌聲雍熙遺俗今重見
四十年前舊月明

至彌彥村訪子德仲兄火宮祠名避暑八月八日

綠樹重陰壓火宮炎威無復託微風清涼一枕華胥夢

盡在蟬聲蝶影中

寶光院後老杉蓋千年以上物云

亭亭三百尺鬱鬱一千年屈鐵垂柯迸熏銅直幹懸比峰虧日月象澗釀雲煙至幸棟梁器不爲匠石遷池谷觀海

曰筆力勁健詞氣直達神似老杜

牧花里訪解良氏百木園解良氏與我累世通家舊職里正以慈儉稱余年十一歲從解良士德先生學英語於百木園中距今實三十六年前矣　八月十九日

竹後茅茨靜夏天蒼巖古木舊苔鮮當時問字人何處一去回頭卅六年

呈主人精里君君又號聽泉時新館將告成

百木園深八月天涼風拂檻坐淸筵欽君慈儉隆堂構鳥雀已馴新砌邊

白山公園眺望 八月二十一日

大江煙浪接洲汀天北風來海氣腥清曉喫瓜試南望孤雲盡處劍峰青

萬代橋

江流泛泛放輕篷涼滿衣襟八月風偏訝誤尋龍女府不雲横水是橋虹

渡部村訪阿部氏於偕樂軒 主人名七次郎爲長善館同窗士今喪明予不相見者三十又八年矣 八月二十八日

卌八年前同學生林間話舊午風清欣君快辯如疇昔肉眼不明心眼明

賀笹川良造君花甲 我姊嘗嫁君有二兒而夭姊亦逝矣 九月八日

我家西水漭隔水望君家數里聞雞犬百頃見桑麻我

姊嫁君日夭夭桃李花三年君于役我姊退鉛華二兒
竟殀折養弟弟病加五日追弟沒良人天一涯嗚咽動
鄰舍哀毀泣孃耶我時尙童稚感歎亦咨嗟爾後君別
娶舊嘉新亦嘉高門祥氣集子女繞膝斜往事眞如夢
轉覺歲月賒今年君周甲矍鑠向人誇親戚送酒肉父
老致蔬瓜三爵禮成後羣賓舞傞傞想君徐引滿欣欣
坐歡譁我茲寄遙祝聊充鼓摻撾子女有所就上壽期
不遐唯宜積善行其餘弄煙霞池谷觀海曰入手八句如讀古人詩以下平敍詳悉著勸奬語而收束正見其用意不苟矣

次湖南博士詩韻二首

想見秋蛇簡色寒遺編何日事鉛丹封中疑帶古香氣
尺素展來幾度看聞斯坦因蒐錄中有草體文心雕龍寫眞成

東方興廢卷中收西土山川又歷游不識欲吞幾蠻觸笑君老饕及蝸牛和博士巴里秋興秋興云東方蠻觸禍難收蒿目世間且遠游秋入名城人海裏食單點去到蝸牛

聞清帝移宮報五首

玉殿秋風柳色黃後門鐵騎劍成行君臣慟哭宮車出太液驚飛紫鴛鴦

王氣銷沈十幾春將軍亦是舊朝臣公然白馬驅龍種猶視青衣行酒人

誰使黎氓弄太阿茫茫大國舊山河俄皇竄死清皇廢孰視亂臣賊子多

逆賊當年弒聖皇鄰邦無義討田常繼生禍亂知誰責回首煤山一斷腸

漢宮珠玉賊爭收寶玦王孫窮巷游袁董去時曹馬入雙峰出縮老蝸牛用湖南博士食蝸牛韻

菊二首

團團籬下菊鮮鮮白與黃密葉承溥露繁花輝朝陽衆草變成穢蘭艾共摧傷喜汝伴松柏歲暮能留香泛酒何期壽餐英非求康所願化臭骨玲瓏淨心腸苾茀胸中氣發作我文章池谷觀海曰此篇似學選體溫潤渾厚宛然如其人結末四句英氣發露全篇生動

叢菊有佳色帶日映園林含露一何美不知風霜侵整斜藥低昂絳赭彩淺深白者白於雪黃者黃若金兒女豔桃李芳潔亦知欽攀折數枝葉汲水膽瓶臨拂几坐花影新詩聊長吟寄語陶家子伴我歲寒心池谷觀海曰比前首

覺有流動之致面目稍異整斜以下二十字形容曲盡無復遺憾

細菊

緩步丘園道流眄墟落邊離披榛莽裡斑斑細菊圓花
葉若裁翦浥露皓以鮮瘦蝶亦何意周匝來翩翩枯荄
恐蕪沒移植破荒煙傍配竹與石置之藥欄前灌壅賴
子力榮悴任我天挺姿近愛日釀香送靑氈時至甘衰
謝運窮恥乞憐不屑姚魏色赫灼侈春妍池谷觀海曰博士前有菊詩二首後又見示此詩時余護女病晝夜劬勞文筆久廢月初竟歸道山今則亡矣偶誦此篇到末幅老淚潸然不能自禁投筆捧心嗚呼曰甘衰謝恥乞憐者眞如吾女吾之哀毀地下其不安歟詩動余心以高作爲第一從前所無也

曉曉雲中鴻一篇奉慰觀海翁喪令女

秋風拂寒柯墜葉鳴策策曉曉雲中鴻悲叫似錣翩問

之汝何爲飄搖蹤山澤恩勤育孤雌鵠棲銀河夕一母遺五雛乘煙向瑤闕直欲追隨去杳杳無蹤迹聞言痛予懷哀極爲悅惚顧謂汝勿爾斯生百年客顏彭齊壽殤賢愚同一宅豈爲憂愁虜聊寬不爲迫自今十年餘羣雛成骨格或振鸞鳳鳴或效鵰隼越雖爲燕雀倫尙勝烏鴟嚇蒙叟貴委順道大乾坤窄池谷觀海曰王夷甫云聖人忘情最下士不及情情之所鍾正在我輩余喪女而知此言得人情之眞矣豹軒博士賦曉曉雲中鴻以慰余懷比興悽惻音響高亮運新味於魏晉出古意於唐宋筆力千斤觀者必瞠若也

送姪脩赴任郡宰十月二十七日時姪任兵庫縣宍粟郡長

阿戎宰百里先知二母喜再思半悲歡乃父今亡矣跬步就任途話言代告子我聞聖賢教治人先修己居官清愼勤臨政誠惠耳政實又如何足食興禮只昭代無

闕遺黨爭憂紛起貴賤閲都城貧富譁鄉鄙人人不安生宛與驚鳥似法令降如毛禮文棄若屣率以傳舍居政教豈不毀弛弦要更張冀汝改陋軌宓子臨單父鳴琴境自理言偃宰武城絃歌俗日美山郡雖狹小圖治信可恃君子貴素行醫國此其始秋風吹落葉輿馬渡寒水公退有餘閒南雲望鴻鯉池谷觀海曰馬援與兄子一書久爲後世所誦

此篇說居官之道政治之要擧其大綱而歸到禮樂以醫陋俗立言純乎儒者情思靄然君子老杜有送高三十五書記作與此篇同工異曲矣

南都 十一月十六日

南都幽麗地殘日偶來遊喬木瞻孤塔寒雲對畫樓魚沈猿澤夕鹿臥笠峰秋轉見前朝盛伽藍滿四邱

東福寺 十一月十八日

青山東郭近絕壑寺廊連苔徑風霜淨楓林錦繡懸題詩逢白石拄策俯紅泉趁得行人少出門初日鮮　池谷觀海曰無錦繡紅等字則宛然唐賢稍陷技巧也

金閣寺 十一月二十三日

寂寥金閣寺秋色自郊坰紅樹經霜麗平湖點石青風生銀漢水日下夕佳亭往昔將軍苑吟筇儘可停　池谷觀海曰三首格高調暢風度似唐賢遊寺觀作猿澤笠峰銀漢夕佳自然佳對博士一笑拾以入詩山川樓閣生一段輝何等快事

二兄子德惠寄蕈菊蕈名薄衣菊曰籬下賦謝

薄衣堪作佩籬下可充餐千古饒香色不憂肌骨乾　池谷觀海曰薄衣籬下命名已佳采以入詩更妙又曰起承二句西京氣象收束五字畫龍點睛法

又見惠柹實感賦

霜隕空庭敗葉殘故園珍果上京盤卽非奇鳥遺頳卵
定是仙人積轉丹抵得清談防舌彊除將消渴勝莖寒
翻思少日羣居樂斫玉爭刀膝下歡池谷觀海曰二聯暗伏典故而其跡如己出所以不可及也

豹軒詩鈔卷九

豹軒詩鈔

豹軒詩鈔卷十

北越　鈴木虎雄　撰

大正十四年乙丑 四十八歲

賦得歌題山色連天六韻

周詩謳崚極羲卦贊元亨積氣蒼蒼杳崇基鬱鬱橫煙嵐相澒洞青翠互昭明靈秀敷方土和祥降大瀛貢舟望冢至車器與雲生不見蛟龍戰長聞鸞鳳鳴 池谷觀海曰格局整嚴脈絡井然此種文字不可不如是蓋古應制之體也

大阪時事新報二十周年祝日賦詩一篇規以代頌

往年東都紙日本及時事一則主興利一則重立義興

利增民福立義期邦治堂堂張國權殊塗同其志日本
今不見時事別有嗣分支派華城廿年樹旗幟論議由
中正不爲黨爭累導俗趨善良警世藉公器怪有邯鄲
師白日弄文字圖私陽托公欺瞞用狡智輕佻俗所喜
是非共鼓吹賣紙以爲計煽惡無畏忌民風日陵夷君
子暗揮淚砥柱易傾危廈木誰敢比唯願操觚士直言
無所避或啓愚者蒙或斥黨人僞不然懷己私蠹毫與
之異筆硯宜速焚國威嗟何地

椿寺（寺有天野屋利兵衛墓　四月七日）

遠山冷臘雪近水發暖響和風送好音韶景浩開朗西
郊尋祇林幽庭停竹杖磊砢豐公椿從橫三十丈葉間
無數蕾五色映林莽東南一古墓蘚苔覆封壤道是派

華冑義與赤城黨主君死銜冤臣抱不俱想密誓圖復讎贊之給兵仗形露對有司單言盡冤枉一諾重邱山斗膽輕萬象拔齒防嚼舌匿刃畏絕吭既聞仇人斃對吏進稽顙斧礩甘似飴白狀如指掌有司感精誠免死寬刑網暮年來此地晨夕事供養悠悠考終命千載堪景仰士風日已降見利爭奪攘豈復報恩心忠節失將蕩黃鳥鳴求侶懷古易慨慷一杯酹九泉綴言發心賞

訪觀海翁不遇六月九日

幽居依綠野麥熟復尋君門對滄溟水牀連大麓雲去年思倒屐今日不論文惆悵東臯路風長杜若薰池谷觀海曰余與豹軒君心契二十餘年矣去年春日君偶枉駕草廬今茲初夏又訪余以事不在此篇敍其情況者讀之憮然

翁趕到車站時予隨驥子復用前韻

歸去空憐我送行翻見君論交存古道惜別顧飛雲不及傾醇酒如同賞異文稚兒原昧事共沐芷蘭薰

得加地生哲定長安書六月二十七日

遊子天涯尚未歸新傳征馬向西飛崤函落月情空切灞滻垂楊夢亦非紫氣浮來懷柱史金凫滅盡弔眞妃隴頭且見東流水知汝裁書淚滿衣生行將赴蘭州池谷觀海曰以蒼健之筆運悽惋之致結末尤得唐賢遺意矣

憶鄉中枇杷

老大枇杷粲粲花防寒護雪蓋棚斜萬千黃玉炎天重似道兒孫早到家

酬如舟博士

平生鉛槧屬吾曹蠡測論成到賦騷痛快漫蒙陳檄比
芸窗捧簡首頻搔

將軍冢（九月二十日）

絕峰清水北荒冢祇林東落日臨平野新秋斂碧空豈
唯高興發坐使寸心雄蟠屈將軍樹蒼蒼護帝宮（冢邊有黑木大將手植松樹池谷觀海曰後聯前一句綜上四句後一句發下二句作法極細密又曰將軍樹三字甚妙語如尋常而思不到冢上新添一典故）

乙丑中秋二首（十月二日）

東窗似初日明月上雲端皓彩隨銀兎晴光轉玉盤插
蘆兒女祭剝栗比鄰歡獨步幽庭裡蟲喧草露寒

良辰兼少長玩月坐簷端剩水金波定衆星桂樹團山
河焉有影風露不知寒歲歲天邊色舉家無事看

讀觀海翁中秋見懷作卻寄二首

明月高高鵲起枝流光如水浸書帷何圖中夜孤吟地
正是幽人憶我時

廣寒宮殿素衣班環佩鏘鏘舞影閒願帝勿招香案吏
偏敎玉女返人間

水木生彪來訪 十月十七日

孤客來尋休沐時深秋景物正淒其閒庭木葉飄飄下
遠渚鴻聲肅肅悲賞菊何邊堪載酒看雲竟夕共論詩
不嫌迂拙無佳句日後登高任子隨

詩仙堂 次賴杏坪韻 十月二十五日

梅關月閣任人登擬繼高蹤愧未能默坐林園泉石靜
夕陽黃葉見歸僧

九日遊大原水木生同行和其詩韻十月二十六日

北嶺登高去遙峰夕日沈蒼茫千里目牢落百年心野
菊已同插村醪將共斟詠歸山路險新月照衣襟

又賦

重九慵傾城裡醪西風去上北山皋霜寒村巷黃花老
木落湖天新雁高當日正冠誰笑杜生涯托酒我憐陶
同知人世多憂苦時向林邱好得逃

三千院

峭壁澄潭上伽藍錦樹間斷雲飛澗道孤磬響秋山不
覺仙源遠轉教詩興閒追隨麋鹿後長往欲忘還

鳳岡祭酒宴集次主人原韻二首十二月九日

追隨今夜宴重撫去年欄城闕明河澹風霜苦竹殘神

山菅蒯茁遼水鼓鞞寒料識諸公意酒杯强自寛
促膝燈還剔更深星繞欄文章何日盛耆舊幾人殘俗
論逢羣惱年豐忍我寒傷時餘涕淚孰與酒杯寛　池谷觀海

曰時若清平而弊事百出世道人心之推移有可浩歎者諸公宴集寓意於獻酬間而肝膽相照吾豹軒博士感激作此篇決非偶然也

大正十五年丙寅　四十九歲

昭和元年　十二月改元

丙寅新年

節入新年氣象多依然三島舊山河仰瞻黄道昭明日
不記蓬萊清淺波綿瓞慶祥傳玉殿飛人消息遍巖阿
祿食太平恩澤厚禹域潢池尚弄戈

宿讀月樓二首（正月初五）

空林寒吠絕碁子夜深閒死活須臾決願言一宿還

山風搖客枕憶舊半泉臺前輩多奇士飄然入夢來

豐島停雲贈虎畫賦謝

爛爛瞪瞳紫電明飄蕭豎髮覺風生李將軍手今閒殺
跋扈南山任汝行

河水維清（三章章四句）

悠悠長河淡淡素波芙蓉萬仞倒景峩峩

悠悠河水湜湜其沚仁風所敷荒要至止

河水維清粼粼其明濁之不濁我樂吾生

賀大竹蔣逕翁古稀次其漫成詩韻

世間文字富難得性情眞雅重三千首祥開七十春行

藏犧畏廟通塞絜飛茵風月閒活計誰能似主人

觀海翁有途上所見四絶予續貂三首

韡底高高蓮步遲偏鬟半面醉粧奇心顰齲笑多嬌態
也誦桑間濮上詩

長襪短裙露下肢昂昂胸臆學胡姬咲他兜帽藏陰獪
不許人窺許己窺

連臂蹋歌闘織場翩翩花際鳳鸞翔三更舞倦扶無力
笑飲壚頭五色漿池谷觀海曰士女風俗日常慣見而上之詩則難余試賦數首頗費工夫吾兄出之若有宿構者何其多才也余特服第三首蓋風俗詩之至者也

菅祠觀梅四首二月二十八日

草色青青籬下催鶯聲歷歷檻前來相公祠廟春常早
不問南枝開未開

網簷斑鴿語煙霞舞殿鈴聲巫袖斜字字如珠香暗動梅花碑畔看梅花（祠門外有一碑勒菅神梅花五言律詩其裔孫利嗣公所書人多不識）

溪梅如雪水煙重隔岸青山是笠峰尤憶幽魂遊此際時聞鹿苑寺邊鐘

西溪南苑賞梅花散步香風到日斜童子不知阿爺意祠前笑指賣餳家

上苑

御溝流水帶瓊沙處處垂楊金縷斜自是昇平恩澤厚九門來往碧油車

送神田鬯盦之東京（三月十九日鬯盦學於京都帝國大學卒業今年四月將赴任秘書典校）

鬯盦學士芸窗中十年鉛槧夙夜同劍氣一旦干星象

白衣徵起鳳池東蓬萊縹渺彩雲繞載筆典校琳瑯叢
二劉志略久無類三館總目知爭雄朱雀春風搖煙柳
羣朋置酒送玉驄殘梅香迸花撲地流鶯啼度紫宸宮
問君此去幾時返臨歧停杯動我衷碧草萋萋不可極
落日魂飛楓山楓池谷觀海曰其人業成博雅登仕諸友設宴餞飲事已似唐宋諸賢之迹文字典麗意態容與尤耐風誦

柳枝二首

嫩若黃金細若絲千條萬縷向人垂蘇堤汴水衰來久
爭似鴨河斜日時

女學庭前柳萬條隨風無力綠搖搖絳裳來戲秋千上
盡日鶯歌舞細腰池谷觀海曰後詩情思綿邈寓意隱見尤得絕句之要訣

讀秋山穆堂成光清風書屋存稿書後二首　三月

詩酒生涯伴世紛水邊花月嶺頭雲每從空裡觀諸相
一笑拈來天地文

才華英發爛如雲清代名流是伍羣不待餘人加贊語
槐寧(槐南 寧齋)當日夙推君

春日雜詠十首

鴨岸東西花柳朝山樓鼓笛水亭簫碧雲香霧望無際
第一橋連第七橋

滿城春色錦成霞花外綠楊楊外花結伴祇園園裡去
垂絲櫻下賞燈紗

橋下濺濺碧玉流河東狹巷接青樓雕輪鈿雀褰帷去
知是盧家女莫愁

武德殿前花作洞應天門外柳拋線有情啼鳥知吟詠

無意流泉解管絃

平安祠苑樹蘢葱鏡水一泓花影紅蕩漾春光翠微外
天然排展畫屏風

風景陽和日若年閒行攜出杖頭錢落花芳草郊堤上
朱塔井樓山寺邊

短短晚櫻千百株名花穠豔似名姝棚氈客喚丹溪釀
喫著塗椒燒豆腐

廣澤池連大覺陂櫻雲錦水亂離披逢僧閒說南朝事
又讀門前烈女碑（大覺門前有近衛家老女村岡碑）

晚櫻時節野花香京女十三賽地藏夫婿祝求新學士
金堆北斗爵侯王

洛西遙望洛東峰城邑分明對短笻日夕下來花簇雪

大悲閣上一聲鐘池谷觀海曰春日雜詠十首讀之則京華流影在乎目睫間明麗輕妙一不見經營刻畫之迹所謂大塊假我以文章者矣

課兒

齠齡從學始于今步步唯期用力深他日長成能自立應知乃父植扶心

阿彌陀峰豐公冢

將相元無種豐公絕代英瓢旌安后土鐵艦伐朱明高冢還芳草空山獨老鶯雄圖今已矣牛李漫相爭

天王山四月七日

絕頂懸旗地老松當嶮途正名誅逆賊奇智挫前驅磊落干戈熄分明河嶽臞猶思山下路奏凱向王都

寶積寺

幽蹊穿密竹苔蘚上禪扉紫菫窺春出紅椿隨處飛窗中江渺渺林表岳巍巍供茗僧鳴板山僮汲磵歸池谷觀海

曰作法井然以次而進每一進換一境後聯朗豁快人目

山崎渡

春風郊野闊一路蹈平沙佇立渡頭草回看山上花寺樓懸映日潭水倒流霞行客問舟子前村酒可賖

淀城址

不見傾城色花飛殘壘中梳臺關月迥粉堞陣雲空楚覆由虞氏蜀亡懷葛公豪華唯一世千歲泣英雄池谷觀海

曰意敍兒女事而筆帶風雲氣前半殊覺其妙

寄小島贄川祐馬學士五月十日

竹石蕭條苔徑斜孤懷寂寞對殘霞黃金滿地誰能掃

夕日風翻棠棣花　四月十日仲兒子德逝

和王晉卿樹枏見示詩次韻二首

避秦悲皓老出堯憶眞人浩劫屋成社橫流魚化民帶
蘿山上立銜石水邊巡悵望蒼梧野淒涼折角巾

一自彝倫斁困窮四海人國非胡俗國民是舜時民遷
許翠華杳狩河金駕巡草廬誰復在處處盡黃巾

鳳皇吟一篇賀湖南博士周甲　五月二十二日

西山之郊多竹實花葉粲粲映天日側見叢生老梧桐
飛來鳳皇自奧東將雛引禽朝又暮羽翼各成淩煙霧
吾聞鳳皇帝者瑞治定化成始時至固宜巢阿向玉堂
鳴球擊石舞洋洋不然林藪長相親結伴騶虞與麒麟
蓬瀛清波崑圃草乘霞翺翔萬萬春

徯吾后

遼朔風雲莽欲愁廟堂誰起贊皇猷終軍空抱纓胡志
陸賈豈無降越謀西北關山鞞鼓急東南天地羽書流
壺關三老徯吾后伐罪弔民無逗留

次須賀蓬城龔見寄詩韻

千載雄才始出羣倒傾河嶽逐風雲草蟲難免寄籬下
奪錦許吾偏愧君

題蓬城匡廬瀑布圖次其詩韻

憶昨逍遙廬岳邊飛流千丈斷還連誰移銀漢横堂壁
使我恍然對楚天

寄蓬城次前韻

便腹先生不姓邊汗流亭午玉連連敲門佳客好乘夜

竹屋話涼銀漢天

和鳳岡祭酒詩七首

敗絮雲生海畔山何來鶻影接天還固知詩思入秋健

横槊蝦洲第幾灣次函館灣詩韻寄懷

勤王不識客程長半月作虞山澤陽誰爲斯行圖旅意

秋風麥隴馬玄黃次樺太雜詠第一首韻

敷教難於平土難成均亦待度支安愁聞火烈山林盡

漠漠烟荒禿樹寒次第二首野燒詩韻

不識山中勝枉誇城裡仙芸窗汗霡霂岩嶂夢牽連精

妙文章力喚醒枕簟眠冥搜難可逐涼氣繞爐椽和黑部峽

千里峽中雲物新風溪雪岳遠囂塵誰知客有黃壚歎

滿目山陽笛裡人和飛彈高山詠

日日偏驚佳句來客懷詩思定相催秋風好待西歸夕
切鱠江亭更擧杯 和弘前客中作

北極銅標容易尋探幽不說萬山深羆熊棲宅供硏學
愛聽新詞演習林 和樺太演習林寓舍作

訪松濤師歸有詩見寄因和二首

剝啄山門主未聞亂蟬聲裡砍柴勤請公爲畫平臺景
石榻兼添我與君

金地過來心地涼悠悠身世暫相忘靑苔白石林風靜
蟬雨聲中又夕陽

八月十二日書懷

宦游千里不灌園展省年年未敢諼無奈新阡倩人掃
故山明日是中元

神戸乘船夜作八月十二日

破浪乘風復入唐循陔違養奈蓬桑天陰夜黑悄憑椅
北斗低邊是故鄉

過西溟。

仙嶠浮嵐散作行風帆與我互低昂涼秋八月天吳靜
未識西溟有此鄉

杭州西湖有感

蘇堤春曉憶前遊弔罷林君拜岳侯今日重逢湖上雨
風荷煙柳不勝秋池谷觀海曰聞其名而魂已飛況身親遊秋雨煙柳之外乎讀去怳然佳詩佳詩

雞鳴寺

雞鳴寺下水雲晴翠袖紅衣菡萏明梁帝賞秋何處是

長堤十里古臺城

胭脂井二首 在雞鳴寺下卽張孔二貴嬪藏身之處

陳主榮華散作煙胭脂殘井獨堪憐請看花泣蟲鳴處
盡在臨春結綺邊 池谷觀海曰陳主豪奢遺許多詩料來而哀豔之詠成矣興亡亦妙哉呵呵

胭脂井冷碧花濃望幸深宮恨幾重鏡裡綠鬟雲擾擾
曉風殘月景陽鐘

訪東南大學卽目 學制男女共學

紅袖青衿槐陌逢挾書成隊語雍雍元嘉三學開天六
教地何曾有若容 宋元嘉中置玄學史學文學于鷄籠山下卽東南大學所在六謂長安六學

清涼山憶晉元帝舊事

清涼山望雨花臺東北峰巒一帶堆王氣千秋終不滅
何時五馬渡江來池谷觀海曰音吐爽朗藏英氣於流麗中特爲可愛誦

又書感

龍蟠虎鬱舊王庭如此江山附白丁權策不與朱四贄
天心彷彿棄生靈朱四謂明太祖

莫愁湖

十里清風菡萏秋重來復上勝碁樓不論人物眞將假
湖水佳名是莫愁樓在湖畔徐中山與太祖賭碁處梁武帝句云洛陽女兒名莫愁莫愁固非此地女也

朝天宮明代百官習朝儀之所曾文正平髮賊廢爲學宮有碑記之今兵卒舍焉

清晨鐘鼓習朝儀化作學宮絃誦稀文正豐碑荊棘裏
丹楹狼藉掛戎衣

明故宮址

秋風禾黍孰知悲賣瓦年年減殿基偏是紫金山色好
五龍橋畔立多時（鍾山一名紫金山宮前有五龍橋池谷觀海曰直敍其事而使人想其荒廢處是公得意家法）

將赴孝陵途上望白堊館（僕人云近者議築孫中山陵館爲視事地）

民爲國主恐難憑剝復無窮機可乘已見孝陵沒荊棘
何人新起中山陵

赤壁二首

楊柳人家落照紅孤城近壓大江雄舷頭纔辨黃州塔
已到坡仙赤壁東

月明江闊棹悠然二賦千秋星日懸戰迹何關曹孟德
一時豪興眼空前

白鹿洞

廬嶽東南白鹿洞蒼松落落雲蓬蓬書堂晝鎖塵埃積
講道誰追朱子風

黃鶴樓

萬古汪洋江漢流幾回成敗見曹劉英雄事業終閒殺
賣酒獨餘黃鶴樓

抱冰堂 張之洞書齋今置祠焉

旌節後先鎮上游思亭作廟德何優卽今諸將多狐鼠
無繼當年廣雅流

鄭州北過黃河

殷封周甸望坡陀曠野蒼茫蔓草多不管行人千古恨
東流滾滾老黃河

燕京古物陳列所二首

門外賣票容入宮房房器玩寶珍叢穆王巡狩知何處
金殿淒涼玉座空

家破國亡原有因可憐重器客前陳淸皇遜位保和殿
幾箇儒臣竟殺身

濟北渡黃河南望

大野秋風吹弊袍東南天濶客懷豪黃河九曲連雲去
泰岳一峰擎日高

濟南臥病二首

孔廟岱宗期再遊南來一病事皆休歷城孤館殘燈下
臥聽梧聲入北樓

辭國二旬客恨長秋風蟋蟀近帷牀破窗殘月梧桐影

夢落家山舊草堂

卽事

濟南客舍逢奇女綠鬢紅顏道姓秦男子有髯無氣力
三山地小不容身

自青島乘船向大連曉過山東角望劉公島芝
罘諸山

長鯨一道駕秋濤日出雲山遠近高秦壁漫言元趙壁
責人自取是誰曹

平壤牡丹臺二首

山青水綠畫圖開女績男耕盡子來眼見皇恩如雨露
秋風獨立牡丹臺
練光亭下水沄沄玄武門西秋日曛閒卻江山無限好

凌煙何地畫將軍

景福宮

韓王宮闕對南山金碧崢嶸霄漢間前殿仰看勤政字
滿庭荒草夕陽閒

慶會樓

白岳煙嵐翠欲流銀塘松柳倒涵秋鑾輿不度軒裳散
石柱森森慶會樓

昌德宮祕苑

曲徑暗通魚水門林泉瀟洒別成園當年玉馬朝周後
何處深藏三恪尊

歸家九月十六日

昨夜扁舟使者歸妻兒迎候入荊扉城頭月出驚秋早

萬戶清霜盡搗衣

葛原芭蕉堂社集席上（九月二十四日）

寒蟬黃木入新秋啜茗山堂復唱酬江漢煙塵遼朔景
芭蕉舊雨話西遊

送王芃生（大楨）歸湖南（芃生民國革命時從軍有功　十一月三日）

馬上功名久等閒煙帆不繫島瀛間黃經一卷隨身去
歸臥瀟湘夢裡山（池谷觀海曰風流醖藉眞好絕句）

丙寅秋懷八首

秋風蕭槭動園林刀尺偏驚萬戶砧月照關山人已遠
雲連鄉國雁初沈卅年黃子達安寢此夜莊生勞苦吟
時托遺鯖慰衰疾淚零疇昔斷機心

連枝同氣弟兼兄次第凋衰獨我生（今春四月十日二兄子德逝）原

上脊令急嘗赴牀頭風雨臥難成廿年南國青山夢千里高堂白髮情落木飄蕭寒雁叫悽然幾欲謝簪纓

挾册多年城市中無錐遷轉逐飛蓬非須兒女鄰精舍欲拂煙霞叩貝宮西海新栽桃子種南山久長桂花叢（時買地明石）誰言好爵能縻絆豈有蒼鷹羨彩籠

高天霜隕月華清四壁風來木葉輕漸見穢蕪沒蘭蕙何宜窟穴匿蛟鯨主張爲我歎楊子迷信無君惡鮑生（抱朴子有詰鮑篇）遲暮不嫌催短鬢文章聊欲築長城

山城寒柝夜三更閱報青氊對短檠大節喪心非宰相漫言違義亦儒生陳蕃曾抱澄清志原憲常分貧病名風氣日澆何所底愁看刑案到公卿

明時政教固無遺獨怪文章與世移廊廟少聞燕許筆

江湖盛誦馬關詞一家著作錢神逐百歲經綸黨利隨黄木西風苔蘚古秋來連夢羯翁碑

君王別館枕長灘從駕醫臣退食難靈技不須三島藥涓埃欲進九還丹蓮峰月色臨垂幔湘海濤聲入畫欄今夜西京霜露冷寸心空怕御牀寒

滄海橫流盧井摧齊州近事日堪哀中原草木龍雲滅南國山川狐火來挾帝猶無曹瞞略佐王何況呂望才倭奴一夕收金紫笙鼓轅門大旆開池谷觀海曰博士秋懷猶少陵有秋興共關世事起筆母氏次以連枝凋衰而及身世之感以下專嘆世道人心特憂宰相官儒操觚者流不知節義至第七始發　主上不豫以孝而始以忠而終最後說鄰邦之事是散場後緊要處用意良苦張綖評少陵秋興云雄渾豐麗沈着痛快博士秋懷庶幾焉

贈前田七樂通稱奈良三郎其人爲一德會會員

人人咸一德天下可和平洛地誰勸此多推七樂名

紀恩 十一月十五日

四品誥降天璽新瞻望北闕拜楓宸從來薄劣何攸報
通籍恩恩二十春

贈人移居

好向城郊卜一廛冰心眞與世相懸北窗風竹東軒雪
料理煙霞忘卻年

松濤師惠園蔬且圖之賦謝 十二月二十七日

殷勤藁索縛嘉蔬辛苦剡籐寫畫圖豈獨咬時知妙味
展來珍重比醍醐

大行天皇輓詞二首 十二月二十五日天皇崩于葉山攝政宮踐祚改元昭和

顯祖鴻猷燭九垠　寧王惠澤洽斯民雞林盡入新圖
版膠澳全收舊戰塵草木南臺春郁郁煙波東海夜粼
粼山陵此夕埋弓劍凍月淒涼淚滿巾
鼎湖弓墮渺蒼煙正是萬方縗絰年社稷無窮天曆數
君臣一體帝山川湘涯草茁冰猶合武谷花含鶯未遷
早見　儲皇已登極神州寶祚自綿綿

丙寅歲晚二首

九歲五遷未結茅臘月念四自築山巷移居上片原巷租樓散帙俯冬郊
凍風狡兎眠糧窟晴日饑鴉護雪巢嫁女婚男宜緩計
求田問舍久先抛誰言揚子耽奇字自笑嵇生著絶交

二

攀鬢哀慟滿康衢短景淒涼歲聿徂伯玉悟非當是夕

仲尼知命迫今吾文章疾惡空憂國學行貽嘲漫授徒
早晩卜居滄海上歌仙祠畔作潛夫時有意將卜居明石

昭和二年丁卯五十歲

衡梅院物庵理博茗集丁卯紀元節
冰封寒磵涯斜日點茶時詩思誰先動窗梅映一枝

第七臨時教員養成所卒業式賦此送行三月
弱羽息喬木二年六翮成奮飛將遠舉悽然感予情學海信杳渺世路多荊榛願子固操守孳孳對短檠吾皇方新政師表任非輕勿言一寸膠千丈濁能清池谷觀海曰渾樸有西京氣象

現代娘

現代娘現代娘昭和年間時世粧紅臉濃暈仙桃色斷髮鬅鬙烏雲黑袖短臂出裳露脛鞾高腰直張胸臆傲態驕容各所宜齲笑心顰彼一時不屑奉倩與護病豈待京兆始畫眉所誦西籍數卷耳已說獨立自由理登壇堂堂唱女權常將失節罵男子男子聞之恚且嫌眼角生稜戟鬚髯我言虛心請勿躁試歌兩途下鍼砭梅花粧額墮馬髻黃帖玄膏非無例心秉貞正詩所頌服禁奇邪禮有制周室君臣冀子孫羣蓄妻妾樹屏藩媵娣如雲類猱豬匹夫之稱污風存匹夫一夫一妻之謂彼以此爲賤稱士以有妻妾爲常其俗可知神州上下美風俗可憾閨門動同辱大道青樓連雲高粉白黛綠滿巷曲服邪在女女論公行污在男男辯窮二者得失已明白爾今各自宜反躬男女

雙貞地天泰一夫一婦人倫最道明自無曠怨民鄙哉
媒氏中春會池谷觀海曰近日女俗頽敗男子亦有責相率滔滔溺于不可拯之深淵憂邦家者慨歎既久此篇寫時粧而及道其義明其理達固非徒作僕待其鍾錬云又曰起二句總提紅臉八句敘來逼眞讀到眼角句絕倒末尾二解至是下鐵案

酬王晉卿

建章宮殿絕鳴鑾魯壁蕭條獨抱殘中夜夢魂回帝座
誰家子弟溺儒冠靑山采藥梅仙尉滄海求耕管幼安
縹渺蓬萊煙霧薄不知藏得鹿門歡

送水木生東行二首三月二十七日前三日同遊宇治八幡淀

三年飲水此東行羈鳥遭林翼且成穆子有才新就楚
仲宣何事忽辭荆學疏經史無根柢文近風騷見性情
上國翩翩賢俊滿宜將磨琢答休明

執手徘徊舊帝畿登山臨水晚忘歸花明野寺黃鸝囀草綠叢祠殘雪稀樹色蒼茫侵遠道川光淡蕩逐征衣東行處處春應好待見雲天鴻雁飛

藤代素人先生禎輔輓詞二首先生專攻獨逸文學四月十九日卒

縗絰抱哀痛瓊瑤喪此人寶光埋更顯淚滴盡還新未醉金鑾夕行歌白社春及門才俊滿誰繼曠懷眞第一句予時丁母憂第五句學士院未薦先生一席予私以爲憾第六句先生餘業最好謠曲

絳帳昔嘗侍素帷今不臨淒涼河嶽色寂寞鳥花心高躅終難接衰形漸見侵比年荒舊業嘆息一長吟第一句予在東京大學受業先生距今實三十年矣第七句予廢歐學久

次鳥居素川武漢郎事詩韻六月

客子常多去國憂飄然何事復西遊如今奸黠借黃祖

謂俄人博羅金殺爾紛紛鸚鵡洲

聞素川談支那近事　七月

泛海堂堂出六師唯當鳴罪討蠻夷至今低首稱防護
勿辱神州紅旭旗

鳳岡祭酒惠顧蒙賜所攜枇杷賦此奉謝且述
鄙情　六月十七日

入夏憂中絶送迎高軒不意到柴荊親攜籃籠憐消渴
且展圖書待晚晴黃玉寫盤團磊落冰漿迸頰苾從横
欲分甘旨向誰寄風木鄉山無限情　池谷觀海曰誦到七八不覺拭老淚

哭王靜庵　靜庵于六月一日卽陰曆五月三日自沈于頤和園昆明池謚忠慤靜庵嘗來寓京都六月十九日訃到二十五日同志設祭於五條坂袋中庵

南北紛紛飛劫塵今來消息更傷神幼安逃海元由義

正則沈湘竟得仁蒼莽山城鵑哭急淒涼渚殿笛聲新頤和園裏誰題石近日詞林第一人池谷觀海曰人之云亡邦國殄瘁昆明與湘流共鳴咽此篇尤得其肯綮者也又曰正則五月五日今忠愍三日僅二日差耳奇哉

南禪院行樂社吟集七月三十日

城中炎熱客來就薜蘿林泉石前王迹雲山故國心風生流水急樹老夕陽深誰道耽幽事詩期起雅音池谷觀海曰一時勝景寫眼前小景亦有一韻致樹老五字特妙

歸村八月十三日

空堂塵鏡在古壁舊衣閒復灑雙行淚難尋疇昔顏寒蟬依密樹落日冷前山懷抱無窮恨新阡幾往還池谷觀海曰純以情行之而韻隨之身世淒涼之人讀過腸斷矣

枇杷樹

往年予賦園木詩蓋無干存者也時先妣猶健謂予曰吾所栽枇杷樹汝何不及予唯唯退

一樹枇杷憶往時冰盤黃玉賜甘滋只今斜日婆娑影何忍補兒園木詩池谷觀海曰眞情眞詩先生風木之感深繫之

聽蟲吟

江村三百白板扉喬木陰森大合圍流水濺濺通溝澮阡陌從橫稻粱肥大父置莊村祠側三世謬得詩書力韜晦無意拾紫朱儉素幸免勞耕織當時家口十數人長幼具存健雙親賓客談燕風月夜子弟誦絃桃李春浮雲流水四十載枯榮衰盛須臾改敝廬居然父祖構尊長下世寡嫂在今年掃墓因歸旋沈思潛哭空堂前

顧往推來幾起坐夜半輾轉耿不眠南鄰寂寞琳宮寺
墳冢纍纍連園田茄隴芋區荒秋草鼯跳狐啼鎖寒煙
此時月黑天霾霧露叢繚亂光破碎無數候蟲斷續吟
八音九調交比配初疑廣樂起鈞天又訝鼓吹行絕塞
仔細靜聽異等倫緩急低昂千萬態就中分明金琵琶
新鶯睍睆囀青霞步欄風微閒鐵馬索鈴錚錚護瑤花
絡緯凄凄蟋蟀細聒聒促織何嘔啞妙聲金鏡兒第一
轔轔泠泠逼幮紗明妃環佩和呂律漢女歌舞澄潭出
天際悠揚昭文琴波間縹渺湘靈瑟怨焉別調慘人心
憯悽愴怳又憭慄孤子煩冤履霜郊嫠婦哀怨嘆幽室
蟲聲自然鳴其衷似風吹竅萬不同往年不悟擬絲竹
今夜凄涼感無窮鬬雞走狗蘆人渡紙鳶竹馬齠童路

風物依然人事非故舊太半就長暮逢人不解我同鄉
告語姓名卻倉皇壯丁既老飄白髮嬌女嫁作弄飴娘
況又佃戶爭權利地主典賣無寸地中產次第學流移
樸俗容易喪禮義孤窮痛哭處處村變化豈獨我一門
通宵聽蟲長嘆息百歲以後嗟何言賢愚畢竟歸壙宅
攢房蒼蠅是弔客不知何人宿談玄天明草伏露華白

池谷觀海曰歸鄉懷往事聞蟲感身世本是思士騷人所不能堪其敍蟲韻博引旁搜形容無復餘蘊一誦之此身若坐郊野叢中節奏之妙盈耳哉又曰第七解此時月黑句始入本題第十解今夜淒涼一句卽是轉捩處況又佃戶孤窮痛哭二解僕欲削之如何

梁川星巖七十年諱辰書感　九月二十七日時大垣市及安八郡教育會招余講演

文章氣節憶前賢片石苔深七十年欲起英魂驅百怪

人心危險甚夷船

聞田嶋赤城博士名錦治以經濟學著稱致仕賦贈十月

意氣淩年少爲師三十霜馬班論食貨蘇陸健文章花
月常呼酒煙波時盪舟自今多暇日耕讀興應長池谷觀海
曰其人自見矣

八達嶺戍樓寫眞歌贈素川子

居庸之西金山東雲氣蒼莽山巃嵸云是八達嶺所插
紫塞蜿蜒走虛空我來獨立戍樓頭萬里無際風颼颼
頹垣春生草自碧枯篠裹蓬弔髑髏同游者誰素川子
方外默公亦飛履當時素川寫其眞期爲雪泥鴻爪紀
昨向書齋送眞來恍然身落候烽臺忽喜前游今在眼
且驚星霜已十回聞道九州復擾亂燕晉勝敗誰能斷

諸將府庫滿金帛中原老少爭離散秦築長城北逐胡
鹿馬未辨阿房瀦守在人和不在險千古此歎無智愚
君不見新華門頭彩旌靜翡翠帳暖宮漏永北闕別有
孔道通地下定菴久齒冷清龔定菴著說居庸關言關常爲守者所賣　池谷觀海曰蒼蒼莽莽而來一轉入曾游感再轉說戰禍與人和暗伏末段之慨使人想何語承接之而却著冷語作收東手段太狡猾在此公之作極變幻者也

攜兒輩遊于澳堤十月九日

逍遙澳江上落日照通津蓼渚秋容淡松巒夕麗新弄
沙兒女戲唼水鳥魚馴幾野如池苑聊茲作主人池谷觀海曰用筆輕淡眞味自見

歸夢四首

河山三百里歸夢度飛雲寂寂虛堂暗蕭蕭落木紛

侍坐高堂上承歡欲少留怪非平日訪一一問來由
雖知問衰疾風度異平生尙示斷機戒何存舐犢情
撲窗風葉墜月落夢魂驚俄失慈顏色猶聞款語聲池谷觀海曰歸夢四首情思淒切尤足動人博士至性故能如此老夫昨展墓歸來接高什感深一層矣

日日

日日風林葉亂飛越山天遠雁來稀孤墳三尺苔應上
白髮數莖人未歸燈下蓼莪新涕淚篋中針線舊裳衣
空持報國文章志閒卻故園松菊扉池谷觀海曰眞情眞詩若逢此公聽說心事

題半臥子夏泉畫竹以半臥子畫四字爲句首

半浦湘江鸞影分臥舟風竹戛淵雲子猷當日篷窗韻
畫裡蕭蕭今復聞子猷予自比也

寧樂四首十一月十三日

春日祠

祠官禳袖篆煙香侲女舞鈴華玉錚廊殿金燈龍抱火人人如織去求祥

大佛殿

伽藍金碧映蒼穹霜樹林深護大雄糜鹿不知朝市變一羣貪睡夕陽中

手向山神社

清高神殿倚嵯峨澗碧林紅秋色多笑我禱祈無幣帛誦來菅相錦楓歌

三笠山

大月新生滄海間鄉天雲遠幾時還晁卿當日明州岸

東望裁詩是此山

恭聞 上御苑田親手銍艾

禁畝西成稻盡黃寶鎌親穡驗農忙周家王業何堪比
空詠豳風七月章

嵐山大悲閣（十一月二十日）

偶逐游雲度翠微樹紅雲白叩禪扉可憐秋景無多日
枯葉飄飄繞杖飛

虛空藏寺洗心閣社集

同作山中伴悠然對洛城未酬邱壑志聊愜薜蘿情殘
照楓林色秋風塞雁聲自非煙鳥定不使返筇輕

席上戲贈物庵理博（君有痔疾至雲州大仙山求古醫方療治以歸）

誇賴奇方後病瘳（後病謂痔見文選好色賦注）鶡尻（見漢書東方朔傳）攀嶂

笑探秋大仙山下歸來客除得煙霞痼癖不

訪松濤師臨歸斫贈水仙花（十一月二十七日）

瑤草紺園培養新斫將霜本伴吟身黃昏帶返清川路
如見陳王賦裡人

三輪確堂（時雄）將軍見惠筆筒大砲藥夾所製云
賦謝

塡時沈默一丸封炸後轟殷碎萬峰戢力昇平能囿筆
文章假我躍蛟龍（池谷觀海曰意已奇筆亦奇可謂奇詩）

酬松濤師二首（十二月十六日）

山房幽事趁秋新掃葉鋤蔬方外身偶到園中相對語
悠然我卻似閒人

僧房半日笑言新忘卻平生課讀身廚下晚菘雖未喫

醍醐味已屬吾人

獲杜詩朱郭兩注本志喜

平日攻詩猶治經杜陵遺集見前型架中新帙添朱郭
寒夜燈青眼更青

丁卯歲晚二首

廿年東觀嘆川流衰後能爲幾歲留京兆師儒多馬鄭
鄴園才子半應劉空疏愧久珍燕石浩蕩羡長隨海鷗
落落乾坤吾道在煙波好去問滄洲

寒城擊柝夜深傳客館凄涼又一年篋有千金唯敝帚
室無長物但青氈高門敢夢三槐貴倦翼常思五柳賢
早晚藏谿（明石地名）營白屋登山臨海樂吾天

豹軒詩鈔卷十

豹軒詩鈔卷十一

北越　鈴木虎雄　撰

昭和三年戊辰　五十一歲

昭和戊辰新年作二首

紫陌雞鳴佳氣通鳳凰城闕彩雲中天懸日月横黃道
地擁山川護大東已報禁田親稼穡又聞滄海閱艨艟
瑤階干戚秉無逸萬國齊瞻嗣服功（嗣服見詩下武篇）

一夜杓回自極宸舊京雲物復鮮新明光玉帛思王會
東觀軒裳仰帝仁弱柳弄條疑解凍寒梅含蘂欲生春
今冬況有大嘗禮恩渥三朝感此身（池谷觀海曰二篇洵是聖世雅音於結處特見其適切矣）

贈惺軒博士蒙召入京次其御題山色新詩原韻

日出上林天地春鳳飛銜命到儒臣知君升殿講經處應有巍巍聖德新後聞博士進講大學三綱領

物庵博士惠蠟蜜賦呈　一月

何處層崖採得新誰人孔匣養來眞醴漿甘勝嫌香薄琥珀光寒覺澤勻躬掇興讒憐孝子尹伯奇遠求充餌憶忠臣杜子美雖逢佳品空孤賞欲寄故園無老親池谷觀海曰余朗誦不覺老淚何也至性眞情嗚呼可貴哉佩甚

送倉石武四郎學士留學支那　二月

紅顏子方壯霜鬢我初衰爲學非容易臨行惜別離春風黃鵠擧碧海巨鼉移禹域靑天外從今望返期

酬建部水城遯吾博士博士時脫黨籍

憂國經年鬢雪深著書何敢臥山林唯應脫卻樊籠苦
老鶴長懷霄漢心

梅香遍戊辰二月菅公一千二十六年祭北野神社和歌課題

千里梅飛幽室傍暗香嘗護御衣香年年春動南枝暖
能使薰風滿四方

蒼蒼閩山柏一篇賀葉母陳太夫人五十壽三月十二日

太夫人侯官陳氏出字念慈福建蠶桑女
學堂最優等二名畢業爲葉君長卿繼母
其嫁之日長卿父袖紅箋語之曰吾病久
且修道不近女色迎汝特煩事吾母及照

顧兒女耳明年長卿父卒陳氏矢貞佐姑郭氏撫孤持家凡十許年云長卿陳石遺門人以予嘗敍石遺詩說故文書來往今徵詩見及因賦

蒼蒼閩山柏移植閩江潯茂葉件老鶴衆雛鳴和陰一旦鶴飛去孤標映羣林後凋色益翠風雪不能侵鶴子稍成翮回顧思苦心自非遇貞節焉得揚清音春仲麗韶景條風吹縞襟羅拜向柏樹奉此觴與琴觴獻萬年壽琴寫寸心深一彈一侑觴傞傞舞且吟飛鴻自天外到我東海岑異迹世罕見傳稱豈獨今（池谷觀海曰其事已如古史所傳方今得聞之偉哉宜矣吾豹軒博士之感而有此作也比興其擅場春仲以下二十字尤古雅可誦）

祫祭三首（三月二十五日）

祖妣三十年祭

祖妣慈恩厚撫孫每膝前弄飴猶昨日補綻記當年疎寂靑苔露淒涼老柏煙追思三十載新淚一潸然

習卿兄十年祭

仲君甘屈己欲使樹吾名風義兼師父天倫是弟兄託孤聊不負述業未能成十載何攸報低頭向柏城

先妣小祥 先妣去年丁卯四月十六日逝享年八十有七

執紼恍如夢薦虀奔小祥草萌殘雪苑竹映暗塵牀冢婦將行邁孤孫未顯揚何爲拘官守廬墓意空長 冢婦內田氏習卿君室近將從其兒于神戶孤孫言脩姪習卿君單生嗣也

妙心寺桂春院社集 歲首惺軒博士進講此日社友相慶四月八日

林泉寂寂紺園春瀹茗對花迎講臣自覺尋常吟興外

鳶飛魚躍道心新（用歲首送行詩韻贈博士）

又

屈指何年洛社開
隨時逢景共銜杯
惜春情味由來別
休道看花不醉回

清風閣鳳岡祭酒春宴三首（四月八日）

亞檻短桃紅盡放
周池弱柳翠全新
尊前欲使春光住
秉燭風流舊主人（呈主人祭酒）

山樓月淡落花輕
聞說征驂曉出城
羨殺東方賞春罷
海棠時節入燕京（送狩野君山博士入燕）

憶我還京十載前
同迎花月醉芳筵
今宵又上東山閣
八酒仙中少二仙（書感十年前會者主人則鳳岡祭酒賓客則內藤湖南狩野君山長尾雨山西村碩園高野竹隱內村北涯及余凡八人竹隱碩園今並歸道山）

送吉川宛亭(幸次郎)學士游學支那(君隨君山博士同往第三句故及)

客子乘春觀國游臨行不說別離憂升臺久伍鄒枚筆
絕海還同李郭舟瓊島煙霞花石散甕山池苑鳥魚愁
種瓜如遇青門隱舊事殷勤宜就謀

和高坂超然(景題)作四首(四月聖節)

人逢知己感常深節入夏時未暇尋猶喜達夫詩數就
厚苔新樹藥爐陰
儒服逐年憂國深詩書王道遠相尋夏來西望風雲急
諭檄何人投歷陰
幽朔煙塵入夏深前盟一擲更誰尋排紛解難由尊俎
燮理終歸陽與陰

退居憂淺不憂深眼見塵囂容易尋始悟巢由嘗洗耳
棄瓢亦在潁箕陰

東山清風閣宴贈鄭蘇戡 九月三十日

八月星槎到海東未看溪碧映林紅憑欄且望西山爽
卻自臨風憶謝公

和鄭蘇戡見贈作

一自先朝宗社傾于今盜賊益從横陳吳矜棘衣冠滅
堯舜山河豺虎行愁見玉杯傳寶市忍聞龍椁散幽城
摸金置尉非前古何事南陽尚臥耕

至大學講堂拜　明治天皇聖影時始置明治
節 十一月三日

沙淨校門颺彩旗丹楓黃菊趁新儀拜瞻　眞影南樓

上復似當年例賀時

京都驛迎　駕　十一月七日

洛門秋雨灑街楊羽衛森森彩仗長輦路雲開迎鳳蓋
棚帷人擁見龍驤山川盡護園陵勢日月新添城闕光
叨列衣冠瞻盛典　天皇旗在隊中央

登極大禮恭賦四首　十一月十日

皇朝典禮絕西東一系悠悠萬古風玉座儼然奉神器
黃袍南面紫宸宮

百辟南庭稱壽同幢旛日月燦秋風君臣一體協和意
盡在　天皇萬歲中

夜靜庭燎映竹籬千官肅穆候寒帷雙宮方有神人會
重席幽燈躬享時

上林秋淨露華濃大駕謁陵過翠峰四海歡呼趨輦路
五雲飛處拜　眞龍

大禮推恩及祖考文臺追賜從五位感賦二首

覃研經史授蒙徒三十八年守舊株不意皇恩及枯骨
由來淡泊一村儒

登極禮成萬國歡一家稱慶亦團欒菲才卻顧愧先祖
身是天朝四品官

鄉中諸君子致祭祖考文臺書懷遙寄二首

生時唯愛里仁名身後初傳樂育聲不有恩光照泉室
固應巖蕙比枯榮

固應巖蕙比枯榮幸見羣公助樹聲遺著篋中尙埋沒
顏厚愧居孫子名

赴豐明殿宴二重橋上作二首 十二月八日

往歲許過入天府今朝賜宴會豐明蓬萊橋上重瞻望
佳氣蘢蔥滿鳳城

殿角參差鳳舞尊朝車緩緩入天門雙橋欲渡先垂涕
祖賜追旋宴及孫

正殿賜讌

式部序班開玉堂千官劍佩肅成行薰風麗日通和氣
藻井雕楹騰寶光樞斗不移天北極　神明儼在殿西
方微臣猶記三朝上怳惚　眞容憶　祖皇

豐明殿陪宴

高秋金殿壓清霜暖氣如春花草香漸見慶雲浮御座
近依天日拜　宸裝融融魚藻輕周飲穆穆韶英笑舜

章臣在舊京前侍宴禮成重捧萬年觴

衡梅院社集率賦（十二月二十五日）

洛陽西郊多名刹衡梅靜境特卓拔同志折柬約赴期
曉行林霜苔徑滑僧房明窗絕片塵含毫飛觴意相親
風度蕭散類雲鶴交情貞堅指松筠世俗所尙唯富貴
豈知行樂閒氣味碧水青山雪月花造化不慳任人費
是日周甲壽醇儒（謂惺軒翁）更舉一杯餞歲徂微物不遺
聖皇德潤色鴻業屬吾徒

贈惺軒博士二首（用歲首送行韻）

辟雍講道廿餘春告退俄爲林下臣報國何容閒處老
頽風污俗日逾新
酌酒獻君千萬春休言遺世老儒臣人間未破心中賊

營衛須存玉貌新

和惺軒博士歸田作

辟雍開德門告老去灌園讀易梅花底妙窺乾與坤

昭和四年己巳 五十二歲

物庵贈紫芝植盆塡以岐陽水美石賦謝 一月念一

紫莖三寸不療飢聖世宜無歌采芝美石盆中如竹實充糧且儆鳳鳴岐

長岡菅祠社集二首 三月十七日

古廟西郊遠春山白日長梅花飄石逕松影入陂塘不辨窮通理終知德業光林鴉棲欲盡垣下尚彷徨

貶謫從斯路逶迤層阜連丹靑留廟宇梅竹好林泉草

色萋萋碧鶯聲恰恰圓何知行樂日懷古忽潸然

伴兒女到澱堤摘青（三月三十日）

郊日春風暖江堤一路賖燒痕抽土筆莽底短蓬芽竹壓前峰寺梅薰何處家盈筐兒女喜不覺夕陽斜

歸家二首（時予攜兒　四月五日）

夜短殘燈耿回頭四十年昔隨二親臥今與我兒眠

中夜夢難成已知天色明轉憐烏雀意故作舊時鳴

春日箕面山行（四月十三日）

峰巒回互屢溪澗屈蟠斜橋仄老藤擁途窮怪石遮櫻梢凝若雪楓葉嫩如花雲裡雷聲動瀑泉知不賖

鳴門觀潮絕句七首（四月十四日白莊司　孤山東道社友同往）

海天風急放輕舠直入鳴門百尺濤萬壑雷聲吹地轉

蛟龍水底盡奔逃
崩奔潮勢亂盤回倒瀉銀河地上開彷彿當年張博望
仙槎杳杳遡天來
吳粵瀑泉羌蜀山奇名千載滿人寰比來堪起望洋歎
一道銀河大海間
銀濤雪浪打天回白馬素帷覆地堆江靈不怒蓬瀛水
無勞萬弩射潮來
驚濤萬頃激飛風灝灝渾渾天地中試把文章求比似
白蘇奔放杜韓雄
青蓮所愛但青山工部不遊滄海間欲掣鯨魚止虛語
王風蔓草亦徒閒杜云未掣鯨魚碧海中李云王風委蔓草
秦皇東幸度成山三月觀瀾樂未還若使遠遊來此地

不穿銀海苦人間

遊徧東西南北方吾生何幸托扶桑芙蓉峰頂鳴門海
夕駕魚龍晨鳳皇

望竹島

孤島一拳蒼海中帆光鳥影渺春空西望壇浦無窮恨
長把貝宮爲鳳宮

鳳岡祭酒以老致仕賦呈（祭酒臨大學十有二年矣　四月十九日）

祭酒聲名久老歸邱壑陰圖書甘白屋泉石憶青衿種
德終生業論文傳世心輕肥多舊故不復問纓簪

東福寺開山堂社集（四月二十一日）

春晚風光寂禪房此盡簪松梢看細雨苔徑聽幽禽雲
起閒中味花飛物外心撚髭難得句階下夕陽深

吉祥院村訪香泉寺六首（四月二十九日）

楓葉陰陰蒲長芽城中春去入誰家定知村落風光好
又向南郊尋菜花

蕭寺背行行逕斜隴頭猶見舊煙霞倩他胡蝶爲東道
歲歲城南賞菜花

雲雀颺颺俯斷霞菅祠華表日將斜風光頗與故鄉似
獨立原頭看菜花

男皐王峰入眼來茫茫曠野久徘徊菜畦彷彿龍門色
佛寺金銀左右開（龍門謂伊闕杜句云金銀佛寺開）

新樹風輕小祇林東軒獨坐聽松琴主僧未返幽庭寂
唐棣花敷滿地金（時松濤師未返）

遠近村燈帶晚煙菜花黃暗鎖園田何如相送斯時意

一路遙遙到桂川　歸路師遠相送到桂川而別

東倉石學士　君在支那時遊山西五月二日

三晉河山費訪尋　雲牋報到洛城陰　雁方歸日遊何壯
花已謝時思正深　拓字搜奇傳青主　載經考古顧亭林
西航恨我新秋迫　休怪稀疎海上音

東方文化學院京都研究所成志喜且示諸生

五月

四部貫穿疏九流　館開窗几對林邱　編摩孰與河間紀
博洽欲淩新喩劉　當世詖辭無必闢　先王大道自茲修
寄言巾卷諸年少　乘暇問奇頻往遊

己巳夏五訪恭仁山莊呈炳卿博士

薰風吹面蜀笻輕　綠水青山次第迎　夾路麥齊時吠犬

隔溪篁暗尙殘鶯丘園頁嶂煙嵐靜卷軸滿堂金玉精
商榷古今臨夕照林巒指點說王京

悼山口松陰直胤君六月二日

杜鵑聲裡杜鵑開憶昨殷勤共擧杯今日社中君不見
杜鵑花盡杜鵑哀

賀白莊司孤山芳助之定嗣次其自述原韻

新枝接換老癯梅玉骨崚嶒寒不摧從是仙禽引孫子
和鳴千歲日翔回

賀野上雨峯翁金婚慶辰

蘭玉滿階松柏青雙雙鶴舞日康寧金剛應續金婚後
不羨天邊南極星

題宛亭學士所贈六角彩燈

萬戶張燈紅蠟乾上元遊夜舊衣冠不知銅狄淚多少
曾向春明門外看

亡羊松本先生退休賦呈

窮老育英車忽懸行藏事事自堪傳兩乘精究眞源義
諸譯旁通貝葉編博古遺風譜圖錄談玄餘意弄林泉
有人如問長生訣桃李栽培踰廿年

奉命將航往歐洲五月五日同社諸友祖宴於
妙心寺大心院賦此呈惺軒先生兼贈羣公

人生天地間離合固奇緣我愚慕賢聖骨相非神仙自
分在泥滓不期居層巓少壯學章句餘暇時叩禪或問
老莊道空空談玄玄未得眞人意亦復窺融圓聚螢辟
雍樹獺祭石渠煙與君偶相識在我弱冠年君向青雲

去我墮風塵前齷齪八九歲西京再會全追隨復如始
交若水魚然君奉姚江學手執廣文權我推杜工部氣
類甫與虔文史相商榷同臭金鐵堅作伴洛陽社行樂
臨石泉聲韻辨雙疊安能筆如椽古人奪工妙百發楊
葉穿胸中容邱壑毫端弄大千每逢佳風景臨時摩往
編斥鴳對鵬鶚茫乎徒自憐諸公不遐棄提攜互後先
文字爲媒介道交常聯綿昨日公命下將上西航船會
隔半歲期程遙萬里天發動任公輿投犗釣漪漣得遂
乘桴志應悟外物篇離席禪關靜樹石頑比肩躑躅花
照耀魚鳥樂邱淵絹素沸雲霧蔬茱斥肥鮮懇誠托觴
詠慰撫勞才賢想像客土夢不離京都邊身將勤跋涉
心本愛靜便隨境風物異遙由鴻鯉傳歸來話遊迹諸

君勿倦眠

七月四日將赴歐洲書懷

平生心跡背蓬桑奉簡初驚鬢有霜散木宜居無用地
端章顧就遠遊方滄溟雨急鯨濤壯大漠風高椰日黃
到處輶軒勞象譯笑吾崑圃夢琳琅

留別諸友二首

旻天滄海渺悠悠恐此終爲汗漫遊東觀廿年空已老
又鞭鼇背向歐洲
十一年前客禹州八千里外又歐遊乘槎兩度皆王事
不說尋常分手愁

次三浦梅癡豐二送行詩韻

霜下高天一雁秋長風破浪此西遊人間何幸生三島

海外奇緣覽九州亂骨蓬蒿秦將壘夕陽金碧楚宮樓
詩情羇思知多少總付掛囊驢子頭

次寺町愛山送行詩韻

奎運何容有弛張低頭前路歎茫茫妄從國學英賢後
且荷皇華原隰光夸父河邊追日御天孫機外瞰雲章
他年擬作西征賦裔土人文好括囊

次高坂超然送行詩韻

犯斗浮槎遡漢津窮源自擬是仙倫萱枯不厭探珠遠
雁斷還思繫帛頻（予今母兄並亡）故國山川勞夢寐邊京花月
隔交親歸期屈指半年後一上離筵愁便新

次河野葦川（字三郎）送行詩韻

臨別誦君送我詩靄然仁意與吾期可憐新戰場頭月

應照當年百萬屍

船到馬關以下航歐諸作

峽樹灣煙廿六秋憶曾載筆向炎洲雄豪孰與當年氣咫尺離關歐海悠

出海峽

去國單身作遠遊新潮解纜海門秋玄溟漸濶仙雲細目送蜻蜓八百洲

海上所見七月八日

氣壓山頭釣客豪峩船百尺駕驚濤茫茫天地唯紺碧時見河豚出浪高

香港

南奔潮道接珠江白館紅樓壓海邦占斷懋遷二十億

英估規畫元無雙

海上所見

飄飄一葉駕長船數日南行水拍天喜見前方山岳動
何知滅去是雲煙

喫荔支

團邊熟殼紅珠甓肉裡瓊漿魚眼開不用東川勞驛使
親嘗南海貢珍來

發香港

笛鑼聲罷雨蕭蕭送去翠巒迎亂礁自此正南海千里
奔流一道上玄潮

獨良果

獨良形貌奇無乃鬼胎遺針戟如荆棘斑紋似鳳梨攜

來人擁鼻剖去肉凝脂停舌尋眞味誰言逐臭兒

望日本 馬刺加洋上作

南荒炎氣曉來收波織簟紋碧若油獨倚欄干望天末五雲濃處是皇州

阿牡丹 果名

赤道近天炎苦難星洲珍果獨堪歡已驚桑葚辭南畝又訝荔支堆滿盤坡老若逢定忘謫馬卿長病不思寒鮮紅軟玉好顏色無愧嘉名阿牡丹

孟項珍 果名 二首

南方富嘉果此得味中眞能中酸甘節名君曰孟珍形似無花果氣含幽蕙芳喫來三十顆食性不知傷

莾瓜

皮成春草碧肉帶松脂香可比談玄味和吾舌本強

觀魚

凍雨崇朝去沛然觀魚倚檻立長船潮頭百尺紛飛雪
映日成虹七彩煙

彼南西航月夜二首

一碧滄溟萬里連玲瓏月色浩無邊思君今夜知何處
南斗闌干北斗前

無復南飛烏鵲號明明月色照秋毫傍人爲說天文異
大火如朱頭上高

戲贈菅原代議士

菅子鬑髯美豈唯胡客奇往來椰樹路羅拜崑崙兒

錫蘭島寒泥雜詠三首

壞壁丹靑舊道場菩提樹大綠蒼蒼崑奴不解人間改
漫學胡言說法王（佛牙寺）

白壁紅簷帶竹椰峰巒涵影水中央沿堤乞食誰家子
故壘草埋王殿廊（湖畔望王城）

喬木靑山湖水濱合歡花赤永留春香魂一片無窮恨
城郭已迎新主人（湖畔弔王妃）

經亞刺布海作（七月三十日）

峩船穩若大鵬翔不覺滄溟近太陽風色東西隨節候
濤聲日夜接混茫蕉椰影暗珊瑚島蛟鰐氣驕罔兩鄉
相憶美人猶遠隔空中徒聽佩環鏘

發亞丁港（八月二日）

打鑼鳴笛背童岡鋼扇繡帷拍賣忙此去一千三百里

青天西更向紅洋

船過巴伯爾曼的布海峽二首 八月二日

天長海濶鳥飛閒船入紅洋第一關恨我終無陶謝筆
同時併看二洲山

樓船縱斷峽中流直指斜陽欲沒頭南望阿山青一抹
何知北岸是亞洲

蘇士至開羅途上見幻河 格致家云沙漠空氣上密下疎日光屈折因成斯象拿破烈翁之征埃及軍士思水往往幻以爲眞 八月六日

曠野無人散駱駝荒涼日色暗風沙愛看迢遞邱陵底
一帶清溪是幻河

開羅府希撒金字塔

黃沙撲面火雲紅金字塔尖石獸雄歷歷七千年盛事

夕陽駝背閲鴻蒙

希撒途上

黃流滚滚乃河斜綠野天開禾接瓜一路閒行希撒郭

合歡花映木綿花

戲詠褌二首（八月十三日）

有客重邦俗且思下體溫纍纍筐底物半是越中褌（實有其事）

華夷誰復論澣濯不堪煩一笑從西俗自今欲撤褌（自言）

海上中元（八月十三日）

西空愁見日車翻天末浮雲唯一痕故國何人能憶我

地中海上作中元

船中釋杜詩書感

杜老生涯旅苦中卜居錦水復西東船窗釋到巴闐卷
客淚數行下夜風

入英京作八月二十日

樓船日日逐鵬程惡熱狂濤魂幾驚一夜砧聲人萬里
滿天明月入龍城

訪詩人虞來墓九月五日

寂寞郊村路古寺當路傍秋草滿地綠喬樅參天蒼纍
纍百千冢中有雙壙牀云是虞氏墓母子對埋藏虞氏
詞家傑思母常哀傷昔誦哀辭篇斐然歎有章今來讀
墓版辭短情何長母慈育羣兒一人獨未亡二句是嗚版辭
呼孝思厚令予亦斷腸烏雀閒猶慼白日慘無光萬里
征途上黯然懷故鄉唯應百歲後歸侍舊阡岡

拿破烈翁寺 巴里

英雄崛起海南村一代榮華誰復論身後未醒槐國夢
伽藍猶擬帝王尊

巴里中秋 九月十七日

經南月淡映層樓夾道橡林風葉愁寂寞天涯老詩客
埃飛塔 塔名 畔過中秋

法京逢織田鶴陰博士聞博士近將回國因贈

神京話別未經年巴里重逢定宿緣碧樹圓山猶在眼
秋風薛水又隨肩功名不落班生後婚嫁須追向子前
何事見君還惆悵歸帆早掛雁來先

凱旋門

游龍流水簇輪蹄扇樣康莊望欲迷各署中興諸將目

凱旋門發十三街

德意地國西道中作（九月二十六日）

邱陵起伏盡平原處處塔尖楊柳村水細草肥牛步健
秋風未老牧人門

矮馬兒市德國二詩人銅像

羅皇宮闕久爲塵法帝池臺非舊春獨有文章能不朽
街頭長見兩金人

和蘭陀道林村訪德國廢帝該撒幽居三首（十月十三日）

一林黃葉雨蕭蕭村巷寒煙散未消欲問帝囚何處是
紅蘿如錦似宮朝

紅蘿如錦似宮朝後苑薔薇香暗飄胡蝶飛來續殘夢

城池無主舊京遙

城池無主舊京遙囚帝衰魂何處招簿上題名揖闇去
一林黃葉雨蕭蕭

歸巴里 十月十九日

遊北不知日月長歸來巴里已風霜可憐夾道兩行樹
椽失舊青楡著黃

薛延河橋上作

薛水兩涯林盡黃曉來煙雨見微陽傍人謬作思詩客
獨立橋頭遙憶鄉

聖徒祭日偶成

樹色留黃雁未賓聖徒祭日趁良辰城郊陸續提花去
盡是墓林供鬼人

徐世嬪莊偶感

席卷歐洲撼百軍幽都一敗雪紛紛天亡戰罪何須問
帳下無歌最惜君

發法京十一月一日

北地歸來臥法京悠悠半月旅魂驚秋高忽動登臨興
又上南遊第一程

瑞西山中作

溪上山坡碧草濃懸崖織錦瀑淙淙誰知秋景兼冬景
落日半天望雪峰

羅馬

秋風寂寞七邱阿殿寺殘墟委薜蘿舊景城南餘古道
夕陽牛背笛聲多

與杉本學士別 直治郎 十二月十九日

異邦三月共晨昏臨別黯然自愴神霧地炎天經歷後歸期無負廣陵春

歸舟地中海上阻風

挾雨玄雲逐斷鴻寒濤逆捲打頭風歸心不似舟行緩早已翻飛到海東

蘇士渠 十二月二十七日

蒼蒼天色覆平沙西岸長堤蘆荻花百里清渠通二陸分明四海合爲家

紅海

水開明鏡碧悠悠海上煙波淒似秋曝背看山山擁岸面前横黛又何洲

即事

徒聞風水見雲煙海上身閒日若年茶飯浴棊外何事
興來披卷倦來眠

紅海船中己巳除夜四首

風拂炎蒸氣欲蘇水連星漢海天虛一盤蕎麥一盃酒
迎得船中新歲除

已無德行接前賢未有文章後世傳中夜低頭空自愧
明朝知命過三年

問俗觀風思伯仲登山臨水憶慈帷還家雖樂多遺恨
非復當年侍養時

悤悤五十二春秋宿志衰年慙未酬祗命東歸何所報
辛勤唯合恢皇猷

昭和五年庚午（五十三歲）

庚午元旦（時船在亞丁灣外）

斗柄忽回紅旭新船樓慶會趁良辰三聲萬歲齊高唱獻頌吾　皇第五春

亞丁灣外望阿弗利加洲（一月二日）

長天積水渺無窮船駕洪濤去向東莽莽阿洲青欲盡殘山一角夕陽紅

望新月（二日夕）

鉤玉纖纖似畫眉雲間出沒映船帷南天今夜望新月當是閨人憶我時

又

今夜南溟上正逢新月時纖纖若鉤玉淡淡似蛾眉忽共波光暗已隨雲影移客心愁見此亦合映閨帷

望鯨 八日

海上無風雪浪明初疑水底亂礁横潮頭直立二三丈知有鯨魚成隊行

急雨 十二日

忽地長風吹海腥雲煙漠漠雨冥冥須臾雨罷雲還散依舊船窗島嶼青

舟中月夜三首 十四日

夕陽方沒月方生一碧水天如畫明他日還家遇良夜丁寧要話此時情

海若熨平天若磨明明大月照澄波可憐遊子思千里

自覺清光猶不多

天無雲翳海無塵百尺檣頭月一輪正是南溟清景夜
誰知洛地雪花晨

庚午初度 一月十八日

延閣抱殘一小臣西遊六月歲華新慙將衰鬢奔公事
海上又逢初度辰

偶感

往來二萬八千程歷國十三經眼明借問盛衰緣底事
唯從勤惰兩途生 十三國言支那馬剌加印度埃及英吉利法蘭西德意地和蘭陀白耳義瑞士墺太利匈牙利伊太利

歸家 一月二十六日

急解行裝手自陳妻兒相對破顔新水仙牀上還含笑

似學歸來舊主人

酬惺軒博士

半歲吟盟絕唱酬西天日夜夢瀛洲歸來握手重相見不覺破顏神港頭

酬超然老人二首

一片春帆萬里風新歸慰意與君同豫知吟社振旗鼓虎擲龍挐興不窮

春波淡淡打歸舟望岸何由數舉頭不獨林巒青可愛故人遙到自西疇

聽鶯卽事 二月

還家踰月已春生敧枕朝朝聽早鶯卻笑巴城行樹綠九街無地著嬌聲

光雲寺社集賦贈同志 三月二日

偃武且一紀奉命赴西陲經歷十餘國道里踰萬斯文物多驚異風景或怪奇常憾違鄉味不接故人辭半歲公役畢旋歸及春時俄値同社宴辱邀幸在茲山寺松竹靜黃鳥啼南枝班座聽流水擧觴各賦詩吾懷何所似懽然解渴飢

賀陶庵西園寺公八十初度次國府犀東詩韻

仙人風表視聽精輔翼朝廷致一誠勳業百年周柱石衣冠列代漢公卿嶽雲春映裴堂靜洛樹霜紅謝屐輕魏闕心存湖海興長生未必問蓬瀛

題阪東貫山畫鱖三首 四月

問君何意識天機不寫胸中邱壑徵江水三千三百里

丹青但及鱖魚肥

一曲漁歌絕妙辭煙波生計少人知紅桃肥鱖君能畫
細雨斜風寫者誰

不浮江漢四年餘楚戶蕭條煙火疎偶自畫圖見肥鱖
悵然憶著武昌魚

清風閣宴餞鳳岡前祭酒二首四月二日

山河錦繡帶鶯花鳳颺朝陽五色霞帝圃應多鸞鶴侶
韶音幾日下天涯

綠柳紅花映帝鄉山樓秉燭且傾觴不論離思誰多少
但話廿年詩興長

詩仙堂社集卽興四月五日

城郭餘名勝春深隱士關林園連綠野庭戶帶青山幽

興溪聲古高風樹色閒聯吟俱遠客（言大江萬里君）薄暮未言
還

席上贈萬里用其送予遊歐詩原韻

頑仙故宅共經過霜鬢驚看別後多今日重逢宜一笑
花間相伴有鶯歌

鳳岡荒木先生前辭大學無幾就聘學習院設
宴留別招邀見及賦此奉贈二首（四月七日）

國子延名德辟雍勳業存山川違秀麗貞固植屏藩稷
下荀卿老青溪劉瓛尊棲遑仁者志不敢卧東軒

春風麗桃李夕日靜林巒共酌一尊酒重思廿載歡論
文勞夢寐憂世障波瀾乖隔值遲暮撫松盟不寒

御室仁和寺千葉櫻花下歌（四月十二日行樂社集）

御室山中千葉櫻幹株不長盡叢生長者不滿七八尺
奇葩由來世所驚開花時節人麕集樹底縛棚棚林立
豔姬舞袖金扇搖嬌童歌喉玉可拾是日花前移藜籐
蒼顏華髮會吟朋郫筒寫杯朱霞繞剡箋落筆香雲凝
興闌西指白日落風花飄颻殊不惡況我絕海方卻回
逢春看花思行樂一年櫻花開一回千朶萬朶誰爲開
請君記取今年好明年花開重復來

詠藤樹書院老藤 五月二十日

孝德至靈通鬼神一誠終始覺斯民參天院外蒼藤樹
標得江州大聖人

寄題槃澗學寮 四言二章寮在上毛爲宇田栗園先生學館址

考槃在澗君子之寬邈矣聖哲夙夜不諼

聖哲邈矣仰止林巒大道其邇在澗考槃

枯死雪江松歌松在華園妙心寺衡梅院後雪江妙心第六祖應永十五年生文明十八年寂年七十九距今昭和庚午凡四百四十四年矣妙心寺號正法山

衡梅院後一古松傳是雪江之植封平地橫被翠偃蓋
蒼冥直上老雲龍昔日一株弱根樹困頓多年苦霜露
長大唯仗培灌功遂使蒼髯拂雲霧憶昔相宅平安京
坤隅卜地開藉田傍置行宮治苑囿世上始傳華園名
延喜以後六七火規模往往遭殘隳中歸人臣有替隆
下及延慶移御座捨園爲寺敬國師弟子關山當住持
堂後新起玉鳳院付與莊田固寺基嗣關山者爲宗弼
無因日峰相祖述義天承之傳雪江龍安門流遂橫溢
雪江喫苦三十霜喝雷機電魔膽喪近畿諸寺躬自統

參徒輻湊大道場正法門中有盛衰樹木難免亦蔚萎
天喬曾經鸞鳳宿婆娑漸受蟲蟻欺五百歲後生意竭
斷送竟不由顛揭無復風梢起翠濤豈有黛色壓林樾
法殿春風鶴唳哀浴堂夜煙月徘徊雕斲成器根亦盡
身幹破碎棟梁材大木靈壽今至此我見歎息淚漣爾
傷心不減庾蘭成惜用何異杜子美昨夜華園天烈風
松子如雨墜院中應有山衲攜龍種培灌復繼六祖功

池谷觀海曰四百四十年之老松一朝枯死博士繫以許多感愴骨氣勁達詞意蒼涼佩服

送河合月浦恆老人移居東京 五月三十一日妙心寺慈雲院

社集

暮年風月托昇平住市非貪大隱名慷慨伯鸞知羨殺
一家雞犬入東京

賀月浦周甲二首

周甲康寧元不易高材有子更尤難知君積德生清福
穩坐堂前待潔湌

四民羣裡幸爲士三樂科中分育英料理家邦委他手
品評花月了斯生

大德寺黃梅院社集（七月十三日）

僧房人語斷林鳥隔幽庭風度杉梢冷雲生石氣青

展福原周峰翁墓（在黃梅院）

訪幽出城市懷往就林茅雨斷黃梅院天開紫野郊文
章終不朽名利早先抛酹酒隨人後墳阡榛棘交

寄荒木鳳岡院長在駿之桃鄉次其見示函嶺
詩韻

函嶺溫泉靈古今桃鄉蒼海遠堪尋不知年少紈袴子
詠歸誰解孔情深

常滑正住院卽事示天湖上人（予攜兒留宿七月二十六日至三十日朝）

陶漁勢東岸種樹尾南頭人見知多（郡名）樸地聞常滑幽
潮風清午夢松日散時憂何啻珠宮近喜爲支許遊

嘲寺池食用蛙

西來闍閣宿池叢兩樣官私鳴不窮何敢鼓吹五經去
徒能解葬腹笥中

常滑銷夏雜詠十首

日長無一事獨坐聽潮聲松靜如僧立雲移似鶴行
鹵渚參差出前山隔岸明何人釣鼇輿帆影掠松行

檻度西東船窗浮近遠山清風松下臥心與白鷗閒

海上孤鴻沒斜陽巨船明忽思去年事萬里截波行

煙霧全收盡千帆去不還潮風天地碧一點白鷗閒

日落欲生煙漁舟各控舷波平柔櫓外嶠斷白鷗前

夕照前山赤童兒晚弄潮海鷗不驚去同逐遠汀標

漁火侵涼席星光透老柯紗幮風浪湧彷彿臥仙槎

朝見青山列夕望碧海深何知人我物忘卻去來今

山色變晴雨海光無古今君如不稱意來此聽潮音

訪松濤師不遇（八月二十三日）

野寺炎天松影長應門老婦掃除忙誰憐豆圃芋區外含露秋叢蟲韻深

妙心寺長興院社集贈近重物庵（九月二十八日）

野寺新秋露氣鮮園林瀟灑石苔邊階連孤塔嵐光碧
銜入雙邱樹色圓丹井嘯雲迎葛令青山騎鶴想喬仙
風塵擾擾非吾好幾日堪賡歸去篇

和物庵六十自嘲詩次韻物庵卜居太秦村安井平生愛宋黃陸詩

涪老精神劍南骨西溪明月北峰花文章落落非餘事
天地悠悠屬自家

次須賀蓬城移居詩韻

聞言復易廬且就竹林疏寫去雲林畫臨來內史書

大江萬里讀禮中寫孝經一本見寄賦慰次其
秋懷詩韻

日寫孝經無限哀蟲聲叢露淚先催白頭風木須知慰
侍養三年羸我來

庚午中秋陽曆十月六日

簷前兒女助吾歡數本菅茅芋栗盤十歲不知今夜好
晴空明月影團團

中秋步月城南訪松濤師夜坐

金風玉露桂香清野寺敲門詩客情砧杵漸稀蟲韻急
明明大月照山城

南郊歸路偶詠

灝氣橫空星漢稀涼風如水滿裳衣行行唯恐城門近
十里平郊嘯月歸

月夜四首

上苑月明烏繞枝風清草際露華滋笛聲瀏亮天如水
亦似津橋偷譜時

金桂香清夜欲闌青天磨出白銀盤分明瑤闕仙裳舞
卻怯嫦娥不耐寒
京國山連古越州碧空無際月華流江村舊宅今何似
孤負清光四十秋
水遠山長雁影悠園林搖落又高秋更深倚戶望明月
無奈天南萬里愁

題鳳岡存稿

關東原膴膴上毛礐凋嶺秀靈鍾偉人金玉發幽礦造
化理覃研陶冶資修省風節崖千仞品度陂萬頃四推
祭酒尊晚躡清要境雄筆托性情上下久馳騁有物君
子言汲深由脩綆朝陽鳳鳴聞明時斯文幸挹謙求譏
彈俯問廣文冷屬辭言中懷媿無隻字警

寺町愛山移居西郊有詩見示次韻卻寄

西山移劍書高臥酒詩餘幾日楓林好城中報我廬

神戶港奉拜大觀艦式十月二十六日

金菊章明照碧空　天皇海上閱艨艟神光一道波濤靜不令鵬鯤驚貝宮

十月三十日書感明治天皇下詔昭示教育大本距今四十年前矣

九天風露下林岡拜詔回頭四十霜不有聖謨垂大訓可能佳節度重陽登高把酒瞻雲物臨老對花嘆世綱洪水橫流子輿遠微軀何以報　文皇

是日値古重陽節社集于植物園昭和會館

名園瀟灑鴨川傍杖屨來升大禮堂猶憶中宵冠劍盛正看寒砌菊蘭芳清湍淅瀝回鷗渚翠嶽崢嶸壓槿牆

行樂豈無關意處村村穀賤苦豐穰

鴨堤曉行

寒煙低在水初日澹離城霜白衰楊岸橋頭人未行

候駕京都驛賜謁十一月十三日時上將閱兵於岡山縣

金管韻霜戎輅閒窗帷咫尺拜　龍顏將觀貔虎騰行陣已閱艨艟壓海關肅氣晨連三備野仙雲秋映百蠻山太平時節不忘武萬古神州天壤間

等持院社集十一月三十日時有共匪事變

寂寞空山鐘磬音窮秋霜氣肅蕭森脩篁贏熟寒煙薄錦樹鴉翻返景深身後羣梟猶戮像機先凶獍合誅心清時咄咄多荊棘俯仰悽然感古今

歲暮東山芭蕉堂社集有感二首十二月二十一日

鹽梅已任呂伊調勳業何論衛霍昭歲暮天涯人欲老
文章百代憶芭蕉
風雅遺音遍僻村辭逾趨簡韻逾存班揚枉費洋洋賦
俳聖唯裁十七言

席上贈寺西乾山亮吉翁賀其古稀二首

漆園寄傲非爲吏柱下藏書豈是官不願過關知尹喜
時來濠上喚魚看
餐霞飲露挾飛仙反擊扶搖下九天何問悠悠眞宰意
人間遊戲不知年

庚午歲晚

窮陰天地日荒涼雨雪山河草木傷鴻雁離羣迷澤國
鳳鸞失侶憶朝陽賈生憂世空嘆息杜老哀時漫激昂

猶貯胸中餘樂在知吾罪我有文章

庚午除夜三首

蘭玉碎摧糠粃殘先考評羣兒語先人評確尚銘肝于今道藝皆無及羣弟兄中齒獨冠

鹽車淩險駑駘身國學稱師愧儁倫二十二年如瞬息幾時迎得牧郊春

霏霏霰雪灑庭松筆札裁來盡自封男女呻吟妻亦臥悄然聽到五更鐘

豹軒詩鈔卷十一

豹軒詩鈔卷十二

北越　鈴木虎雄　撰

昭和六年辛未 五十四歲

辛未元旦二首

瓶中松菊女親插廚下肴蔬朋寄將一盞屠蘇隨吉例
出門先去上春庠
去歲樓船松竹綠今年學舍旭旗新捧觴齊向東京拜
聖壽宜過千萬春

二陵

畿甸山川耀太陽二陵松柏鬱蒼蒼風煙不管東流水
萬古千秋護帝疆

乃木祠

雙烈祠邊竹木森開春趨拜趁鳴禽金州營舍長州宅一一教人感慨深

坐索道電車登愛宕山

俯視川原脚下連青螺萬點出雲煙墨梯謝屐總無用鐵索牽車坐至巓

福壽草二首

遼廓西園桃李春鄰梅未見一花新瓶中已發青陽氣玉蘂金葩自在春

長生未敢夢彭翁心計無期朱頓公俄被盆花呈福壽蠹魚天地自春風

偶成

山城殘雪草生籬日日柴門無事時相國寺邊曳笻去
竹林深處聽黃鸝

贈岡本君清逕（君爲京都府教育會主事）

嵐峽櫻花東嶺月風光共賞四時新誰知江上無名草
別繪平安天地春

和近重物庵病牀詠

連日城中急雪堆亦知陽復必春回龍門司馬應無恨
著作已敷都邑來

題楠公父子櫻井驛訣別圖（菊池容齋畫賴久一郎藏）

大楠俯覩扇植膝烏帽直衣溫而栗小楠跪伏紅甲顫
雙眸不轉仰半面身後討賊奉吾　皇我不復見赴戰
場請從爺死父不許茅簷雜花驛路荒誰其繢之菊池

氏神彩奪魄眞畫史咫尺壁上畫有聲萬古忠臣與孝
子

十鶯詩

仙禽去入白雲深落落喬松翠蓋陰怕不綿蠻九天徹
最高枝上一長吟　松鶯

清歌宛轉細枝頭噪雀羣中且恣遊絕愛猗猗千畝綠
朱門何敢向王侯　竹鶯

幽棲林谷弄春聲遙和簫韶是我情出就人間誰誘引
郊村一樹送香清　梅鶯

貪著冰姿出林谷勾留麝氣住街城翾飛樹雪非無苦
孰與雕籠弄假聲　雪鶯

明滅殘燈映敝帷春窗睡穩夢回遲閒關一曲人先覺

猶是香梢月掛時　月鶯

小園初日度黃鶯林薄翻身三兩聲何意時穿鄰竹去
紅梅枝上復來鳴　花鶯

不問山巔與水濱梅花薰處訪來頻晴梢嬌喉歌圓轉
似頌神州天地春　春鶯

萬竹森森碧玉清謳煙吟日自怡情梅花散後無知己
遮莫人呼做晚鶯　夏鶯

尙戀寒香繞玉英秋園卉木豈留情白雲谿裡將歸去
黃菊叢前誤一聲　秋鶯

巢裡並頭雌與雄寒天眠食意融融間關來歲陽春曲
收在冥冥不語中　冬鶯

次物庵病中詩韻

病榻沈沈漏下時憐君援筆屢題詩翻將屑玉燒丹法
壓倒嘲風弄月奇

憶白玉梅（白玉梅者先人遺愛今枯死已久）

綴玉枝枝繁影斜密房灌燠護槎牙先人齋裡尋常見
客土逢梅每憶家

題兒島高德斫櫻樹圖二首（菊池容齋畫長善館藏）

關東豺虎擁龍旌玉輦悤悤出帝京驛道花寒無禁旅
一聯詩句是長城

斫樹題詩付老櫻內臣朝奏　帝魂驚行宮四壁豺狼
繞獨有春風不世情

雛祭行

堂上高高七級壇緋氊平鋪雛偶安紅燭搖光桃花笑

孔雀屏前春尙寒親王王妃座爲首背弓隨身相左右
樂部鼓笛疑有聲官女侑觴捧玉斗彷彿王庭鸞來儀
跳舞仕丁亦擁帚兒女隨例奠獻新廚器奩裝紛雜陳
翻然就座受饌胙濁醪半勺入小脣本朝民俗重古禮
下及白屋上朱邸不信淳風年年醨兒戲之間見國體

瀹茗

點點梅花委地空萋萋芳草向階通蕭齋瀹茗泥爐畔
春在松聲雲色中

眞如寺（在等持院東）社集三首（三月二十九日）

洛西春色早谷口遠探來綠坼新生草紅殘半臥梅輕
風傳梵唄遲日競詩才病客還扶杖（病客謂物庵）熙熙欲上
臺

每嫌城市巷偶對梵宮林疊碧池菖短飄絲院柳深煙
霞九春景詩酒百年心喜汝勸行樂嚶嚶黃鳥音
幾時紅玉面已化素絲頭行樂宜常樂無愁勝有愁尋
煙脩竹誘映日好花留不怕嚴城暮悐成林下遊

題藝文叢誌終刊號

藝文叢誌累刊廿年其在學界華實共傳人物代謝時
運變遷諸科分歧獨立精專堂構肯架基礎居先子長
親老順序宜然茫茫大野黃鵠聯翩齊鼓其翼一舉沖
天

春日雜詠四首

夾岸垂楊萬萬枝映山蘸水舞風遲隋堤千里依依色
爭似鴨河三月時

塵麴嫩芽金縷枝團如黃蓋散如絲櫻花爛漫煙霞雜
朱雀街頭錦繡披
楊柳青青曉靄消晴川屈曲碧沼沼珠簾齊捲玉人起
紅日鴨河第二橋
花漲香雲湧管絃六橋藍水遠連天紅霞漠漠青山下
黃柳團團朱塔邊

學士會館社集二首（四月八日河合月浦自東京至）

綺轂鈿車陌上塵七橋花柳水粼粼無須河館勞絲竹
同社聯吟不負春
風雪襲花猶是春（前日降雪）垂垂煙柳弄條新臨流終日宜
行樂千里來遊有故人

南郊賞菜花二首（四月二十六日時攜二女兒）

南郊氣暖麥風微午日天晴雲雀飛處處菜花黃若海
女兒相喚蹋青歸

摘草唱歌件女兒僧門敲罷入菅祠是日訪松濤師不遇年年來
看南郊菜佳景殘春復幾時

玉水觀金棠棣花五首山本北山詩藻行潦引汝南圃史云金棠棣邦名邪馬不伎四月二十九日

驛路崎嶇翠巘傍清溪一道出雲長風吹兩岸金棠棣
花影隨波碎玉黃

竹林茅屋隔清溪雞犬聲中曳杖藜十里棣棠花不斷
無心行盡玉川堤

橫斷山村玉水清小橋停杖且含情人間幽韻無堪比
棠棣花陰河鹿聲

奚背不須探錦囊古人歌詠有佳章臨流飲馬低回處
萬朶棣花露滴香藤原俊成歌曰古麻等女低奈保美都可波牟也萬布伎能波奈能都由曾布爲低能多麻可波
松柏參差石徑賒山田迢遞暮雲遮舊墳千載無人識
橘相遺勳屬棣花玉水驛東南十五丁有橘相諸兄墓是日將往訪問之耕夫竟無識者而止傳云玉水棣花始栽於橘相

東方文化研究所長狩野君招飲民國江叔海瀚胡綏之玉縉二儒同邀有感五月一日

嫩柳殘花似畫圖江樓喜見遠來儒從敎門外歌衰鳳
今古文章出舊都

妙心寺退藏院社集題院中假山水次無著道忠禪師詩韻十七首詩曰湖山供四時客至倚欄危水冷先藏鮒石暄已

曝龜等身松老態摩頂嶺幽姿承霤坐來雨虛空飛瀑兒假山水畫師狩野元信所營道忠爲

其同時高僧
五月十日

幸遇太平時無歎世險危吉凶同塞馬語默付泥龜竆
篠山林景經營水石姿昔人先置此似慰我儕兒
對景苦吟時吮毫獨坐危羣材皆逸駿高德已元龜花
塢留春意鎔牆發夏姿要須金石詠壓倒郢中兒
午日照園時欄前孤塔危立楊瞻白鷺睡藻羨玄龜石
散寶幢影松明金像姿齋鐘未成句狼狽似魚兒
綠陰幽草時燕乳落泥危躑躅翔朱鳳菖蒲駢翠龜禪
庭多妙相生事見天姿釀蜜尋藤架去來蜂蝶兒
林園靜坐時深識匠心危水激雲呼雨石跳龍鬭龜松
聲含古意竹色秀新姿盡日悠悠樂遙憐裘馬兒

名園欣賞時遇險忘身危登嶂脫銜馬臨淵攫木龜曲
流無俗態懸石有奇姿俄作濠梁想恍如世外兒
瑤池屬夏時深院對巘危樹聳歸巢鶴萍開浮曝龜堪
尋邱壑意媿隔聖凡姿欲屏城中跡來從誦貝兒
風湍噴雪時細徑倚崖危陰澗藏龍虎陽坡戲鳳龜犬
雞雲裡響花竹洞中姿漁父如重問恐爲迷路兒
薰風吹面時游目立途危安鼎焚枯木荷鋤掘伏龜水
涵屏嶂勢雲弄鏡池姿欲說箇中趣嗒焉如啞兒
動植各乘時未諳矰繳危葆眞王子竹逸興任公龜鳥
奏鈞天樂花含淨土姿乾坤函咫尺方寸絕塵兒
紺園騁望時汀樹自傾危石勢負嵎虎漣紋坼兆龜林
深閒鶴夢淵靜嬾蚪姿采藥師何去拾釵松下兒

林靜夕陽時浮雲高不危功名華表鶴富貴蘚趺龜盡
日遊名苑澄心學隱姿緬懷百年上方外有男兒
假景幾年時苔深磴道危林馴聽法鹿池泛負圖龜不
異方壺境應同祇舍姿巖棲多白足素樸盡嬰兒
峻峰雲起時斷澗石橋危尋瀑僧攜鶴施荷客放龜林
巒無始態水石太初姿對此終晨夕侈奢頓悟兒
山中修行時戶外一峰危圓滿能觀月長生敢讓龜何
由成佛性未現濟民姿瀟灑林園美勿教付乞兒
洗心藏密時在己絕安危未免耽風雅何勞向覡龜月
花無變態泉石看常姿遊賞隨緣去堪稱樂社兒
昭和隆治時何比禹邦危頌聖雍鳴鳳遂生默息龜山
無巢許輩廟見呂伊姿所以園林裡謳吟眞可兒

靈雲院雅集二首 退藏院主偶疾因移席于靈雲五月十日

白石青苔一徑斜靈雲深護梵王家詩魂栩栩追胡蝶
灼灼窗前躑躅花

啼鳥深藏新樹枝茶煙細細出簾帷禪心未定詩神動
躑躅花高夕日遲

紀事 五月二十八日

草木飄搖屋瓦鳴滿樓風雨夜從横僚曹今有襦袴嘆
發作雹冰雷電聲

遊西芳精舍 在洛西松尾村苑池南有亭曰湘南維新之際岩倉公嘗潛居于此夢窗國師置礪精閣有詩題廊壁云仁人自是愛山靜智者天然樂水清莫怪愚惷翫山水只圖藉此礪精明五月三十一日

溪巒重疊白雲深曲徑斜穿祇樹林亭帶茶煙新蘚積

池開心字大魚沈壯猷猶見勳臣志愛靜長思聖者吟
不獨眼前泉石好低回夕日感幽襟

又

斜日溪巒靜林園接戶庭水平朝夕潤（朝日夕日潤名）翠結北
南亭（湘南潭北亭名）援筆詩情動憑闌塵夢醒移藜穿曲徑畏
踐石苔青

和鳳岡先生牡丹花詩

虎往年賦鄉宅枇杷樹以誌追哀樹先妣
所手植也今誦先生雨中觀牡丹花詩不
覺泣下謹攀高韻奉和

枇杷賦罷憶前時此意年來竟不移解識先生哀痛切
牡丹花瘦鬢如絲

贈從三位牧野侯拜朝恩後一年恭賦次日本弘道會長德川伯爵詩韻六月

撫境安民英主心褒功彰績　聖皇音願將文敎對遺德歷世藩恩於海深

清水成就院社集六月二十一日

雲雀已去杜鵑悲蒲紫亦老麥離披山城不覺夏又半東嶺古寺來賦詩成就院苑何窈窱泉幽石怪樹夭矯煙嵐撲地空翠來城郭浮在籬落表臨溪傑閣田家廬傍崖片石南洲書昇平時節尙凶險掃蕩欲藉英雄圖回頭人事多否泰固知明良常際會留連勿問落景催長嘯且看天地外

青山漫興六首

青山朱塔兩崚嶒欲住青山恨未能京洛青山皆可住
青山大抵屬山僧
白雲迎我到青山山自青青雲自閒我愛青山渠不愛
白雲送我返人間
甘從雞後住風塵憂道不居唯樂貧他日青山儻容我
雲中欲置一吟身
草木山川天地文悠悠無價嶺頭雲自言欲退直宜退
退買青山從未聞
大八洲横大海間長吟何必向青山柴門他日人高臥
屋背崔嵬面碧灣
山川風月及煙霞萬象何能集一家不若舉身就佳景
欲移吟杖徧天涯

天龍寺社集二首七月十二日

簷角風來忘暑天深潭疎石好林泉平生詩酒甘人後占領幽閒期鳥先

潭潭廈屋讓琳宮巧妙林庭推巳公竹樹密栽障炎日徐將蕉葉扇清風

天龍寺社集漫興六首

國師一出道場新餘事門流超等倫絕海義堂文彩在禪林繚亂百花春夢窗

奏對高皇英武樓三山賦就即歸休寥寥一部蕉堅稿豈是當時第二流絕海

巖山不識高僧面滴水聞知傑秃名數畝竹林雙石冷峽天風月四時清巖山滴水

隔樹峰巒晴色蒼　松聲寂寂出雲長　千年絶調龜山操
無繼風流中務王（中書兼明親王龜山操見本朝文粹）

斕斑花葉憶羅裙　咫尺門連小督墳　駐馬月明何處是
聽琴橋下水沄沄（仲國橋在渡月橋北）

幽亭日日掩松關　言葉詞花手自刪　寧樂以來開別境
使人長憶小倉山（定家）

戲呈惺軒博士（聞博士近來飲水酌酒）

一擲陳編對夕陽　悠然飲水且傾觴　孔顏眞個無窮樂
不在那方在這方

南紀航行曉起（七月十四日以下至示孤山作南紀遊草）

樓船一片海濤間　夜雨冥濛鎖曲灣　曉起不知青翠湧
舟人說是紀州山

勝浦港面望那智瀑

海巒重疊淨無煙匹練斜飛積翠邊猶憶廬山西北路溪行回望谷簾泉

青岸渡寺方丈望瀑

入簾峰勢競奔波斷壁連階瀑色多誰使牽牛化爲我層空脚下踏銀河

那智瀑布水歌

那智連峰鬱嵯峨形勢南奔驅羣駝鑿東衆溜當峭壁壁斷溜放成懸河積蓄所發高且廣轟然一落三千丈疑回銀漢向地傾似鞭白虹淩空上我來仰觀七月中久雨新霽水勢雄林木飛動崖谷震煙霧蓊勃雲蓬蓬上頭幽若無他異渾渾灝灝唯一氣巉巖崛起中抗衡

轣轆衝激狂雷墜壯如崑陽酣戰師風雨縱橫車騎馳
快如吳王射潮手萬弩齊發劈素帷方見林旭洩光彩
何知瀑雨生崔嵬回飈懸水相盪摩晦明變幻須臾改
噴雪散珠隨簸揚日脚倒射迸璘光七寶樓臺忽破碎
五色雲錦亂煇煌飛流崩湍洶不歇倒海翻江驚龍窟
窟底冥濛罔兩號下赴頽波歸毫髮我觀此瀑因觀文
周至唐宋蔚哉紛卷舒之機秉者誰天工無隱持贈君
出山卅里目猶眩泛海明日魂仍顫不信騰天一匹龍
回望掛檣幾尺練池谷觀海曰那智瀑詩以此篇爲觀止其謂卷舒之機者博士秉之矣又曰羣駝他人未多用之新奇壯如四句湖山翁亦於華嚴發如此形容正是同工異曲七寶二句推精妙不信二句此收束不可及

浮島在新宮

叢生珍卉岸傍洲不即不離波上浮疑是二尊鉾下滴
故存樣式向茲留

平重盛手植竹柏在新宮速玉神社甬道右七月十五日

翳天蔭地綠雲新竹柏千年能葆眞試于靈長求儕類
似斯忠孝兩全人

泝峽絶句六首熊野川九里峽

快艇生風鼓翼機急湍噴雪灑人衣迎頭巖瀑何遑指
瞬息峰巒背後飛時乘所謂飛行艇者

濃淡雲煙兼雨晴一溪奇了一山橫若逢名目何能賦
幸是溪山不識名

山方窮處水方窮水一轉時山又通九里峽溪無別事
舟行明鏡翠屏中

二水合流一水聲中央清濁各分明高歌孺子滄浪曲
左濯足兮右濯纓（宮井是爲熊野川十津川合流之處）
清溪回曲碧悠悠七月鶯歌和棹謳倒映巖皺山躑躅
瑤姬紅暈鏡中流
溪轉峰回幾詰盤槎牙水石上晴灘聲聲愛聽鶯喉滑
不似巫山猿狖寒

泛熊野川入瀞峽作

久聞九里峽今泛熊野川峰巒相重疊溪壑互盤旋況
値新雨後蒼翠插雲煙幽境多奇狀顧盼指石泉沿洄
藉飛艇忽到瀞峽淵清潭千丈綠峭壁上刺天屏障藏
曲折楹柱矗蟬聯鬼斧弄劖刻樹葛怒糾纏罅垂紅躑
躅倒影媚清漣鶯啼七月半間關殊可憐平生向子願

未得靜者便乃知仁智樂此地可流連

湯峰 十五日宿焉

甃塘橫溢綠氤氳甓甓神行自昔聞澡後振衣浴槽畔湯煙去作竹梢雲

丹鶴城 十六日

萬馬蹴空銀鬛明海江風色曉來清林檣矗立層垣下天際飛翔丹鶴城

木本途上

灌木青葱護海沙兩行偃蹇萬松斜指東大道坦如砥白日薰風驅快車

花窟

水滴瓊矛國土凝豈圖菑害忽焉崩于今里俗思先德

花窟猶傳　神母陵

獅子巖

巉巖獅子不凡材奮迅睥睨止海隈鷙鳥妖星思一喫
呀然大口向天開

鬼城

鬼城屹立大濤間脚底魚龍出沒閒巖洞豁開三萬步
更容安坐望鯨山

徐福墓次僧絕海詩韻絕海詩應制賦三山云熊野山中徐福祠滿山藥草雨餘肥只今海上波濤穩萬里好風須早歸明太祖賜和云熊野峰高血食祠松根琥珀也應肥當年徐福求僊藥直到如今更不歸並見蕉堅稿墓在新宮楠藪紀藩祖南龍公所建韓人李梅溪題曰秦徐福之墓

徐福東遊久有祠祠邊草木至今肥秦皇陵墓寒灰滅

不見煙帆采藥歸

渚宮 濱宮頓宮

垣前鷗鷺戲天風樟竹森森舊頓宮草昧艱難　神祖業紀南先仰討征功

崁島 傳云平惟盛沈水處可疑

渺茫崁島水生煙沈石蒼茫壽永年鶴唳風聲無夢駭佳城卜在貝宮邊

勝浦港外泛舟

松嶠雪巖散作寰扁舟泛泛碧波間居人看慣蓬壺景不解吾曹獨破顏

望忘歸洞

雪巖松嶠卽漁磯海燕雙雙掠櫂飛洞客忘歸興何淺

忘歸洞外最忘歸

西航向田邊

驚濤拍岸雪花明嘯詠舷門傍海行豪興竟輸漁釣子

乘風赤手掣長鯨

潮岬二首

青崖草軟散羊牛白塔穿雲屹岸頭借問何方能護國

千波萬浪自堅洲

萬里滄溟無盡頭南航北駛不曾休冥冥風雨魚龍夜

一點燈光引五洲

圓月洞 在湯崎灣口

千尺巖前一葉船碧琉璃海浸青天洞門知是金樞穴

金樞穴見木玄虛海賦 明月東西相對圓

鬬雞神社在田邊

華表懸繩樹鬱葱神威想見昔時隆豪僧去就何容易唯在雙雞勝敗中

示白莊司孤山十七日歸

白莊詩客巧挑予枉賦紀遊髭斷餘魚目由來混乘照山靈水伯恐軒渠

彌彥村拜仲兄子德墳別橫刀舍八月十日

苔墳拜罷冷秋暉孤影蕭然辭板扉夜雨對牀總如夢劍峰送我獨依依

歸粟生津舊廬書懷八月十二日

林園寂寞舊江干憔悴枇杷誰爲殘今日升堂人不見飄蕭鬢髮一兒寒

高野山三寶院寓居作 八月二十一日至九月五日院在蓮花谷弘法大師母氏創建以下至論學篇高野山中作

危嶂摩簷宇密林含潤清鳥謳三寶妙草保萬年生胎界留慈刹蓮溪滌俗情沛然時快雨八葉帶雲橫

白莊司孤山來訪 八月二十四日

城市相離未數旬山林一笑興清新誰知嶺北攀雲客同是海南觀瀑人

孤山歸寄詩到次韻卻寄

寄迹層山隔瘴氛與風來往與雲羣蒹城明日逢新雨知我贈君峰頂雲

急雨

池排圓浪躍魚紅峰湧黑雲銀箭雄崖響林鳴簷瀑直

風梢相擊雨聲中

寄久保檜谷翁在善集院

經年逢謁面逾光愧我近來髭髮蒼欲問先生餐玉法明朝曳杖就嵩陽

和惺軒博士見示卽興

聖人錯謗宰予眠天籟何關無有絃會得非周非蝶境清風一榻卽神仙

山中雜詩五首

山氣淒涼夢不成奇禽叫斷欲三更瀟瀟忽灑林中雨失卻風聲與澗聲

松杉壓屋澗溪幽伏熱紺園欲襲裘願以淸涼風萬斛人間分與嶺頭秋

臺殿高低倚碧空已驚蟋蟀韻幽叢遊雲去盡天如水
月白人歸萬木中

月出空山鵲繞枝新秋爽氣透窗帷神來走筆如風雨
注到少陵上水詩時予寓院注杜詩
丹心白首病郎官句句憂愁血淚殘蕭寺更深尋本義
四山風雨一燈寒

展僧契仲墓九月一日

杉檜參天靈鳥窺新墳舊塔競雄奇高人別有名山業
萬葉一箋萬古碑

檜谷先生見訪辱示論學二篇賦呈

仁智各有見大道未喪全仁盡生生裡義立公私前以
此爲衡鑑羣言或可詮平日抱蠡測謂足希聖賢城裡

苦伏熱山中臥雲煙喜君來相顧爲示論學篇鉤深無襲蹈涉異非鑿穿旨義何幽妙文辭一浩淵舉世如大夢詖淫漫滔天盍擲華山被出鼓泗水絃久保檜谷曰精明之旨運以雅健之詞而寓異趣於言表尤見匠心

予已歸洛檜谷先生自楊柳城寄詩再次前韻賦呈

營營謀生急葆眞幾人全或夢滄洲上或羨葛天前虛無與寂滅亦未爲得詮名教有樂地庸行是聖賢往者歌泗水剔燭紀山煙歸來偃洛巷復枉柳城篇發言雖挹謙見道楊葉穿視諸轞鎖輩何啻霄與淵夫人樂其樂吾徒天吾天君看郢曲外固有大廟絃久保檜谷曰揮運自在拈韻即成佳句如廉將軍用趙人多多益辦之意末二句有誰敢不瞠然收鋒荷戈而走乎

杜詩譯解成自題其後二首九月二十四日

老杜文章日月光經綸比興各擅場千年枉托鍾期後

卻學朱家經解方

理氣細微穿道體疏箋牽强失詩精誠心正意培根本

須賴眞詩養性情

妙心寺方丈社集九月二十七日時我軍據奉天

節入新秋未寂寥祇林喜值舊盟邀幽庭不改青松色

碧沼猶餘紅菡嬌近日蠻夷頻猾夏一時貔虎已征遼

諸公早定平西策欲以凱歌獻聖朝

九月二十七日夜晴是夜屬古中秋後一日

佳節蕭蕭雨滿城風雲匿月似無情天心不惜中秋色

讓與今宵分外明

高坂超然惠懸崖菊雙盆賦謝十月

幽人遞致雙盆菊貧客偶吟一首詩翠葉忽驚雲細細黃葩已卜玉垂垂香非沈水薰偏遠種命懸崖名更奇元亮不須白衣酒重陽獨與此花期

題豐公擲明封冊圖豐公會屬

天朝關白要何王一擲冊封朱眼張三百年來壯圖絕未聞聲敎化西方

重陽十月二十日

重陽未見菊花開霜隕空聞新雁哀征虜王師金甲冷欲望遼野獨登臺

追懷桑原博士十月二十四日

東都宿昔接清芬洛下追隨龍與雲子長談鋒常屈座

知幾史眼自超羣花明朱殿（謂東京帝國大學赤門內集會所）鶯聲絕木落黑谿（君葬于京都黑谷）鴻影分一慟寢門猶昨夢（君今年五月二十四日逝）西風對菊倍思君

水無瀨神社（十月二十五日）

彝倫昔年斁祀典近時隆海裔鑾輿杳祠筵俎豆同歆庭清竹日邃宇靜松風遺恨忠良國點汙靑簡中

櫻井驛址觀乃木東鄉兩將軍題字碑（十月二十五日）

忠臣訣兒處英將表碑邊慘淡龍蛇勢蒼涼松柏煙行人垂涕淚停杖望山川四美輝天地眞堪萬古傳

賴山陽先生百年祭賦奠二首（前月朝廷遣使襃贈從三位先生曾孫久一郎學士延予祭筵時辛未十一月二日也）

襃貶忠邪筆一枝言言慷慨血淋漓百年扶植尊王義

已自霸臺全盛時
天使墓前宣册辭　聖衷深遠九原知可無決眦望遼
越方是蠻夷猾夏時蠻夷謂列邦背義者夏謂皇朝也

是日東山長樂寺後拜山陽先生墓

碑前再拜碧苔清霜樹青山秋映城慚愧吾曹迂拙甚
百年方解憶先生先生自贊有曰噫是何物迂拙男兒乎雖然烏知無念此迂拙者之時哉

寄超然老報崖菊近狀二首老時病在府立醫院十一月二日

崖菊雙盆秋色深除蟲灌水主人心臨風偏綴枝枝玉
映日全浮箇箇金
君度吾心愛晚芳搬來崖菊伴書堂今朝孤賞空相憶
摘取金星到病牀

牀頭崖菊

碧葉雲生回禍枕黃葩星散印靑罈近來不羨東籬色
安穩菊花崖底眠

聽泉居賞秋賦似主人島華水文次郎博士十一月七日

積翠東山別有天起看城市坐聽泉書樓相對誰賓主
夕照丹楓一笑前

和氣公墓在高雄山神護寺十一月九日

環墳篁樹動秋風仰見層山石闕雄獨有丹心支一統
不然碧血灑孤忠周帷初穢由懷義武后寵僧薛懷義唐鼎重
安仗狄公狄仁傑千載崢嶸知正氣文皇別起護王宮

文皇謂明治天皇護王宮謂京都苑西護王神社也池谷觀海曰不然七字前人未言之推測極新矣又曰引典該切佩服

高雄山寺

溪轉山回秋氣清傍雲捫葛度崢嶸丹楓曝去千林錦
碧澗和來雙佩珩卓錫有人先占勝（弘法）念珠何意卻興
兵（文覺）二豪雄略餘糟粕賞味風光各自行

地藏谷投杯戲（谷在高雄山）

楓林行盡到孤臺丹壑蒼崖杖底開火入阿房朱棟散
雲燒卽墨畫牛回初訝雪蝶穿叢去更見銀鶯出谷來
青女酡顏知亦醉棚賓攘臂競投杯

東福寺通天橋觀楓（十一月十日）

孤杖來尋溪寺幽凄凄霜日引閒遊回廊緩度蛟龍背
曲澗斜看錦繡流人影半林紅葉夕鐘聲數杵白雲秋
休言賞景歸常晚世事一閒容易憂

箕面山看楓七首十一月十三日

村店賣芭傍澗阿茜裙勸客強相過綿花狸子楓稜餅
柹栗堆盤辨益多

紅樹青山晚寂寥錦雲埋盡澗聲遙不知何處秋光好
先過溪南第一橋

石逕崎嶇幾轉回松山楓谷去還來時時停步三歎望
碧玉屏前錦繡臺

大石小石橫臥澗紅葉黃葉埋了溪崖徑一條行不盡
時有寒禽頭上啼

寒水瀦涯脚下聞峰腰一道映斜曛滿溪霜葉紅於火
錦繡如雲不是雲

錦楓崖坼玉龍飛山翠濛濛欲濕衣城客似期帶秋去

帽簷稜葉插紅歸

千林日淡鳥聲閒驢影蕭蕭黃葉間恨我竟無倪董筆

不描寒士訪箕山

鄰事作于未撤兵之日

每聽鄰事即長嗟遂及公然操我戈國盡喪良同鬼蜮

人無一信但山河侵邊虜騎風雲急下塞將軍金鼓多

席卷幽燕應有日任他枉唱斛金歌

復見

復見牛僵李代來竟知鼎鼐要鹽梅干戈欲動遼山野

尊俎纔收巴里臺人道蘇張非相器我思管樂出雄才

黃昏倚劍望西北萬里天寒健鶻回池谷觀海曰音調鏘然眞有天寒健鶻回之概

臥病卽事

破窗圓隙洩斜陽崖菊垂頭猶吐香似怕病夫詩思睡

凍蠅薨薨鼓他腸

賴惟久久郎　一贈水西莊枯梅印題賦謝

外史遺梅斸印身曾孫寄與水西春從今席上生香氣

紙筆氤氳文思新

謁伊勢神宮十二月二十九日

夾道檜杉蒼刺天日華回照玉鑾川心中一事誓　神

祇稽首無言　大廟前

昭和七年壬申五十五歲

曉雞聲歌題

彩雲生碧海雪嶽頂光新喚旦雞先唱隨知天下春

北野謁菅祠二首一月三日

童時早記菅神名衰後深思儒相情警句千年誰不服

和魂是重漢才輕

今年開歲覺寒輕丞相祠邊淑景生已見梅花香綴玉

石燈籠角一枝明

壬申正月蒙命充宮中講書始儀漢書進講控

者猶進講官副員之謂也儀畢紀事書感六首一月十五日

式部小臣前導來紅雲碧樹擁仙臺挾經趨謁金華殿

金華殿漢儒講經之地今借用咫尺寶牀天日開

儒官列坐侍經帷歲首講書尊典儀順說西東今古際

治平斟酌聖心知儒官三名每一名各進講國書漢書洋書

儒臣誦說對仙牀　御手親繙到講章林鳥和鳴宮漏靜黃金日射鳳凰房（鳳凰房名卽講書之所　池谷觀海曰三首洵是盛世雍和之音典麗之辭莊重之氣並備矣）

殿外春風花護寒經筵賜椅廁儒官臣懷講案思周德養敎雙全家國安（予時準擬講詩）

經筵成禮出楓宸步下瑤階感激新三世寒門餘慶在一朝光寵及微身

施於有政愧前賢自學詩書五十年他日有顏看父祖今春擬講上經筵（池谷觀海曰二首追遠至情盎然于楮表矣）

恩命頒賜羽二重帛一匹感賦

經筵開歲始陪從不意筐篚出上供玉宇頒來瑩雪月茅齋捧去抵璜琮玄纁染要檳三入輕軟稱宜羽二重

被服衰羸如挾纊長思恩露滿身濃池谷觀海曰後聯俗字雅化膽大而辭穩

和孤山七十自述二首一月二十四日妙心寺德雲院社集

溫柔肉裏七分頑世味嘗來詩味閒楊白風情何處得南瀛波浪北州山

役電北州嘗冒寒運船南徼幾經灘又來詩國售餘勇已上人生七十壇

得孤山梅花信二首

梅花不見一區閒洛下風塵徒往還紀國近聞闢幽境五分開報老孤山陸劍南詩注蜀成都合江園梅最盛自初開監官日報府報至開五分則府主來宴

南海風光天下稀雲濤巖瀑接漁磯何知更有梅花勝

雪壓溪山仙鶴飛

浪華客舍（二月十二日宿于本町橋橋南葛谷旅館）

江樓夜靜柝聲稀讀罷梅詩香滿衣夢裡何來林處士
月明騎鶴共南飛

和歌浦二首（二月十三日）

明光浦上詠而歸古曲千年續唱稀歌渚潮生無斥鹵
聲聲田鶴近蘆飛

海水渟來碧作灣遙帆不動白鷗閒玻瓈一片開明鏡
倒照樓臺寫草山（名草山山上紀三井寺在焉）

觀海閣（在和歌浦辨天島海禪院境內）

隔岸樓臺帶曉嵐一灣春水染如藍欲親魚鳥臨汀渚
鏡底驚看人影三（此行孤山東道其徒江上圓治隨焉）

南部觀梅絕句十二首 二月十三日

漱玉寒川一道斜瑤林夾岸接晴沙行從海畔向溪畔
錯認梅花爲浪花

覆壓山巔及水涯寧論整整與斜斜瑤林玉樹茫無際
滿眼雲霞盡是花

不用繁花插鬢霜無勞抵死昔人狂片時來此行林下
詩就篇篇帶異香

林林花白影重重蘭麝風前冰玉容蘂殿仙姝消息絕
山中一笑忽相逢

未到梅山最上層白雲堆裡駐烏籐恍然已落衆香國
骨化玉髓魂變冰

香風拂拂翠禽鳴攀盡崎嶇眼忽明庾嶺定無此奇絕

花雲斷處海雲生

幽香熏徹北山煙晴雪凝封南部川說與世人應不信

梅花以外別無天

斷橋流水倚闌干花影好爲雲影團休把孤高論品格

叢生此處亦淸寒

行徑欲迷香雪村猶知不是武陵源淸溪兩岸花如海

雞犬相聞柑橘門

雅士於梅推色香古來風詠累篇章此鄕嘉實輸城市

亦洗都人腐俗腸

梅樹深藏近遠村微明煙月逗無痕頗疑花氣埋山寺

隔了鐘聲不報昏

暮天梅氣白朦朧花落山村鐵笛風要待夏深靑子大

復來林下說英雄

白濱 二月十四日

酒館泉房擁碧漣汀沙十里白如綿船山樹色依然在
憶到鑾輿游幸年

白濱客舍浴泉二首

八尺湯池玉甃新沈浮自在學游鱗此間寄傲君休笑
我是明皇以上人

玻戸清瑩透日光溫泉軟滑溢銀塘環肥燕瘦渾無用
到底吾將老此鄉

銀沙湯

沙汀容易築湯池鐵管一條熱水隨龍吐鯨噴三百尺
玉簾倒向碧空垂

圓月洞

咫尺蓬壺喚欲譍一枝柔櫓興堪乘猶疑仙府引歸路
洞戶長懸明月燈

大學臨海研究所

管通空氣石槽聲鱗介草蟲各遂生不待探奇尋水府
珠宮貝闕眼前橫

湯崎千疊敷祇園南海所謂芝雲石也

片片驚濤雪瀑騰千人席展斷崖層踞身投犒滄浪客
不是釣名嚴子陵

三段壁南海所謂龍口巖

峭崖三級俯玄淵鳥矢撒鹽皺裂邊洞口潮來又潮去
嬾龍終古抱珠眠

崎湯 南海所謂金液泉客有話往事者因賦

海竇噴泉滑有香狂瀾隨意滾溫湯忽然銀雪灑交頸
打散同槽野鴛鴦

紀聞

薰風七月紀南天如雪花開海木綿一事靈奇更堪記
綠蠵產卵上沙眠

鬼橋巖 在田邊

蓬萊清淺竟如何聞昔石梁沈海波架底卽今車馬走
上方唯許白雲過

田邊灣竹枝詞 灣口有二島曰神島曰圃島扇濱在田邊東南岸其對岸爲莫風濱

依依帆小白鷗親雙嶼煙波斷送春傳語檀郎屢來泊

扇濱南是莫風濱

途上所見

種橘山山冬未收纍纍霜玉露黃頭木奴歲上絹多少
不讓江陵千戶侯（襄陽記丹陽太守李衡遣人於武陵龍陽洲上種柑橘千樹臨死勅兒曰吾州里有千頭木奴不責汝衣食歲上一匹絹亦足用矣史記貨殖傳蜀漢江陵千樹橘其人與千戶侯等）

春曉

黃鳥聲中殘夢回幽香拂拂逼燈臺推窗星沒天明近
一白煙寒隔屋梅

鄰寺

春光早已到梅枝鄰寺蕭蕭竹亦奇讀倦無端幽興發
牆陰獨去聽黃鸝

建勳祠社集（二月二十八日）

往年天正寺今日建勳祠長憶英雄業梅簷共詠詩

織田公三首

五十人生如幻漚高歌一曲掃幽愁項王膽氣韓王略
風雨山營斬兕鍪

棟甍輪奐照湖湄驅使羣雄比小兒不似桓文多譎詐
修垣供貢護皇基

頭顱連打響琅當一夕營門化戰場未覺龍陽泣魚夢
空將兵馬付藤郎

長岡菅祠二首 三月六日

梅花映水玉娟娟春入長岡古廟邊幾度巡簷難得句
臨風高詠照星篇

閒遊林下訪詩友貶謫山邊留繪眞寂寂廟門尋往事

數株梅映野塘春

楊谷寺至登山口

疎鐘隱隱上方聞楊谷山南春日曛歸鳥漸稀人語近
數家煙火隔松雲

聞戰報時日支交兵於上海

拔壘攻城血肉堆用師江上陣雲開日聞忠勇無雙烈
盡要千秋史筆來

贈人

琢雕自是文章病奇險尤傷氣骨多二句陸放翁語提起放翁
詩二句請君細檢不同科

謝客問詩

答問有三損第一苦吾心第二買不平第三費光陰勸

君勿復問篇籍宜沈潛

妙心寺大心院社集 三月二十七日

和風暖日趁芳晨淨盡南征北伐塵龍鳳重飛曼珠國
柳梅無恙大江春幽林瀹茗苔連竹蕭寺論文鳥近人
公等雄才須獻頌還山將士凱歌新

席上分韻得瑜字 是日壁上掛王維日落江湖白潮來天地青一聯祇園南海所書也

壁懸右丞句庭散落梅鬚分字詩難就奇才憶伯瑜

送族子江口敬四郎赴任平壤高等女學校 三月二十九日

子往箕侯國敎諭彤管兒丹青非小技理趣一同詩天
地幽堪發性情眞不離揚名他日事無背老夫期

遊新和歌浦至牛鼻岬作 四月三日孤山東道

我愛紀州遊溪山屢賞玩未窮海曲奇今遊遊方三晨謁淡島祠午及光浦岸墟落桃萼明漁市柳煙淡磯巖怪迫人行拾文貝燦峭崖經崎嶇窮髮指汗漫海風拂嶠松潮氣吹亭幔牛鼻立絶巓臨眺何佳觀白日照青空天濶游靄散灣灣連玦環一碧無波瀾遠帆行不移近鷗飛忽亂縹渺阿淡山西望黛色斷回顧舊鹵汀沙渚如索貫上聳三井寺浮在翠峰半漢武求神仙眼不窺海畔秦皇巡成山徒抱望洋歎我幸生神州浮生托文翰居然領仙居王侯樂難換歐亞所曾經風物仙凡判東瀛多仙區亦知紀州冠

寂光院 和狩野君山所長詩

山櫻爛漫照池紅長使行人感不窮一自宸遊傳聖藻花開花落幾春風

桑原北洲博士墓下作和君山所長詩

萋萋芳草碧溪湄黑寺林幽白日遲徙倚墳前新恨滿山花復發去年枝

衰李寓居園中物隔年始着花

殘梅落盡柳條斜次第東風到我家獨怪山櫻消息遠李衰猶著隔年花

粟津四月九日

湖上悠悠鷗夢閒青松十里翠嵐間西東人走春風路背卻英雄埋骨山東路有今井兼平墓西路有義仲寺

茶臼山在粟津南

旭日將軍大敗還巴姬奔殿好容顏長留駐馬麾兵處
春草萋萋茶臼山

石山寺

隔水連山蒼翠堆喬巖林立擁樓臺殘僧猶說湖頭月
嘗照紫姬彤管來

三井寺

崖樹高低花鎖寒湖山遠近入闌干無情日暮鐘聲動
點檢江州八景看

平安神宮宮苑賞櫻花四首（四月十三日）

白虎蒼龍霄漢間左櫻右橘夾階閒從容袪服看花侶
彷彿南庭鵷鷺班

西出掖垣苔徑通垂垂櫻發萬條紅未知北苑春深淺

佇立丹霞絳霧中

北苑春光別有情菖蒲出水碧池平微風忽度晶簾動
弄影臨汀小米櫻櫻名
東轉循垣花木重長池春水碧溶溶泰平閣外時回首
萬朵紅雲映翠峰

祇園夜櫻

綺席張燈絲竹紛垂紅朵朵駐仙雲一株能繫萬人望
花界英雄疑是君

無料休憩所

尖幕球燈花樹前珍羞滿案酒如泉羣姬粉黛爭呼客
未必休場不要錢

東山

陰晴無擇況昏晨三訪東山櫻樹春常惡凡情言雜遝
看花眼裡不看人

嵐峽看花三首　四月十四日

乘興閒行不在家衰年漸恐背韶華祇園已過仁和未
今日嵐溪去看花

流出羣山一水斜澗崖無處不櫻花試從渡月橋頭望
碧玉屛前紅玉霞

水樓絃管響春空列幕芳洲狂舞同指笑大刀椎髻過
幾人能免作場中

兒女

西東移展賞紅櫻兒女兩三常伴行癡小未知春日樂
他年應憶阿爺情

風雨

三日常無一日晴雨聲纔斷又風聲天公似少憐花意
開了櫻時散了櫻

鹿谷光雲寺社集寺在疏水西於望夾堤櫻花尤宜四月十七日

綠意漸多紅意稀竹林何處乳鶯歸平安渠畔坐來久
花落風前惜更飛

雨中訪寺町愛山嵯峨山莊莊在池浦主人自水西莊移居于此

主人有詩次韻四月二十三日

閒行日日惜春華來訪嵯峨韻士家廿載未知如此好
雲中峰色雨中花遍照寺山峰色廣澤池堤花色爲是日勝觀

題莊中水西關莊門名關正當宕嶽東洛城三樹街賴氏水西莊舊物

桂流宛似鴨流閒愛宕猶爲比叡顏一徑依然通翠色

嶽東門是水西關

贈主人

看雲經郭路撫石倚芳軒麥長嵯峨野鶯殘池浦村繁
英紅照鬢新樹綠侵樽珍重幽棲處奇文對客論

吉祥院賞菜花絕句 四月二十四日

年年深解愛韶光霽後城南意更長爲是今春春住久
菜花賞得十分黃

次前韻

田廬工舍帶霞光處處蛙鳴野水長南郭漸知市鄽逼
幾年能賞菜花黃

玉水看棣棠花 四月二十七日

新蛙閣閣碧溪長緩步微吟度石塘不是詩人誰不愛

晚櫻紅映棣棠黃

橘諸兄公墓在井手村東皐上今歲始訪得

綠水青山落照中邱園想見昔時雄如何一品相公墓

標木字消禽叫風

壬申天長節四月二十九日

吳水遼山我武揚八方無事樂洋洋薰風是日辟雍裏

遙拜楓宸擎壽觴

御室

野服飄然出洛城不期御室此閒行風流猶有憐春客

歌舞場中看晚櫻

嵐峽泛艇時攜三女一男

艇子搖搖春水湄滿山新綠影離披浣花高興應無此

操艣維爺打槳兒

伏見本教寺看牡丹 傳云豐公遺愛 五月一日

黃金蘂綻紫羅囊碧玉雲浮蘭麝香猶負故君豪放氣
耀誇侈麗壓凡芳

桃山二陵

一碧南湖春水澄廿年拱木帶蘿藤不愁遼鞨風雲急
佳氣葱葱起二陵

長岡菅祠看躑躅藤花 五月十日

山石榴開紅燄上老藤英吐紫雲垂花氈草席方池硯
畫障天成菅相祠

訪藤樹書院 在江州小川村五月二十二日惺軒翁東道

紫藤花靜夏風清仰止湖堂孝德明皇國英豪無算數

聖人稱獨在先生

初夏地藏谷在高雄山五月廿九日

藏谷楓杉碧氣生危欄俯視細溪明新蟬已和殘鶯曲遠澗更傳河鹿聲

高雄至清瀧途上

攀崖涉澗傍回溪喬木危巖屢壓題不獨嬌花扶倦步雲中虎杖與人齊

溪上作戲是日攜三兒女

溪沙疊石作崚嶒兒女戲工吾亦能無奈近時廟堂勢柱方立了礎先崩

空也瀑二首

陋居平日不思遷身住城中心似仙猶恐風塵穢衣袂

走尋青嶂浴飛泉

澗流隨步斷還懸山翠分明新樹鮮忽地風寒高峽坼
玉簾摧破仰頭前

梅宮二首 在葛野郡梅津里六月二日

橘后祈兒　帝授弓梅宮竟是似禖宮瓊沙帶去跨靈
石宛與歆生履武同

古廟垣邊野水斜入門拜罷躡瓊沙園林無客池塘靜
黃紫風吹燕子花 是日始見燕子黃花者

松尾祠 在松尾山杉谷

松祠神德固無窮不數鄰邦禹稷功獨怪梅宮纔咫尺
各將釀祖角西東 梅宮酒解神即木花開耶姬命松祠大山咋命世各以爲釀祖

祠前寓目

一出廟門飛白鷗潺湲桂水向南流三山秀色無人管各自爭來滿渡頭（三山謂愛宕龜山松尾山）

遊西芳寺二首（在葛野郡松尾村六月五日社集）

農圃樵家隔碧溪禪關鎖在白雲西楊株空見國師愛茶室猶傳豪士棲（園中老楊夢窗國師遺愛豪士謂岩倉公）

青苔疊積覆幽蹊竹木陰森狐兎迷寶塔勝亭何處所使人長憶宋潛溪（宋濂翰苑別集卷三載有日本夢窗正宗普濟國師碑銘中敍寺勝）

西芳寺卽事四首（以青苔無塵爲韻西芳俗稱苔寺苑以積苔有名）

潺潺朝夕澗老樹蔽池亭天日時回照一蹊苔氣青

西崦名園古雲關手自開跼蹐臨曲徑恐破石公苔（夢窗一名疎石）

緋魚跳澗上黃鳥止丘隅坐對林苔靜機心一點無

林深苔甃碧巖徑寂無人向上關頭立臨睨下界塵苑北

丘上有開山堂丘麓設關題曰向上

再疊韻

曳杖雲生屨候蘿鳥啁亭所逢無俗韻眼共積苔青

不識西山隩園池別境開穿林驚怪石踏地避新苔

林園千畝綠杉竹暗池隅經雨新苔厚采樵徑欲無

連階苔蘚色默坐憶前人文彩千年業功名一片塵

典試入京留宿學士會館聞呢哥來寺鐘聲有感

予年十三始遊東京依仲氏寓于神田區錦街距今四十二年前矣　六月九日

紗窗月落夢將分北寺鐘聲曉徹雲卌二年前窮措大

聯牀幾與阿兄聞

送人之滿洲次韻

別離令我驚慷慨命何輕到處青山在勿忘東帝城

荒神橋學士倶樂部社集得秋字七月三日

臥見林巒列褰簾江上樓水聲晴日雨風味夏天秋

賀建部水城博士周甲次其自述原韻二首

獻謀經濟勉求眞甲子周來殆忘身卅七種書言萬頁
翰林院裡占長春

歸臥依然昭代臣如君豈是布衣人伊周不遠陸王近
語默同宣設教神

大阪城桐畝七月七日孤山同遊

銀塘噴水碧溶溶千畝桐庭枝葉重一自東風吹寶帳
甲沈甍墜土花封

送姪脩藏赴任東京二首脩時任警視廳事務官七月十六日

十年初報擢京官分得乃翁泉下歡延領東望司隷府
微身亦繫帝都安
衰吾猶守辟雍官聞子東行兼戚歡未別已先思再會
勿忘黃耳報平安

孤山惠美洲美龍瓜 八月

絕域龍瓜到草廬故人遙寄舶來餘開苞先辨黃圓好
掩室同藏冰雪儲衝刃香甜嗟値汝迸頤漿冷信醒予
團欒大嚼炎歊去不待青門手自鋤

滿洲國成

大國新興號滿洲人人跂望夏殷周已聲中外標王道
治體西邦第一流

寄鄭蘇戡總理二首 九月二十六日

遼河東北接三韓五彩旗揚建國壇誰使齊民謳樂土
阿衡身是舊甘盤
將相從龍復卻回新豐何處起風臺當時婁敬如猶在
忍說長安委草萊

過不忍池十月十九日

衰柳蕭疎連敗荷湖堤東望冷煙波劫餘風物堪憐處
黃葉青山一塔多

超然惠崖菊黃絳兩種二首

密葉繁枝耀樹陰晨昏發興幾長吟繞盆堪悟栽詩法
每一開花鐵化金
絳裡注黃花趣成鸞翻金翠向陽明淩霜自是神州物
不比柴桑隱逸情

孤山惠臺南白柚加洲黃瓜用孤山體

珍果入盤踰海波甘酸以外味何多爭教認識聯盟侶
柚白瓜黃同喫和（時國際聯盟諸邦有認識不足之稱黃白二字暗寓人種膚色）

賀知恩院孝譽上人百歲壽

上人推國瑞大壽仰慈名身健由居靜德高猶勵精龍
池心月滿華岳法燈明欲獻靈椿頌湛然齊滅生

陸軍大演習　鸞幸大阪至京都驛站迎候二
首（十一月十日）

羣臣直立驛廊間笳角聲中玉輦閒深碧天高秋日麗
隔窗咫尺拜　龍顏

瀛東波浪激揚頭遼北煙塵暗澹秋三日習兵河攝野
吾　皇馬上督貔貅

龍安寺社集二首 寺號大雲山寺主大崎龍淵 十一月十三日

清晨訪蕭寺石逕入幽林一鳥鳴何處雲山黃葉深

陵峰霜日淨寺在翠微邊楓砌負暄好欲隨巖虎眠

桃山驛站候 駕 十一月十五日

攻防龍變又雲蒸日閱秋原萬馬騰霜露更知 聖衷

切停鑾親謁 祖皇陵

大阪城東練兵場親閱中等學校專門學校大

學學生生徒及青年團處女團陪觀紀事 十一月十

六日

至尊壇下錦旗明銃劍如花隊隊行緩急一朝皆可用

青衿八萬盡干城

遊高雄山二首 十五日

車内相逢郊路頭雄山半日共清遊霜林赤似吾顏赤
沿澗跨峰楓火秋途逢舊知勸予共飲故戲

霜林倒影蔭清流曲折屏山錦繡秋紅逗遠溪斜景好
赤闌橋畔幾凝眸

通天橋觀楓十一月二十三日

廊閣出雲横澗飛楓林下瞰映秋暉西風何意吹紅葉
能使人人著錦衣

清水寺

絲竹酣歌淩碧空井樓佇立一詩翁三春行樂賞櫻地
斜日貪看楓樹紅

三千院十一月二十七日

逕入魚山古刹邊夾溪楓樹晚生煙樵人歸盡危橋靜

濯錦波明律呂川

寂光院

竹籬茅舍帶溪聲斜日荒山磬一鳴磴道落楓黃沒屐院門漏著半天明

寄題羽田亨博士西賀茂新居次炳卿博士韻

田君近築洛西居似欲悠悠賦遂初萬戶柳櫻違錦繡一村雞犬共煙墟問奇有客時攜酒好古終年宜著書清曠卜來堪樂志何期部職卻新除君時補文學部長

寺町愛山不欲人賀其壽戲贈十二月四日妙心寺天球院社集

髯霜鬢素近逾鮮稱道乃公忘卻年人壽可憎天壽好愛山屹立愛山前壽字虛用上愛山謂愛宕山下愛山謂愛山其人

豹軒詩鈔卷十二

豹軒詩鈔

豹軒詩鈔卷十三

北越　鈴木虎雄　撰

昭和八年癸酉　五十六歲

留宿東京學士會館逢生日作　館在神田區錦町　一月十八日

錦街爲客値生辰回憶當年庭訓頻無限今宵風樹感講經明日入楓宸

癸酉講書始儀蒙命充漢書進講官入宮途上作　一月十九日

日上觚稜映雪峰城垣老樹綠重重春風扶轂朝天闕殿外五雲依舊濃

鳳凰房講詩周頌思文篇書懷二首

歲首經筵召小臣榻前敷奏及安民陳常播穀周先稷
道合司徒惇五倫

西雍稽古鬢華新豈意安車徵紫宸周頌一篇陳大義
終慙無補　聖皇仁

退朝有感

重拜天恩饌玉堂卿傳賜帛出宮筐微軀沒世無遺憾
由事斯文謁我　皇

告廟

告廟事成披我衷朝衣始退紫宸宮父兄泉下應含笑
阿虎當年猶阿蒙

和高橋翠村茂一郎翁春詠次韻翁時年八十平日好釣

車馬亦爲魚躍聲釣歸堂上笑持觥磻溪遺意君眞得
誰道散疏空半生

紫明閣卽事二月二十六日社集是日探梅議發

城居平日憶山林屧底難甘擁鼻吟月瀨探梅須趁早
疎花臨水趣尤深

月瀨觀梅三月十二日社友同往

竝走羣山轉峽門北來一水乍西奔香雲不動梅花國
銀雪平封月瀨村椽筆闌幽思往事草鞋探勝到仙源
賞遊無發腸枯歎鐵骨冰心爲返魂

梅溪山亭

綴玉槎牙萬木羣依崖傍澗白氤氳天含素豔元非月
地吐清香卻是雲鶴影翻時煙有迹笛聲吹處水生文

恍然佇立孤亭畔十六溪村已夕曛

月瀨觀梅絕句七首

貪看好景步遲遲雪與梅花兩得宜銀世界包香世界

四山晴色照鬚眉尾山山行

幔亭騁望臥峰頭屈曲寒川乙字流不悟泛身花氣白

月明疑入剡溪舟祝谷幔亭

月瀨觀梅興可乘雪中過寺訪山僧百年題壁文章爛

雅俗人皆說賴藤過三學院賴藤言山陽拙堂

羊腸下坂向溪流梅樹高低香自幽圓轉鶯歌如喚我

一聲一步一回頭鶯谷九折坂

峽裡溪梅梅裡天飛樓閒坐小神仙身涵花氣同芳浴

蘭麝香流衣袂邊浴花亭

隔岸奇峰鬼削成潺湲不斷澗泉聲前林忽送梅花氣
斜日香風踏雪行（溪行至桃野）

桃野村邊雪深淺竹林渡上月黃昏松梢鶴返人猶未
遠寺鐘殘各閉門（竹林渡）

伊賀上野二首

數畝園林俳聖居梅花映戶世塵疎猶思月下聽秋夕
滿耳蟲聲繞砌除（芭蕉翁蓑蟲庵）

復讎今古說伊州劍擊跡明遶路頭十一凶鎖土花紫
松林如髮鬼啾啾（渡邊荒木二士復讎古跡在鍵屋辻）

彥嶽兄十五年祭日賦奠四首（四月二日）

十五年前哭阿兄夢醒中夜幾呑聲後來喪仲兼喪母
無奈隻身投老情

講經正月入金門哭女前冬拭涙痕（長女去年十二月五日逝）漫道
吉凶相倚伏欲將命數問英魂

風搖破屋雨壞牆苦憶母兄相對傷今日修基俱不見
徒教燕雀賀新堂（時村宅新屋築成）

阿脩奉檄指歐天（脩也官命將赴瑞西）一事胸中聊釋然地下有
靈定同喜煙濤萬里護樓船

翠村先生惠寄詩篇奉酬

聖德文明養敎全廟堂多俊野無賢小臣啓沃知非分
濫執葩經上講筵

癸酉天長節例赴大學講堂拜　聖容書懷

深拜　眞容久鞠躬猶之歲首謁宸宮小臣獻壽非常
願及見亞洲歸大同

奈良公園 五月七日

坡陀祠苑倚林邱芳草如煙翠欲浮隊隊遊人相喚去
紫藤花下鹿呦呦

春日祠紫藤

丹桷照廊流水清神巫舞袖鐸錚錚祠前拜罷瞻雲際
杉杪藤懸紫綫纓

祠後寄生木

四海誰言猶一家觸蠻爭鬭太紛譁幾時能及寄生木
七種相依著葉花

大佛鐘

日照平邱樹色濃伽藍金碧映青峰胡人亦解饒詩趣
大佛殿東花裡鐘 英國詩人肖翁激賞鐘聲云

初瀨寺賞牡丹

井幹樓高擁疊巒天香國色倚雕闌唐宮閬苑知非遠
翡翠屏中錦繡壇

寺後白藤花

藤蔓槎牙佛殿傍池前百步已聞香蝶蜂團結無逃路
英玉垂垂八尺長

定家俊成墓在寺境

滿園狂醉牡丹春寂寞山蹊碧草新一種陰崖喬木下
夕陽誰弔兩歌人

安然塔塔在大津長等山高觀音南峰上觀音寺有菩提樹傳云安然入唐時所將來

安然叡山五大院僧稱阿覺大師後從遍昭僧正而學元慶八年敕爲元慶寺座主任傳法阿闍梨著悉曇藏八卷支那舊籍皆稱反切創于魏孫炎而安然悉曇藏獨曰始于應劭其文甚

詳予故感而賦此 五月二十八日

長等山頭留墓田陰崖提樹已千年憑君反切知應劭
免說當塗孫叔然

三井寺眺望

湖山陰翳渺風煙遠樹浮空地似天近浦猶餘殘照在
白帆影落石欄前

自片原街移居相國寺東鄰作 六月二十日

八年棲息掃塵蹤亦得幽居鄰巷逢無改詩書南面樂
熟知樹竹北牕容 新居係榊原博士舊宅 鉤簾待上清溪月敧枕要
聞蕭寺鐘豈獨入樓山翠好臨園高臥倒看松

附錄諸家和作

高瀨惺軒云孟母三遷貽逸蹤豹軒移宅與之逢
千篇立就心閒適百紙揮毫意從容起看一痕東

嶺月坐聞西寺萬年鐘公餘接
客秉應事時又盤桓撫古松

高坂超然云得閒一枕托吟蹤清福如斯豈易逢
樹際鳥聲常悅樂几邊詩興自雍容塵氛被隔苔
階竹俗念應消午夜鐘洛社古來多隱逸先生晩
節仰高松又云萬年山下是嘉蹤出入雙賢前後
逢不改庭園今日色依然草木舊時容彌天光朗
吟窗月徹底高寒禪寺鐘引客閒談風雅事倚欄
遙指嶺
頭松

青木柏里菱華云名刹連綿詩客蹤原注謂絶海天隱大典諸公卜鄰知似舊朋逢張盧不許荒蒿沒陶
室猶甘雙膝容五月薰風新拂席六時清韻
近聞鐘尤欽退食閒吟處臥看欄前百尺松

戲詠猪　六月

爪蹄害圃獵師聞一發彈丸響澗雲可笑怯猪相糾集
奇聲欲誘鳳凰羣

孤山惠臺灣巴俳椰果　七月二十八日

松脂薰徹南瓜肉遠望葉陰涼已多眞味忽從臺島到

當年繫纜憶星坡（予航歐時至新嘉坡初識此果）

贈竹內清齋（源太郎丹波五箇莊村人）步羽峰南摩氏琉璃溪詩原韻

天下處處藏幽奇幾人能發祕奧姿琉璃水石雖奇絕溪山文章有合離丹州雅士竹清齋手執禿毫管一枝卅年稱說動官府勝區一定舉世知吾徒來遊當夏日跋涉澗崖各賦詩水懸巖秀天造妙柳記元銘此兼之（唐元結有浯溪諸銘柳宗元有永州八記）請待深秋錦樹美再來逍遙溪之湄

遊琉璃溪作（七月十六日行樂社諸友同往）

煙霞性癖好探奇夢寐不忘溪山姿自聞琉璃饒勝槩吟魂飛動神迷離此日來遊沿崖澗足躡巖角手攀枝

石廩投擲懸川注激湍成雷天不知岸樹蓊鬱白日暗
琪花瑤草難入詩琉璃山鳥時一叫蹩躠椒魚何所之
安得長往幽林下隨意行歌清溪湄

琉璃溪十二勝　溪在京都府船井郡西本梅村昭和七年十月内務省指定列之于名勝區

洞門噴瀑雪上有萬尋崖潭水涵秋影皆疑錦繡埋　錦繡崖

峽窄巖重疊流懸風怒號似開生死路快下鬼神刀　快刀巖

衆水爭孤柱潭題龍軻名人言勢相似秦政避荊卿　龍軻潭

隱見虹光白誰言虬飲泉素持行雨力澗底勿貪眠　渴虬

澗

敬愛如賓主雌雄比配長愼休雙戰野野戰血玄黃 雙龍

淵

度梢風細細鳴瀨水娟娟時有幽禽叫誤驚山客眠 高臥

石

厲揭隨回澗林深同古初跳泉盤走玉白日睡椒魚 玉走

盤

龜祖神州物汝孫千劫前負圖遊禹域已在伏羲年 寶龜

巖

天上無邪道人間有鼓湍要教聞廣樂不是諫天官 天鼓

湍

長方盤石靜左右水聲多一自樵人去曾經幾爛柯 爛柯

石

彷彿鳴環佩清都憶玉人水晶簾撥上方見麗容眞水晶簾

邦君遊宴地錦樹擁巖泉行客今同樂徘徊身欲仙會仙巖國府犀東曰搖之曳之遠神不盡溪也係于四載前之所實踏以其合品隲諸項推以入名勝之選今得此佳什有似自家兒曹忝過褒多謝多謝

新居雜詠六首 八月

相國寺曉池

給園披露草停仗立池塘出水蓮花淨迎風心地涼誰能徹妙際聽響到開房

驟雨

伏晝朱陽赫黑雲過太虛一聲雷雨動飛瀑迸庭除不

待監河子轍波活涸魚

秋意

碧蓋承溥露蕣花妍曉晴無風櫻葉下秋意逐時明何物尤驚我候蟲晝夜鳴

蟲韻

蟲韻入秋急令吾心緒紛湘靈波底月閼氏塞頭雲羽殷千般曲常思故里聞

閒庭

閒庭幾株樹數畝綠留陰移榻向涼處輕風拂短襟籬邊漸還暮明月已來臨露氣隨他下仰天獨浩吟

夜步鴨堤

逍遙古隄道鳥定行人稀明月照流水淸風吹葛衣悠

悠天地濶除此我安歸

陸羯南翁廿七回忌辰言懷二首九月二日

世事浮雲變悠悠廿七霜遺文新刻取默誦對靈牀

國命達何日時危更憶君不憂無指針百世仰遺文

羯南文錄刻成題其後

先生賢哲質兼是棟梁材論憲建中極宣猷洽九垓欲成君子國深慮黨人災再把遺篇讀永懷王佐才先生論君主權曰君主大權者是爲執中之權所以超在國家諸權力之上而調整之者也著國命說曰凡國家各自帶有其使命若義務吾日本之所以爲其使命者何曰數千年以來固有之日本人特性我保存之發達之以貢獻之于世界文化是也又嘗曰吾日本須要法式建國以來之皇謨宣揚大義於世界但其在平時所用方法以和平穩當爲旨曰我欲使吾日本化爲君子之國曰倚黨派而私政權賴武力以左右政權兩者是我二大敵也

古座峽紀遊詩 並引

予與白莊司孤山于南紀風景探賞殆徧獨未及古座峽以爲憾九月八日孤山電誘欲釋宿憾乃欣然赴之九日共坐車過田邊觀奇絕峽晚至鉛山宿于海僊樓明日留宿午後泛海觀叉魚十一日拂曉至田邊乘船至古座上岸驅車上峽沿途賞景午時買舟至齊雲巖而回棹順流而下復徧觀諸勝至古座橋而棄舟驅車至串本登潮岬薄暮乘船十二日朝至天保山而別此行往來得詩凡二十五首題曰古座峽紀遊詩云癸酉十月誌

獅子舞巖（在紀州田邊磯間日吉神社東方田間）

海上何年獅子來鋸牙棘鬣立田陔如期萬國歸王日
徑向宸宮奏舞來

奇絕峽（在上秋津村）二首

澗水奔鳴危嶂開仙箕掃糞巨巖堆行過懸棧雲迎我
幽鳥覘人洩一哀

嘗過李白讀書臺（在支那江西廬山）一道懸川頭上開今見天
紳自天下何由萬里忽飛來

鉛山懷古

聞昔南海子來浴鉛山泉予今亦來浴嘯詠滄浪天北
望銀沙近東顧草原連景物今猶昔伊人渺何邊（南海所題）
鉛山七勝銀沙步平草原並在其目中

海僊樓晚望

滄海秋高晚氣澄波間明滅萬漁燈火珠十里連星漢
上下並橫雙玉繩

宿于海樓示孤山往年宿于白濱傳舍喧擾此夕異之

山樓枕滄海氣含深秋淸已無波濤撼豈有絃歌聲鄰
房隔障臥引夢入蟲鳴

橋杭巖在串本海岸傳云弘法大師將架石橋接之大島有魔阻之垂成而壞此其遺跡神人鞭石流血事見述異記今石橋其色赤

峰巒隔斷海雲長驚見法師橫石梁恐是神仙鞭下物
喚人過此拜朝陽

擬大島竹枝詞大島在串本對岸一名女護島

海碧天靑帆影遙樓頭忍別在今朝望郞風水重相訪

咫尺杭橋是鵲橋

望九龍島在古座河口

古座清江入海流古城山色鬱幽幽更添龍島如拳石
飛雪漫天翔白鷗

古座峽歌

古座川流徹底清游魚錦石各分明欲知峽裡靈奇處
聽我控舷吟詠聲

清暑島

始入古座峽先得清暑島孤阜當回流古祠茂林抱源
頭水漲時流木互顛倒萬材歸島陰轉輸助構造笙鼓
驚魚龍篙師歲時禱我今幸經過驅車絕岸道清風江
上來俯視巖樹好所憾隔靈扉未遑薦蘋藻

少女峰

溪上飛巒嵐翠重懸崖萬仭插杉松紅花不瀆綠林手
清節名高少女峰

髑髏巖

休歎斯生有短脩亦知天地不悠悠青山老去餘何物
石骨崚嶒一髑髏

三山冠

屹立三山儼若冠頗疑鬼物戴章端誰圖溪峽行歌地
禮貌偏於石骨看

玉筍峰

脚下巖湍激作雷橋前峭壁太奇哉休言玉筍破雲出
仙斧失柯投地來

一枚巖 一名齊雲巖

峽裡溪多蛇折行溪流到此直無聲前崖但是神劖斫
卷石居然抵漆城

天柱峰

峰尖直立碧溪湄石秀雲流兩絕奇惜汝終埋空谷裡
不逢媧氏補天時

望滴翠峰 以下是下江作

峽樹含秋潭影寒楓間櫨葉帶微丹不離滴翠峰晴色
今在清溪第幾灘

舟中望玉笥

扁舟回棹下清湍遙見前頭玉笥寒溪水紆餘三十里
更從側背品評看

卽目

無人閒卻釣魚磯江碧沙明湛夕暉一曲棹歌隨岸去
掠舟方有鶺鴒飛

巨人巖

溪流漸緩下船遲石貌林容出彌奇恰與吾儕同惜別
如迎如送巨人隨

鱣魚潭

溪流奔注遠巖巒將漸稀林開露天碧川澗冷夕暉澄
潭千丈綠近接月巖磯云有鱣魚窟無人知瘠肥棲止
汝得所汝是我或非常恐賊人子勿向講堂飛

明月巖

流渟成碧潭岸斷起危嶠月瀨名已佳明月巖亦妙秋

陽映夕漣水動山照耀雖無夜月明光景想四宵不屑
磻溪期不願嚴陵釣介然守至愚乘閒恣吟嘯倘遇潛
魚聽且和沙禽叫

姫松原（在串本東方海岸）

斷嶠綦連侵海斜蒼松十里帶汀沙傍開明鏡涵巒翠
倒寫前村白板家

潮岬（傍有飛行場無線電信臺）

燈臺百尺壓崢嶸紀國南頭倚晚晴絕壑雲低盤健鶻
遠天潮黑走長鯨侵陵堪制飛機野信息相通無線營
攻守須依吾有待邦家今已脫聯盟（以上古座峽紀遊詩）

癸酉中秋（十月四日紫明閣社集分韻得優字）

青天無片翳月映鴨河流佳節多風雨淸光今夜優況

逢詩酒會一掃平日愁回憶四五歲莫若此中秋

越南大閱　駕幸京都恭迎二首 十月二十二日

神州之外亂戎夷正是萬方多難時　聖主幸存太平
志親巡北陸閱皇師

君王西幸越州山閱武秋原戎馬閒此日駐旌洛陽殿
滿城臣子拜　天顏

京都宮入謁 二十二日午後五時五分賜謁十五分退出

恩澤重加感激頻何唯歲首講經辰册勳七轉纔前月
九月四日敍勳二等　蒙賜謁新班廿九人 是日予謁次爲第二十九

超然贈蘭菊賦謝二首 十月二十四日

蘭菊提攜到我前蘭猶噤口菊嫣然菊言受命超然子
長伴子園梅竹邊

不克蓄芳幽谷間傲霜未敢臥鄉關低頭深愧雙君子
蘭葉青青菊蘂斑

關原懷古 十月三十一日

龍拏虎擲憶雄圖雲樹荒涼山驛孤可惜西藩三十六
不如倒戟一金吾

寄懷孤山二首 十一月

三遊紀國每題詩共賞海南山水奇天下猶存多少景
與君相見十年遲

我日課徒歎太忙君今得病臥茅堂晴望秋野知何感
楓正呈紅菊著黃

孤山贈臺灣白柚文旦賦謝

柚聞有白耳先傾文旦何知是果名禹貢當年未收物

今朝饞嚼舌根鳴

過龍安寺 十一月九日

殘照入林苔徑清時聞禽鳥拂頭鳴逢僧爐地燒枯葉松際指他楓錦明

秋晚偶成二首

衰菊倚牆楓落蹊蕉殘無復舊時題山茶漸坼林園白霜日上來鶗鴂啼

秋風蕭索拂庭柯隨地翩翻木葉波秋色逗留能幾日公孫樹上夕陽多

山科本願寺別院 十一月十九日

梵唄無聲午寂然倚牆平仲勢參天蕭蕭落葉如黃雨亂墜村童墁畫邊 平仲公孫樹也

醍醐傳法院林池

松裡丹楓夕照遲朱檻黃桷映淸池不逢淨境林泉色何覺醍醐味極奇

醍醐途上

靑山四擁各成門滿地緗雲穲稏村蘆白楓紅秋遠近穫歌聲裡漸黃昏

小野小町粉粧橋在小野

蛾眉笑倩駐春嬌才藻使人心蕩搖涓流不照翔鸞影竹寒沙碧粉粧橋

江村先塋側新卜兆域葬長女雪江去年壬申十二月五日十一月二十八日逝書懷

鍾愛廿四春華落何忽焉紅顏化白骨每思泣漣漣客

周歲將奠歸葬先塋邊汝魂不寂寞共此父祖阡汝墓
亦我墓吾衰及殘年願汝豫相報會合在黃泉

又二首

教養多年晨夕隨蘭摧遽使我傷悲于今胸底猶遺憾
不見桃夭歸嫁時

嬌養經年由父慈病來往往發嗔癡何無撫愛寬如海
悔到蘭房責失時

姪脩藏婦峰子嚮以六月二日逝是日亦葬于
予女墓北鄰

北地仲冬節風寒天微雪臨夕送卿骨哀哀瘞幽穴凍
月照疎林已矣從今別如何不摧傷肝腸非石鐵自卿
歸姪門十年過何曾怡愉姑所憐溫良衆所悅吾女亦

相得親愛兩情結洛郊嚮相送（去年七月十六日）不知爲永訣
沒後竟成鄰奇緣如天設想或九原下依然共提挈以
此聊自慰吾情無窮竭

埋葬畢書示脩姪

百感新生老淚紛寒林月映暮天雲子埋子婦予予女
同日同門起二墳

追憶峰子四首

抱病唯望再會期精誠攝養與心違知卿無限終天恨
萬里良人猶未歸（峰子逝時脩也以公命在歐洲）
定有芳魂暗出迎夫妻再會隔幽明今宵同哭埋香骨
掩土墳前老淚橫
英獨山川巴里城遊蹤一一入圖明燈前映寫歡聲動

觀賞羣中不見卿器寫示其遊蹤倏也攜活動映畫

十年爲婦守寒門得病依然笑語溫簡招兒輩無春夏
回憶當時但斷魂

雪江小祥日書懷二首五日十二月

埋骨歸來又小祥老懷容易惹哀傷熟思何獨年華故
一別髭邊頓有霜

供奠鮮珍堆豆盤燈前弟妹影團欒鄰房後障疑猶在
何不揚聲出共歡

同社兒

盛書包袱左恭持華襖紺裙同社兒遇有貌年相似者
陌頭目送立多時

皇長子誕生恭賦賜稱繼宮明仁親王十二月二十三日後七日

親王今旦誕生焉宮報一飛天下傳門上揚旗歡踏舞
皇家寶祚自綿綿

又賦

椒殿神光旦爛然呱呱聲起紫霄邊重暉早已居儲位
峻德固應承　祖賢草木遂生新雨露雲霞改色舊山
川鳳麟來集蛟鯨匿行見弘猷及八紘

草筆 田中鐵三所贈

草莖爲管草梢毫奇品初逢紫海豪待子假予靈腕力
剡藤紙上起風濤

賀上原看雲氏八十八壽

邑中振鐸頻養氣得康身退處仙源上桃花領萬春

寄題村上前田氏庭松 聞松種出于江州唐崎松長尾秋水曾攜歸以

貽其祖者矣

袖裡當年名士遺蒼蒼今見映雲委江州老幹已枯槁越海靈根須護持

癸酉除夕孤山惠寄臺灣椪柑新編詩存亦到賦贈

臺柑驛送向林廬詩卷同時到歲除直把青黃充下物更深讀了興來餘

癸酉除夜

屈伸無主蠖兼龍凶吉回環意萬重燈下撥灰思往事又聞一百八聲鐘

昭和九年甲戌　五十七歲

甲戌新年

皇德熙熙白日輝新瞻　天冑下椒闈慶雲先自神州
動能使萬方消孽機

元旦謁菅祠

攜女搖鈴拍手同菅神祠下早梅風古來宰相多賢俊
道德文章誰似公

日本學術振興會舉予充委員

喪女以來知老衰聽多錯誤視迷離孫陽休擬驅千里
固是尋常駑馬姿

拜桃山陵 一月三日

松柏蒼蒼碧水隈鬱葱佳氣滿春臺拜陵絡繹人如蟻
盡頌　皇儲誕育來

訪孤山問病二首 一月十二日

枕畔相看意轉親病中談笑見君眞京郊已覺鶯花近
唯待聯筇去賞春

弄月嘲風自在身冬來一病幾吟呻寄言日馭回寒駕
早報百花繚亂春

望嶽有感

嶽離千里始知高麓望唯同邱垤曹不怪紛紛皮相子
看過當面幾英豪

偶成

盆裡梅花綻香蘂牀頭蘭葉孕新青晨光動後玻窗暖
茶力上來詩思靈

贈孤山

漫愛風人韻士名風人韻士半虛名喜君與我存同好
唯愛佳詩不愛名

新雪寄懷孤山

曉來新雪遍林廬龜手慵酬親舊書臥病憐君寒徹骨
吟魂猶到早梅無

敲冰一月病中作

曉氣蕭森遠吠凝小廊影暗壁間燈排扉淨手滿庭雪
杓柄輕敲盤面冰

病起値晴

雨雪旬餘始放晴褰簾喜見日光明立庭摶像半消壞
點點陽坡草已萌

檜谷先生入洛賦呈二首二月三日

曾在山中甘食薇清泉白石息靈機十年重過黃壚下
酒件詩朋恐半非

達士能知爨下音逸材誰道坂頭吟洛涯煙柳多青眼
一曲試彈山水心

寄孤山

孤山先獲古人心行樂之中惜寸陰我亦平生初服願
唐風蟋蟀是知音

又

信醫忘病苦對友吐情眞處處鶯花好憐君臥過春

賀物庵博士開眼退院二月九日

自非國學有醫仙爭信金篦目力旋心眼定知同刻潤
分明萬象鏡中懸

甲戌紀元節二首

四夷平定祲氛澄天位當時方始登　聖孝常思垂統
際年年嚴祀畝傍陵

萬戶揚旗日色新梅花脩竹紀元辰雍堂搖壁嵩呼大
儲副降生第一春

蕗薹

土脈膏春雨蕗薹排雪窺摘來調豉汁香味獨先知

偶成

黃鸝一囀暖先催薜幹春生牆角梅拄杖今晨仰頭視
南枝五六有花開

和孤山病中詩三首三月七日

冰雪冒梅來怕他鐵幹擢深根靈氣在花杪復春回

醫將日攻來病城可陷擢候君得遊步花下詠千回
黃鳥喚春來寒威頓挫擢聯節何處好東嶺首頻回

內藤炳卿博士病中寄示二詩木村地天至自臺北因賦七古

及讀杜峰詩稿五古賦贈二首三月十日

不朽立言屬阿誰慨慷身世意孤危藏山著作逢知己
炳老病繙詩友詩幽愁直欲托江蘺近來吾亦思原玉
百歲猶之旦暮期
擬削揚班諧誕辭予時在大學將講賦史且有意作賦

賀淡村和田君名悌四郎粟生津村村長古稀二首

卅年精勵課農桑宣教人知讓畔疆縣志屢書旌表異
西蒲原郡粟津鄉
家世廉公慶集門齡躋七秩望逾尊芳筵列坐先稱壽

賢子令妻十六孫

懷德堂文科講義竟書懷示堂友諸君二首（三月二十三日）

憂國思家杜陸辭諷諭閒適樂天詩講來一紀增慙愧
隻句何能到解頤

三家異曲本同工講竟回望儒雅風要識詩人眞意義
萬言常寄一誠中

春日長岡菅祠（三月二十五日社集）

勢熖薰天日賢臣謫海時觚稜從此遠畫像至今遺鶯
語圓幽薄梅花映古祠聞馨猶浴德撫音步難移

濃州春望（三月二十八日東行途上）

蒼山回合四望同路入濃州春亦通故壘香風吹不斷

梅花亂發雪峰東

松井大學總長元興狩野研究所長邀飲都館席

上贈滿洲國鄭特使二首四月十日

混同長白定邦基奉使暫停過海旗玉帛修交孫子産
琴尊好客鄭當時西京學社文章舊東嶺鶯花風日宜
安得春光佳麗處縶留駒馬緩歸期

賞春車馬過林巒共惜韶光容易殘花底邀賓雙鬢白
尊前憂國寸心丹晉時開濟思王謝宋日和平倚范韓
聞喜鄰邦新定宅京都作賦擬偏難

春晚圓福寺在八幡南三首四月二十二日

名剎依重阜春深南郭天林花飄點石洞草長生煙斸
箏勞耕叟題詩問老禪爾餘無一事閒坐意悠然

咫尺城南地別開清淨寰花明泉石外松靜戶庭間聽
鳥辨仙性觀雲訂我頑桑楡方已迫嘆息未投閒
積年聞勝境今我始來攀何解眞源妙聊欣俗慮閒法
雲覆空谷慧日照靑山不覺諸天晚逡巡未擬還

伏虎殿　有栖川威仁親王捨宅在圓福寺境

親王伏虎殿偉構出巖林草樹連階碧煙嵐入戶深度
人慈筏願捨宅勝因心鍛劍靈場在瞻來更整襟

卽事　是日期迎檜谷超然梅癡三老梅癡以事不至

攜手同遊山水傍弄晴看竹入禪房期迎三老愆其一
無奈有人閒裡忙

庭中垂絲櫻竟不開

衆花浮豔映軒闌一樹垂絲開獨難爲是主人移住去

幽姿未許寓公看

枕頭

閒卻暮春遊步節淸時未必托無能枕頭空發去年興長谷牡丹寧樂藤

東樓病起卽事二首

老去轉愁韶景稀三春幾日對芳菲東樓擁被林園暮又有風花無數飛

殘紅飄散綠陰成病裡春歸暗自驚猶剩木蓮花爛漫玻瓈窗外紫風明

久邇宮大妃殿下有教在修學院離宮鄰雲亭賜茗飲陪筵偶成五月十九日

仙園池樹奏南薰賜茗平臺輿不羣騁望深知宸藻

妙懸峰遠水白於雲靈元上皇御製曰遠方能山與理上仁雲與理毛白幾乎見禮波淀能川水

小庭即事二十日

日暖風輕近午天積苔幽草映階鮮鉤簾瀹茗閒相對
嫩綠楓前紅杜鵑

贈某

半歲宿痾聞小瘳魚書喜子說南遊釣鼇溟海他年興
不若權牽無水舟南史張融答武帝云臣陸處無屋舟居無水帝問融從兄緒緒曰融近東出未有居止權牽小船于岸上住帝大笑

調孤山

煙霞痼疾最難瘳有病閒時憶出遊天下溪山知己在
阮生之屐子猷舟

江樓社集壽檜谷先生次韻五月二十七日

江樓新樹自清妍無復纖塵到檻邊葉底晚鶯尙求友
亦迎一老入詩筵

東鄕元帥薨葬以國儀二首六月五日

滄溟一戰靖東方動地驚天偉業長明治勳臣文與武
西鄕以後有東鄕

天下皆知元帥名凶聞四海涕從横蕭蕭爭送昆原路
一曲輓歌不作聲

南禪寺最勝院社集六月十七日

潺潺流水音山木一鵑吟閒坐望城市悠悠物外心

和風軒軒松濤師新室名卽詠六月三十日

趨林急鳥背人飛忽有雨聲叩竹扉數頃插秧猶未了

一行薹笠向村歸

悼天隨久保得二博士二首君六月一日逝七月一日

識君踰卌載竊意似文園慷慨詩千首風流酒一尊石渠曾宿鳳炎土好栽蓀遽報騎鯨去南望但斷魂

比載頻相見今晨最憶君聯吟蕭寺雨壬申夏妙心寺雅集同步碧溪雲癸酉夏同遊琉璃溪修史存深意題詩徵我文君琉球遊草成徵予序文追思皆昔夢不朽獨詞勳

甲戌中元八月十三日

燈下親孤影蟲鳴籬落邊中元人不到閒坐讀遺篇

東塋

燒香先謁瑞香墳拜及親疎禮數分路遇故人相揖去墦頭煙火映杉雲

南塋二首

筒茅相對影參差風樹蕭蕭燭淚垂地下雙親能識否
今年有此掃苔兒

繞身大小十三墳歷拜舊新雙淚紛口裏不言胸裏語
鵂鶹獨在樹頭聞

故里二首

父老年年減相逢生面郎孤笻行狹巷故里似他鄉

東舍貽花卉北鄰分果餛人情今尙美故里異他鄉

訪山際柳堤　操翁留宿　翁今年八十三歲爲長善館及門最老者八月十六日

鄉杖寄居沙海濱心閒好與白鷗親忘年留我仍談舊
父祖門中最老人

最上國藏氏杉雲山莊二首　莊在越後妙高山麓赤倉　八月十七日

風氣如秋至晴空疑雨懸何知蘆薄裡暗有瀑鳴泉　蘆泉室

瞬息變風光看山高臥處君如問草廬杉樹雲來去　杉雲廬

出門不見山　八月十八日朝時在赤倉

突出在虛空豈唯雲霧變高山若偉人愈近愈難見

悼白莊司孤山　予時歸里八月二十四日訃至二十三日夜已逝

山川花月每追隨座上喜聞輕妙辭南紀四遊成昨夢空留一卷批餘詩　孤山病中編其所作詩名孤山詩存予爲序之

解良氏百木園池亭即賦贈主人用壁間所掛王穉登詩原韻　詩云平津閣上夜題詩繡牘親裁與項斯字比宮雲俱五色情

將禁柳共千絲袖中攜處香偏入馬上看時月故隨自是陽春元寡和莫言寒屋報書遲八月二十五日

共讀稗登壁上詩池亭啜茗話須斯又添孫子賢如鯉主人云近者得第二孫男不嘆鬢毛紛若絲老木風清秋氣到懸泉石激雨聲隨園蔬留我情何厚莫笑前村歸去遲

解良君淳二郎號聽泉奉令耕獻穀田余聞之而喜賦贈八月二十六日夜

皇統承　神孫　列聖重孝祀登極致大嘗垂範於厥始歲例新穀登嘗祭獻潔美闔邦選善農稼穡戒所以今年膺選者通家解良氏主人接令來齋沐愼進止曰我家世農先臣有遺軌明治巡幸時行在陳耒耜芋魁媒國風謬蒙　天顏喜事見近藤芳樹所撰陸路記獻穀逮賤身誓

當增奮起柵田懸注繩南畝忙擧趾暘燠與螣蟊利病兩監視南風吹良苗新穗垂映水精誠能感應足以卜豐秠粒粒實且完清瑩珠玉比以此薦神明神明格必矣報賚定鴻慶榮譽偏遐邇恩典許入宮鳳闕拜玉戺君常虔奉先孝敬發於己苦心勸力田擧鄉推善士影響非細小德聞化千里村村競倣之稻粱同薿薿崇祖兼敬神不負爲臣子煌煌興國業容易良可企

新營家墓撤長女雪江殯處躬庋其骨瘞于幽壙架上了書懷 八月三十日

哭汝猶昨日三年石火飛苦心營家墓八月陽氣微撤殯就新壙芳魄可使依天屬遠來會熱淚更一揮泉下雖長夜悠久免縛韈願汝安寢處我亦竟同歸

追步小川南堵叔父詩韻二首九月三日至片貝訪小川氏叔父名玄節南堵其號業醫壯時學于咸宜園善詩予年十二叔父賜以二詩其一曰嗚呼吾老矣期卿博士名日夕須三省哀哀父母情其二曰斯子有奇骨軒軒乃祖風唯應全晚節不願稱神童

未期爲博士博士荷其名四十五年後回望阿叔情
晚節庶無缺未揚先祖風仰慙草玄宅好學有烏童

鴨涯紫明閣社集追悼孤山五首九月九日

任意抒情是我詩宿緣何獨好予詩雲牋常寄存餘葉揮淚終題哀悼詩孤山好予詩常寄雲牋以便急徵其逝後尚餘十數葉終爲寫哀詩可悲也
一擲利名塵慮空句奇嫌與世間同轉將當日陶猗手揮發自家楊白風孤山愛楊誠齋白樂天二家詩

梅發郊祠賞早春雪飛蕭寺坐重茵自今行樂應猶好
只少帘邊同詠人（孤山來入社新製一帘索予署行樂二字）

樓頭前月哭天隨今又向君裁悼辭風景依然人事異
臨流看岫欲焚詩

金剛長失共遊時耶馬阿蘇未賦詩（諸山皆有同遊約）風雨滿
樓三九日（三九謂九年九月九日也）欲登高去與誰期

失題

江南半壁趙家民要識　神孫天業新肅愼稱王暫時
爾輿由人者滅由人

中秋鷹溪觀月同檜谷犇山二君二首（九月二十三日）

月上峰松頂水喧溪石間乘明林鳥出驚定又來還

碧空懸白璧金水碎銀盤一片溪頭月照來悲與歡

又次檜谷先生詩韻二首

秋氣生東澗漸知襟葛寒擧頭山吐月洗耳石爭湍坐久斥明燭興高憑曲欄良宵稀此好遮莫漏聲闌

借問冰輪冷何如詩骨寒金聲生擲地舞影映奔湍斫桂那翻斧窺蟾幾近欄無心吟詠史深興坐更闌

歸途又作

當頭明月白如銀正見中天輾玉輪午夜市橋車馬絕聯笻恰有詠歸人

客懷

疎鐘傳客枕殘月映書樓難續家山夢易驚京洛秋草蟲如雨急風葉向人愁漸覺身衰疾此生行退休

謝超然惠菊二首

盆菊貽來到草堂猶疑鳴鳳對翺翔縹冠翠翼黃金尾耀日淩霜爛有光

年年贈菊故人心復見金葩映敗林陶子遺情相識少何圖海外有知音

送姪高橋啓三入營赴朝鮮羅南

蠻夷貪獲利四海動風雲報國男兒志何論武與文

又

韓海天高一雁飛方知霜露上戎衣故鄉有母秋風冷憐汝從公不憶歸

卽事十一月

曉鐘驚客夢起坐對林叢霧破茶花白日昇楓葉紅詩情隨節候塵事閱窮通小苑多幽興其餘付碧翁

超然病中贈寒菊 十二月十四日

超老經旬近藥鐺替身猶見到茅堂歲闌盟友堪爲四寒菊續來崖菊香

繼宮明仁親王殿下甲戌誕辰恭賦八韻 十二月二十三日

天統淵源遠瓜緜自肇基鴻慶流紫闥祥夢發鸞帷蓬矢前冬禮綃衣今旦姿孝仁含至性文武表光儀烜赫重明日渾涵成化時子來非假想王會有佳期九服歡殷地萬方欽仰曦揚休臣職是望闕志如葵

歲暮書懷

閒園數畝洛城陰鵲屋蕭條竹樹林風入殘柯無起色雲飛斷雁有遺音絳帷麟筆當年夢華髮青燈中夜心

摟指鄰鐘待明旦絲絲寒雨動哀吟

除夜得吉村勝治悼亡信卻寄

琴鶴雙棲幾十年一朝鶴去迹茫然五雲山下溪琴響
空伴牀頭獨客眠

昭和十年乙亥　五十八歲

賦得池邊鶴

神山棲息穩東海是吾池翔舞沖霄漢瞰紅波靜時

送新村出博士應召入朝進講

春風朝鳳闕講殿五雲鮮萬古言靈在發揮　神聖前

贈宇野博士進講

頭白窮儒術講經春上筵知君明德治敷奏　聖人前

送神田邑盦游學歐洲 一月

乘春駕洪濤滄溟向窮髮彷彿文海中渺茫迷恍惚斯子識波程遠航辨津筏焦嶼網珊瑚水府窺貝闕勿爲望虞淵競走逐沒日早往早歸來寶珍載突兀

奉送新城前祭酒新藏赴任滬上自然科學研究所長長尾雨山狩野君山二公先有作仍步其韻 二月

河上茲分手幾時接勝流鶯花三島曙煙水五湖秋赤縣尚多虎桃林未放牛如聞虞帝哭齊政倩誰搜

賀須賀蓬城耳順次韻二首

幽人愛文雅城市混風塵能事精兼逸交情舊更新素於簪紱淡時與酒詩親朝夕靜修處行藏隨屈伸尋盟伴蘭竹乘興弄縑牋倪董披雲出褚虞舞戟遷訓

蒙依正養積善結慶緣借問方來壽南山指翠巓

又

翰墨林中臥丹青國裡遊棲遲忘歲月至樂逸王侯

乙亥紀元節

二千五百有餘年永永邦基盤石堅要識當初天業美
戢戈申孝鳥山巓

花園天球院社集二首（二月二十四日）

謝累聊乘暇探春試出遊看雲過下杜（地名在北野菅祠南）負日
向天球郭外花爭發垣邊草已柔漸知鐘磬近轉覺化
城幽

招提城市遠構築院庭幽香棟禽來賀梅簷客發謳詞
華動虹彩德水暖冰流無分同禪悅山中欲滯留

席上分韻得山

禪房人不到永晝鳥聲閒但道玻窗碧穿林來四山

早春追憶白莊司孤山次中田洞北韻

逢梅常憶殺此意若何通鶴背探春否裁詩向碧翁

即事二首

春雨聲中黃鳥催叩門不見一人來先生今日如無事
閒坐樓頭閱早梅

紙牕殘月送微明風入林梅香暗生夢覺書樓人未起
屏中攲枕算鶯聲

送原田季淸學士赴任臺灣文政大學次其贈詩
原韻二首 三月

文章自古戒才多師表于今嫌道頗賢士固知幾索隱

老夫空欲寢無訛牀前梅點萋萋草天外帆開渺渺波
到日南臺應有句勿忘附鯉伏衰魔
三餘惜晷伴陶泓講藝卌年留上京形槁心灰爲聞道
門寒官冷豈求名孜孜經業推先進落落文章畏後生
臨歧不揮平日淚摶風待子度鵬程

鴨涯紫明閣社集卽興次杜子美夜宴左氏莊
詩韻 三月三十日

暮春行樂處 高橋棲眞 水閣雅筵張 須賀蓬城 花柳將
籠岸 豹軒 煙霞已滿堂 中田洞北 銜盃憂日短 高坂超
然 作句競才長 近重物庵 漫學八仙興 高瀨惺軒 塵紛
總欲忘 瀨川犇山

日出岡春眺 乙亥四月三日攜家赴大津市訪脩姪姪時官滋賀縣經濟部長公

舍在市南日出岡眺望甚佳

柳綠花紅春復來試攜兒姪上高臺休嗟臨老歡娛少揖我湖山面面開

琵琶湖飯館

高甍照水太湖濱煙柳霞花隨意春佳客一堂雜夷夏汀前別有蕩舟人

檜山在醍醐山半腹豐太閤觀櫻處四月六日

帷巒幕谷宴紅霞喚召羣侯恣賞花霸氣爾來消滅盡行人猶自說豪華

自醍醐踰嶺至巖間寺途上

一嶺行窮一水奔山田高下自成村苔蹊更向前峰去叢竹林櫻處處昏

湖望

瀲灩湖波落照閒歸鴻影裡釣船還孤峰遠望如濃黛
知是江州富士山

義仲寺

躍馬皇都橫劍過天亡豈有帳中歌千年湖畔埋豪骨
遺恨悠悠付逝波

迎滿洲國皇帝頌

瞻彼長白其山巍巍天眷貴種伊水龍飛惠民立極莫
若善鄰乃浮東海訪我帝宸維我皇州櫻花妍媚非花
之妍實士之氣猗猗者蘭郁郁其香豈獨其香君子之
光維蘭與櫻香氣結一誰克離之比密膠漆緼緼漠漠
洋溢乾坤兩國之好和平之根

滿洲國皇帝來航駕自東京至京都又向奈良

紀盛八章

周王鞭駿四方遊秦帝射蛟江上流豈若乘春淩大海
滿皇躬自訪神州

帝坐艨艟自海隅柳櫻春麗入皇都瓊筵天上爲賓主
國史從來迹絕無

陵鑾森嚴杉檜間蘭旂遠出禮桃山應思鴻業維新美
發自君臣同克艱

建禮門開延大賓西宮南殿葉花新誰圖闌角瑩沙苑
別有衣冠蹴鞠春

香駕緩行披午風霓旌暫倚玉壇中齊呼萬歲東山響
白日花明太極宮

日暖風輕百鳥和山櫻倒映照池波黃金閣上閒停仗
古寺園林氣色多
春祠徑曲擁林邱行望丹楹霞際浮疑入周家新帝囿
連天草碧鹿呦呦
盧佛殿陰開正倉依然文物見隋唐一千三百餘年上
珍重東瀛護寶光

聽松院社集二首 院在南禪寺北門内俗稱摩利支天　四月十四日

早櫻飛盡晩櫻新臨老看花不讓人待得社中期會到
聽松院裡走尋春
櫻殘楓綠坐春深山色新添溪水音歲歲惜花情漫切
知吾已發老人心

偶成

林園氣帶雜花馨已覺朱明臨戶庭紫木蓮搖風色紫
青條楓展日華青

桂水泛遊 四月二十八日

桂水搖搖巒影橫滿溪新樹夏風淸父兒同載漕洋艇
笑語中流破綠行

先考惕軒先生四十年祭賦奠二首 五月二十六日

說到孝忠庭訓頻丹心欲使報君親鵑聲喚覺當時夢
猶記西堂受讀晨

逝水滔滔四十年江村禮俗與時遷館中餘韻存如縷
手獻谿毛一慨然

贈柳堤山際君 君在先子門下年齒最長今茲乙亥先子四十年祭君建石燈雙基獻之先子墓前五月十九日

墓木蒼蒼歲月深及門猶見有知音澡身浴德燈新照應感先人泉下心（澡身浴德禮記儒行篇語君手書分刻之于左右燈面）

天授庵社集（六月二日）

夏景暗成還換衣叢林穿徑叩禪扉鏡池波熨蓮花睡羊嶺雲開燕子飛棲戀邸園知老至吟攀風雅愧才微壁間逢著籠紗迹（是日壁上見中山白崖高野竹隱墨蹟）嘆惜交游歲歲非

物庵理博以土佐虎斑硯見惠賦贈

文房憶四友老來若渴飢管侯與褚子容易相追隨陳玄在座石陶泓特所思虎璞落吾側斑斑深山姿與汝舊相識憶我童子時挾册上村校染翰對吾師滿面亂鴉色頑騃羣戲嬉恍惚猶昨日轉瞬鬢若絲平生戒奢

泰財用愼徒糜雖愛方玉貴此亦堪護持注以涓涓水磨硏臨凹池朣朧神氣集擒藻精英馳小則驅罔兩大則戮蛟螭煌煌明大道悠悠保國維臣忠揚其烈子孝美其爲婦貞顯其鑑友信存其規山川寫淸秀花月畫芳滋凡百賴汝力素樸與汝期不要馬肝緻何用鸜鵒奇從今伴遲暮須臾不相離

得迷陽靑木君信云新膺學位贈賀六月四日

大都江浙各風情曲史開山門徑成堪使王吳瞠若後功名不要得功名王吳謂國維梅也

內藤炳卿博士小祥追懷次韻君嘗爲余書文心雕龍風骨篇語曰鎔鑄經典之範翔集子史之術洞曉情變曲昭文體然後能孚甲新意雕畫奇辭因係論云彥和之論風骨意在復古蘇綽詔策二姚史傳於是乎出而爲韓柳之先河矣又題一詩曰

豹軒徵我擘窠書老去塗鴉筆墨疎憶起少年臨禊敍烏絲欄暎上燈初　六月二十五日

能讀且稀況著書青山無主樹扶疎殷勤嘗寫雕龍句
爲說唐文復古初

最上君慶筵賦贈　君養中尾章吉爲嗣尋聘首藤和子爲其婦　七月二十六日

二姓參成一姓親滿堂和氣飲芳醇階前松竹千年綠
待見芝蘭玉樹春

羯南先生夫人今居氏　清泰院妙薰大姉　小祥逮夜作　七月二十七日

復繼終天淚今朝忽小祥溫容猶在眼歡語竟違堂水
凋池魚匿風輕援槿長九原知莞爾孫女肅燒香　予時擕二女兒

羯南夫人墓下作 七月二十八日

風鳴樹葉和哀蟬碑字勒成神黯然千載應高伯鸞節
幾人眞識孟光賢

白莊司孤山小祥前五日展其墓 在大阪北區東寺町善導寺 追懷二首 八月十八日

脫俗情增詩趣奇看山臨水共襟期暮年相得如君少
空憶四遊南紀時

夜深江館對巖泉猶記論文雨宿天惆悵墓門人不見
臨風獨立聽秋蟬

鎭西上人七百年忌頌二首

彥山高處入煙雲崖缺林開天貌分熱日升降二千里
一心求道忘辛勤 治承二年夏聖光發明星寺至彥山頂往返十八里凡一百日以爲常課

台山修法竭吾精吉水尋師誦佛名七百年來遺德大
西天不斷赫光明

乙亥中秋

良辰天上薄陰生獨立闌前何若情夜半雲流吐華月
無言相對一輪明

桂花二首

銀河淡淡素光流桂樹團團影自幽金粟已知無數發
天香一夜滿書樓

月裡常思折一枝廣寒宮殿伴仙妾何圖香界來平地
露下恍然步玉墀

賀富山房五十周年贈主人坂本君

昌時文物遍蓬蒿亦賴印書能冶陶五十年來富山業

轢淩鮑伍壓陳毛（支那歙縣鮑氏南海伍氏南宋陳起明末毛晉並以刻書名）

赴下呂溫泉途上車中作（十月二十五日）

蘇水悠悠遠泝源層巒回澗互飛奔風霜繡出丹青障
擁護栽桑伐木村

下木蘇川二首（十月二十六日）

木蘇江水入秋清錦繡疊峰波底明背送獅駝揖烏帽
蓬萊山外櫂歌聲

松蒼石怪碧堆堆一道澄江向此迴恨殺水流如箭疾
看山未了出山來

舟中望犬山城

峽盡江開秋水平扁舟如葉信流行西望鴻影低煙樹
天際高高白帝城

同

送舟江水穩山斷曠原開白帝城鵶小忽浮林杪來

登犬山城

危巖喬木古城臺極目飛樓秋色開雲斷濃彈蘇水出野連參尾牧山來二君不事思齊蠋城主成瀨氏祖正成爲德川家康臣豐公誘以厚祿欲令改隷于己正成抵死辭謝能賦登高愧楚枚最是翠華停蹕處闌邊佳氣至今回

對叢菊贈超然居士

數笏荒庭一徑斜秋光復自到吾家元來栽得寄餘物細菊縱横臥著花

聽琴橋仲國尋小督駐馬處在渡月橋畔

颯颯琤琤月下琴松風澗水助哀音中臣靜聽閒停馬

思慕深於明主深

乙亥十一月朔脩姪始擧男兒滋彥報到書感願其成長後覆讀此篇三首

阿脩報道擧男兒停箸歡然夕膳時禍福賢愚吾不識願渠成長固家基

自憐投老鬢如絲難見渠能成器時富貴浮雲何足道至誠報國是男兒

堂構須高忠孝門四民階裡士風尊立身行道顯先祖汝是吾宗五世孫

又示脩姪

爲父應知罔極恩乃翁心事我能言後來衣錦誰眞喜屈指當年徒倚門

對菊

獨坐齋中世味新轉從衰後識甘辛燈前相對不相語映壁黃花影似人

偶成

淒淒霜露濕林邱初日淸寒禽語幽停步荒蹊人若偶楓紅茶白半庭秋

念齋報到寺西健以月朔行樂社席上予問乾山翁龍安寺楓期曰在旬日後是日其嗣念齋訂報到曰中旬乃佳十一月十日

嘗於社上得楓期父語訂來見此兒早使吟魂在邱阜滿林霜葉日斜時

有人索筆詩

明時不用歎衰年聖德汪洋及八綖珍重一枝椽大筆

要須勒石向燕然

追憶天隨博士

昭和癸酉七月社友六七人同博士遊琉璃溪憩待仙亭今茲十年乙亥十一月再遊瀬川犇山同往楣間仰看博士所題山氣日夕佳扁字追憶前遊悵然有作

涉磵攀崖破草鞋看雲倚石嘯吟偕黃壚重過人何處山氣依然日夕佳

秋晚再遊琉璃溪二十五首 十一月二十四日

諸勝八首

蝃蝀泉

行俯巖潭底雲移倒見天駛流默然去疑是白虹懸

渴蚪澗

千林楓葉赤重澗碧陰森飲水蚪何急不同靜者心

沈虎潭

巨頭跳亂珠湍下沒雄軀怪汝藏威力綏嬰異負嵎

高臥石

一臥碧巖頭何知榮利餌鼾聲和石泉欲件椒魚睡

彈琴泉

巖泉分道鳴紅樹照崖明誰鼓昭文調能娛獨往情

會仙巖

風泉仙樂響霜樹錦筵開坐石空相待山中誰會來

水晶簾

行盡幽林路微明夕照添煙嵐分彩翠掩映水晶簾

錦繡巖

晴雷鳴斷磵巖錦映遊雲傍晚溪風冷屛張五色文

宿待仙亭

流飛雲外水夜作枕頭雷不悟溪聲大唯疑豪雨來

晨起溪閣卽事四首

嶄巖天女洞昨夜雨龍歸今旦東千澗白練一條飛

懸流踰復澗飛瀑灑重淵窟裡龍雖嬾夜來何得眠

秋潭清見底溪閣且憑來漫訝文魚逐熟看紅葉回

錦水半塡谷彩雲全繡山題詩何處好身在畫屛間

溪行雜詩十二首

巖石從橫臥澗泉奔激流幾回看不厭立盡此溪頭

清旭照幽徑寒林行客稀無風紅葉落片片點吾衣

溪畔楓櫨富寒叢雜棘榛卑枝紅點點山果不知名
臨溪聽水坐度嶺看雲行葉落千林靜怪禽時一鳴
一石千人座開張溪澗中晨昏來戲謔蟹子與猿公
全川石爲底鳴水若振環敗葉流相倚巧帖鷓鴣斑
穲稏黃雲聚山田網柵圍秋風鳴拍板猪鹿駭回歸
葉飛溪澗底鳥叫嶂崖間雨懸疑震地雲動欲移山
懸崖苔徑滑鞋底澗泉紛長嘯行窮處濛濛欲起雲
夕漣明返照岸樹帶清暉吾志非長往行歌欲忘歸
奇峰壓頭立亂澗盪胸回暝色將秋去風聲帶雨來
颯颯溪風起空林葉亂飛浩歌驚晩鳥負杖背山歸

長女雪江三周年祭志懷（女亡在五日祠官有故十四日奠薦）

案饌瓶花俎豆間繡鍼如見舊容顏至今香魄無消息

欲遣巫陽叩九關

啓姪除隊自羅南至賦示（十二月十八日）

喜子新從韓北歸紙窗燈火雪霏霏不知身上何輕重
脫却戎衣換祭衣（姪將復職鎌倉鶴岡祠）

超然老寄興津鯛戲賦

若狹甘鯛世賞揚興津脆美更含芳腹中葬汝試封謚
東海波臣鱗介王

讀惺軒博士鼓腹集（十二月三十日）

辭修誠立聖賢徒樂等暮春沂浴途懷曠猶看周茂叔
吟閒敢讓邵堯夫高山流水乾坤大明月清風今古俱
鉛字新排詩一卷精神不朽德何孤

又

窮理養心耽簡編吟風弄月樂吾天我披君集情無限

屈指訂交卅八年予弱冠初識君至今凡卅八年

豹軒詩鈔卷十三

豹軒詩鈔卷十四

北越　鈴木虎雄　撰

昭和十一年丙子　五十九歲

丙子新年　是歲國風敕題曰海上雲遠

君聖臣賢民盡良新年海上旭光揚慶雲爛爛無涯際
萬國何邊有此鄉

平野祠冬櫻

平野冬櫻三兩枝淡紅微白映階墀斯花未必春天物
有此衝寒可愛姿

北野菅祠蠟梅

祠廂西畔蠟梅斜蘂紫小圓黃玉葩開歲每思浴神德

年年來見數枝花

愚庵和尚天田鐵眼三十三回忌辰追懷一月十七日在鹿王院作

眼公豪傑士屏跡入雲岑一介禪僧貌終生孝子心歌辭皆古調詩句自清音掩骨鹿王院蕭蕭脩竹林國分青崖詩曰每過嵐峽憶愚庵刱遇忌辰三十三照出浮生泡沫影夜來明月在空潭

和龜井南溟詩七首南溟原作云吾有三行樂水明山遶樓往來皆故舊謀酒日相求龜井道載名魯號南溟道載其字筑前姪濱人父聽因業醫道載年十四從僧大潮學詩後從吉益東洞永富獨嘯庵學醫見山縣周南受物徂徠說任福岡藩蜚英館教官弟子大進遭讒而廢文化十一年卒年七十二

吾亦有行樂水明山遶樓往來皆故舊問字日相求

十年何所樂起臥塾西樓牕外望棃栗揮竿時撲求

廿年何所樂始上辟雍樓師友皆鴻鳳孳孳道藝求
卅年何所樂棲穩鳳臺樓向月吹簫玉夢祥協暗求
卌年何所樂東觀仰書樓有似雛攀鳳卷軸典衣求
五十知何樂西京寺寺樓但愁憑未遍四美每營求
六十將何樂田園置小樓逍遙伴雲鶴此外一無求

相國寺東寓社集用移居詩舊韻八首一月二十六日

是日壁上挂龜井南溟吾有三行樂詩幅來會者高瀨惺軒近重物庵寺西乾山念齋父子三浦梅癡中田洞北杉野偲山須賀蓬城高橋棲眞高坂超然久保檜谷野上雨峯小木曾松濤曾田靜庵瀨川犇山伊藤鴛城凡十六人寺町愛山以病不至

四時行樂擬聯蹤開歲先欣今日逢嘉客攜詩來陸續
主人倒屐失從容南溟同調娛山水北叟遺風忘鼎鐘北叟謂藤原惺窩先生寓居南百步有先生墓先生一號北肉山人梅竹窗邊吟骨健共

看遙嶺秀寒松

非攀鄰寺昔賢蹤不屑塵寰事巧逢煙竹要藏君子節
月梅時近美人容荒橋策蹇侵微雪芸閣挑燈到曉鐘
畢竟知音何物是丘隅頑石歲寒松

風流洛社續前蹤十有七人堂上逢鄰寺梅香吹冷氣
隔林山雪送晴容瀹茶聊共尋常飯撰杖休論旦暮鐘
聯筆展牋鴉亂點興高添得石兼松

蓮社高賢塵外蹤宛如千載復相逢鴨流何讓虎溪色
相國頗呈林寺容興入謝家池上草談移張子夜中鐘
不妨吟醉歸途暮初月纖纖掛在松

混世固宜持卓蹤豈能良友必相逢山棲同慕陶弘景
麾出偏憐阮仲容（阮咸字仲容竹林七賢之一爲荀勗所指麾出爲始平太守）欲助

笑歡尋酒譜且圖遊戲鬬詩鐘有人如問箇中樂默指庭前一古松

隨時歡樂共行蹤頗勝班荊聲伍逢聲子伍舉班荊而坐見左傳襄二十六年衡斗文章同賞析包山襟度互寬容雲紅東嶺花間屐霜苦西林月下鐘逃暑采蓮浮碧沼茗筵相對雪埋松

何嫌昭代托幽蹤已見明良有際逢經國堂堂文武業救民兀兀富仁容召周威德垂方策管葛功名勒鼎鐘無乃疾風知勁草歲寒宜護後凋松

廿年幾甸接吟蹤不學今離與昨逢秋圃黃花淡同色冬庭堅石介齊容青山白水醫心藥地籟天聲警耳鐘卒歲優游何所似和鳴羣鶴戲林松

次川西宮司名光之助梨木神社宮司移梅詩韻二月

梨木祠庭移五梅淩寒映發舊三槐槎牙幹想人中傑
的皪花知天下魁

梨木神社行樂社集二首二月二十三日是日積雪三四寸

父子忠魂炯在茲千秋萬古護皇基梅香正動新堂肅
雪淡煙寒梨木祠

微雪飄飄點殿墀輕寒封蕾噤黃鸝昇平浴得二公惠
今日祠堂來賦詩

春日梨木祠

故宅園林靜春生禁苑傍粉垣新草短露井早梅香謀
國定民志尊王振帝綱艱難思往烈立雪拜祠堂

次蓬城題圍碁圖詩韻

兵家方對陣破敵必須期胸裡神機熟唯憂一著遲

失題三首 二月二十六日

殺氣憑陵暗帝京紫街豺虎忽橫行司農館外飛燐火
丞相府中揚角聲廊廟應求開濟計帳壇休誤逆忠名
神州社稷終無改唯在純良奉　聖明

倒戈中見羽林兵月黑社叢狐火明不保陳吳無異志
久傳曹馬絡羣英天風吹海皆將立匣劍聞雞獨且鳴
一髮千鈞蓬島勢兆民猶作五鼇擎

刃霜銜曉不銜枚宰輔寢門鮮血回無乃私符開武庫
未聞王命下雲臺書空自發呼天咄拔劍猶含斫地哀
蒙叟當年知特解篋囊爲盜固扃來

自東京歸値雪霽 三月一日

陰雲散後發東京快雪霽時歸洛城松柏小園寒更綠
依然紅日照顏明

入京途上相州車中作二首 三月九日

初日曈曈離海洋波平晨影拂扶桑孿山頂接芙蓉麓
白雪連天紅玉光
海上輕鷗拍拍飛雲開紅旭射車衣詩情一段難描處
松雪梅花淘浪磯

次某氏詩韻三首

電檄飛來裂肺肝東望輦轂繫危安無知左右安劉袒
龍武軍營曉角寒
白馬青袍烽火新一朝狼狽忘君親東風雪碧朱門曉
可有弄兵忠義臣

義比泰山生片埃迎門叱賊怒聲催男兒無數何顏色
巾幗滿腔熱血堆

偶成二首

節士憂時劍幾磨吾生欲續太平歌梅花點點黃鶯語
步向林中春漸多

堂起兵矛梁棟摧時危黃閣待賢才請君看取梅花意
雪下平然向日開

青谿觀梅二首 三月二十七日

迢遞邱巒帶斷霞萬梅林外酒旗斜斂光帽影青谿路
暖日輕風去訪花

青谿昔日訪梅花橫臥林間到日斜今日重來橫臥地
梅花盡屬管絃家

鹿王院社集三首（三月二十九日）

晴野探春負杖吟山僧引我入雲林南軒對坐無長語
脩竹梅花世外心

名利嫌爲轅下駒文章苦作古人奴山中暫共梅花笑
便覺今吾非故吾

脚下青苔連竹林幽庭坐石洗塵心花間宛轉新鶯曲
門外潺湲流水音

賀濟齋山田君（準）古稀次其自述詩韻（四月十九日）

七十歸然繼下帷迎春容易到頤期如公多壽眞多福
不負松門號白眉

得一京信官印記曰準戒嚴令開緘（四月二十二日）

封信題云官拆看故人唯報竹平安聖明時節嗟何象

防口難於防水難

贈宇野博士退休 四月二十六日

多年講藝辟雍中儒業人推昭代雄隨例懸車應益壽
滿門桃李笑春風

龍安寺社集二首 四月二十六日

禪苑春深好薰風靜坐時花飄虎兒渡魚戲鏡容池肅
拜　列皇墓同諷太閤詩優游堪永日酬倡不知疲

藍天新葉吐金地落花飛流水不知處青苔欲染衣茶
煙風細細香飯雪霏霏臨晚經聲動彌教道意微

丙子天長節二首

海晏河清　聖誕辰鳥謳花笑洛京春游氛散盡條風
穩　皇德如天光景新

楡塞燕關仁澤施軒裳萬國會丹墀中朝將相多賢俊
未奏神州大武詩

詠庭前木蓮花

雨打殘櫻蘂已摧木蓮花紫滿枝開今年賞汝還辭汝
新主明春誰更來（予時動移居之意）

島蓉港先生五十年諱辰讀義嗣華水博士所
寄先生小傳有感賦奠（次檜谷翁韻）

理政快如刀斷雲英謀發自本修文經營最憶戊辰苦
決計喪君更有君

粕壁牛島（在武州）觀藤花作二首（五月十二日）

藤老英垂六尺强風前拂帽紫纓長幹根徒做龍蛇臥
三百畝陰蜂蝶狂

靑菖蒲秀抽刀利紅躑躅明烈炬焚上有架藤翻紫浪
眞成解慍是南薰

和乾山翁詩

湧碧漣漪雲與遠奪朱瓔珞露相承微茫縱有武藏麥
老壯應無粕壁藤

如蘭會席上賦呈諸友五月二十日矢尾政樓

第四橋頭初夏風眼看新綠代殘紅江樓話盡當年事
一笑樽前百慮空

杜鵑花

杜鵑鳴使杜鵑開猩血紅思泣血哀千里雲山何可越
天邊休叫早歸來

芍藥

新樹啼鵑夏又來幽庭日見綠陰堆猶憐芍藥闌干裡
一朶嬌紅帶雨開

乾山翁來訪賦呈

輕風颭綠葉光新剝啄敲門折角巾坐久無言林鳥語
賓方忘主主忘賓

夏日一休寺寺在新田邊驛西十餘町五月二十四日

送盡藤花與牡丹暫來城外坐林巒禪房何意求詩句
無數青山拄頰看

又次乾山翁韻二首

野寺蕭蕭麥秀天雲關杉老半千年方知出世非離世
念念酬恩卽是禪寺又稱酬恩庵

三面青山入戶晴千畦麥浪著花輕一聲啼破人間夢

白晝穿杉杜宇行

相國寺池蛙

松杪風吹琥珀花方塘荷卷小拳斜爲憐幽韻傳心事佇立矼邊聽稺蛙

訪鳳岡院長二首 六月十三日

林外院堂絃誦幽竟知身是托公侯廣文令德將軍武 聞院長官舍乃木將軍所構築 勿落人間第二流

草齊林茂鳥欣欣梅節連晴未有雲一榻依然猶借下綠陰深處細論文

文學部同志懇親會席上二首 六月十七日東山左阿彌樓

短鬢星星霜色斑盍簪林屋好開顏轉來平日觀書眼看取將軍滴翠山

山樓竹木淡生煙萬戶平臨燈火懸對案覆杯休漫笑
與君相見即陶然

德雲院聽雪居社集十八日六月二

勝遊避城市丈室雅筵張聽雨簾漪綠點苔梅玉黃飲
禱君子壽槃羨碩人章歡語無終極疎鐘已夕陽

賀乾山翁喜壽次其自述詩韻以賀喜壽冠句

三首十八日六月二

賀齒兼論德豈唯身健全早知侶眞宰名利兩喪權
喜壽名佳絕保生和璧全松喬何足羨要奪玉皇權
壽長而遠辱四美享常全語默從吾欲誰言廢中權

賀人自滿洲還

邊塞敷皇澤鄰疆揚武威從今冰雪地應識仰春暉

過山際柳堤翁居（七月十日）

耆舊年年爲異物還鄉不似故鄉人館門長老君猶在
養壽須攀鶴與椿

書先君子遺墨後（七月歸村時作）

敎養何由舐犢成獅兒一擲下崢嶸想看先子胸中淚
字字含來無限情

贈三浦勝太郎君賀其退休（君嘗在日本新聞社後入報知社七月二十一日）

當年多國士回首去何之衰疾高眠好月花無盡時

大覺寺望雲亭社集（七月二十六日）

翠巒繚繞古嵯峨野寺悠悠感逝波不有南朝付神器
應無正統接天河迎風亭榭松杉冷清暑園池雲水多

聖世幸同魚鳥樂吾今欲廢慨慷歌

賀野上雨峯翁夫妻同迎喜字壽次其自壽詩
韻

喜壽雙迎古亦稀龐公梁子或知非清筵頌祝無他事
笑向南山指翠微雨峯原作曰莫道人生七十稀我今超七忘遊非皇朝天子垂恩大夜夜高樓望少微

中元宵至三條橋觀大文字火八月十六日

如意峰頭龍躍空金剛椽筆至今雄元宵橋市望薪火
點一百三大字紅

悼伊藤鴛城翁二首丙子七月晦逝八月十七日社友追悼于梨木神祠

曾與杉僊叩我門梅邊圍坐倒芳樽直將賀老峨眉畫
一笑題來爪雪痕

新年蓬戶斟春酒二月梨祠詠雪墀聞向青天乘鶴去
探筐重閱綴瓊詩滿林飛雪綴瓊玉翁梨木祠詩句也

梨木祠社集二首八月十七日朝

曉殿森森松柏蒼二忠祠下會文章蟬嘶未起雄雞唱
一段清風灑鐵腸
孔鸞無勇學奴顏貔虎忘忠化悍姦安得勤王如父子
恢弘天業遍人間

學齋午睡

百家疑義結難通數子文章看彌工坐擁書城翻化蝶
空空如裡見周公

遊相國寺蓮池

松竹參差透夕陽捕蜩童去寂林塘秋光暗度無人識

一白蓮池氣自涼

夾竹桃

竹葉柳條叢幹斜非桃非杏豔妖花午天風死鈴聲絕
老綠林中吐赤霞

秋海棠

二年養得浴堂東翠葉高低自作叢早起推窗朝日耀
半簷風露帶嬌紅

惺軒博士竹林養雀

戶外竹林常蓄風下來羣雀樂融融贈環應有黃衣到
不數弘農出四公（弘農楊寶見黃雀爲鴟梟所搏救之雀後化黃衣童子來贈白環四枚曰令君家子孫位登三公當如此環寶生震震生秉秉生賜賜生彪四世爲三公）

詠胡瓜

翠蔓黃花隴畝頭風前繫著碧玕稠下鹽輕齕脆如雪不羨鼎鐘公與侯

詠茄子

菜圃縱橫芋又茄江村喬木憶吾家不知鄉味何由致繞箸案邊浮紫霞

詠豆腐

淮南遺製至于今柔潔直方存本心晨夕上盤堪養老廚中欲號是曾參

詠白桃岡山松山所產

愛我有人貽白桃橫陳簾底暑威高冰漿癒得文園渴連下泉州洋快刀

詠白葡萄某園所產

瀣漿迸似壓春糟未及撥皮霜氣高休說漢家上林苑
筠籠坐摘白葡萄

詠結城瓜　江州所產大如小梨形似菊花白肉甘脆

一喫脆甘唯自驚楕圓形比菊花英對瓜且喜神州物
避世憐他說邵平

流雲　八月三十日卽陰曆七月十四夜

熇蒸已有候蟲聞遷轉無窮天地文覓句工夫隨處在
月前獨立看流雲

今夜　八月三十一日卽陰曆望夜

節入新秋露氣清林園寂寞欲三更當頭一片青天月
今夜明於昨夜明

陰曆七月既望玩月二首　九月一日

文字峰前雷雨過碧天雲斂淨星河誰人輾出松梢月
一點無塵明鏡磨
青天無際月華清桂魄銀盤影滿城遮莫家人笑癡怪
幾回深夜下階行

賀石川文莊翁古稀次其自述韻九月五日

績史紡經七十霜明時固足答蒼蒼仲舒帷下蘭松茂
子夏門前鴟獍傷窮達人間非我責福慶身後必天償
頤眷堪卜西河畔丘水優游敬梓桑

送姪脩赴任廣島九月五日除廣島縣經濟部長十二日赴任

利用厚生宜蓄謀壯時何厭四方游湖山雖別海山在
好去江州入藝州

梨木祠觀天竺花九月十九日

風翻紫露萬枝斜祠苑晴開天竺花見得忠臣方寸色
人人歸報滿城家

松花堂即事二首 行樂社吟集是日雨九月二十七日

俗累驅人去風流百未能一生耽韻事昔有八幡僧
壙址名園古階前曠野開無心閒坐好秋雨灑林來

中秋無月 九月三十日

一碧秋天萬里横東樓昨夜月光清廣寒宮殿嫦娥影
卻向今宵偏避明

梨木神社祭日獻詠二首 十月十日

首唱勤王出搢紳至誠憂國致斯身終生扶翼回天業
苦節三朝第一臣 三條忠成相公

東闕奉使樹朝威西海連謀決事機贊襄皇猷紹父志

雙全忠孝若公稀梨堂相公

遊柿生村上秋葉邱十月十四日陸氏二義妹隨行

愛此京郊層阜林穿過柿栗上松岑村村稻熟黃雲遠
一帶前山暝色侵

拜明治神宮十月十五日

淨沙如雪映秋陽檜殿森森松柏長新爲萬年開治世
聖神文武憶　天皇

送姪終一赴仙臺二首十月十五日姪去岡山將赴任東北振興電力株式會社來訪予于東京神田學士會館偕往拜明治神宮至參宮橋相別

賓雁來時汝北征橋邊分手若爲情老懷猶抱無窮喜
此感應同泉下兄

雌伏十年勞坌埃乘風飛去向仙臺明時經濟方非一

要爲民生役電雷

重陽前三日超然老寄崖菊雙盆並絳蘂燦然

賦謝二首 十月二十日

秋暖東籬未有霜菊花何肯著微黃天孫似憫無聊甚
散下新裁雲錦裳

經過三日又重陽籬畔何由慰涸腸恰有故人寄崖菊
爛斑替我吐文章

嵐峽迎賓館社集 館屬車折神社在聽琴橋畔　十月二十五日

光華漸失舊容顏詩卷難留天地間欲借渥丹霜葉色
西風夕照對嵐山

詠史 清原賴業

參決謀猷寵眷濃當時廷議待儒宗最奇高識東西一

戴記中先推學庸

偶成

壯來打破利名關鬢髮已衰鉛槧間秋興發時嫌局促
飄然移杖向青山

二塚 身方塚寄手塚

順逆不存恩怨情拾收殘骨弔精誠琉璃邱上雙高塚
萬古松風一樣鳴

下赤坂城址

孤軍嬰壘護京畿忠義堂堂菊水旂鮮血千秋凝碧處
幽花泣露赤蜻飛

楠公誕生地二首

皇國山川靈豈窮今來古往幾英雄試於忠烈求其傑

後有楠公前氣公（氣公謂和氣公）
清泉濺濺界園流數畝林叢倚小邱青石大書誕生地
童翁指說楠河州

產湯井

來下山田藤杖輕脩篁影暗鑑泉鳴願分混混青藍水
浴被人家赤子聲

檜尾陵（後村上天皇陵）

半壁山河屈萬乘鑾輿南幸度崚嶒神州千古雙遺恨
芳野陵兼檜尾陵

觀心寺中院（云是小楠讀書之處其圖自刃亦于此地）

林深環堵晝蕭然想像小楠翻簡編母氏訓言銘徹骨
留刀腹下十三年

金剛寺天野殿

播越不疑神器靈獨嗟王氣久飄零千秋臣子生慷慨
瓦屋三間是帝廷

金剛寺觀月亭

鳳闕北望雲樹侵行宮漏斷雁聲沈明明一片孤亭月
爭似舊京秋色深

鎌倉極樂寺訪浦苫屋屋爲外舅羯南陸先生
養痾讀書之處二首 十一月三日

蘆花楓葉舊湘鄉白屋重尋更自傷雞柵空鄰浮李井
松崖猶插讀書堂伊周無位嗟衰病管葛有才終退藏
忍說後來操觚輩戀貪軒冕賣文章

爾來無復好文章長憶公忠熱血腸永叔指情常委曲

敬輿論道自悠揚雲開蓮岳臨蓬戶波熨珠宮對石牀
異日幾人諳故宅臥龍耕讀在南陽

江島樓眺 十一月三日

孤嶼高樓枕海潯秋晴一碧此登臨風帆不動虛無外
雪岳欲淩天地心可向蓬萊迎帝駕直攀閶闔聽仙音
人間縣圃寧其遠不用湘纍費苦吟

震災記念堂 在本所被服廠址祀震災遭難諸人之靈

關東地震發餘災幾萬生靈活作灰今日祠堂皆享食
料應樂國上蓮臺

遊向島百花園五首 十一月十一日

秋草七科元有名江東勝蹟每關情入門先喜逢相識
蜀匾鵬碑揖我迎

寒雨蕭條池苑幽白鬚祠畔葛陂頭百年陳迹無人訪
葦折荷殘獨對秋

荷汀葦渚逕紆餘獨賞荒涼誰似余菊塢先生百年上
栽梅此處結茅廬

西南一水控澄沱東北青峰抗筑波好箇都門名勝地
紛紛張李立碑多

對坐茅亭把茗甌夫妻曾伴舅翁遊閒花野草渾依舊
回首茫茫三十秋

牛淵

九段坂南瞻堞樓一枝藤杖傍清溝寒魚潛藻微波澹
衰柳棲鴉殘日秋躅草撲螢隨仲叔穿花躍馬羨公侯
喚回卌六年前夢斷角數聲增惹愁

京大俱樂部第三回總會有作（十一月二十二日部員會於京都平安神宮神苑）

紅樹青山繪素秋一年佳節共清遊林園散桌開襟語
魚躍鳶飛各自由

白山茶

秋光淡泊亦吾家數畝林園荒徑斜霜曉扶笻何所見
紅楓枝外白山茶

悼河合月浦（十一月三日逝十二月六日社集追悼）

壯日教童蒙老來詠花雪雁魚何向傳惆悵華園別

遊山寺雜詠四首

次傳君（芸子）韻三首

扶醉遊人酒半酣楓林穿逕各相探崖棚別見華茵遍

絲竹紛紛井幹南（清水寺）

衰年不減少年心晴愛山行行愛吟已料嵐溪楓若錦

復來長嘯俯龜陰（嵐山大悲閣）

溪泉斷續微鳴澗木葉繽紛紅拂壇欲趁栖禽下方去

孤筇敲石暮雲寒（東福寺通天橋）

次君山所長韻一首

寺門楓葉十無三往事淒涼尼熟諳玉輦緇衣消息絕

空聞澗水響峰嵐（大原寂光院）

再疊和君山先生山居詩三首

花落鳥啼晨睡酣孔情周思夢中探美人相見顏如玉

昨夜挑燈讀二南

經年了卻遂初心臨水登山隨意吟夜雪應移子猷棹

未知安道住山陰
門前已闢桑麻畝舍後更封蘭菊壇父老不知草玄宅
時時來往話暄寒

三疊自述三首

擧目沈冥醉夢酣三唐妙境有誰探偶然彈出洋峩調
異代公評付汝南
夜深明月到天心滅燭南軒抱膝吟剝啄叩門但風在
無人來就翠松陰
諸公濟水治舟楫衆士搴旗登將壇我願並生王孟輩
騎驢同冒雪橋寒

疊疊贈君山先生三首

鄰翁誇竹輿方酣劚笋報期消息探插鬢荊花人二八

窺簷鉤玉月西南
岫雲舒卷似閒心種菜何勞梁父吟濯足上牀煙火夕
持杯多在碧梧陰
竹遮村女繅車火雲散先生步月壇一卷黃庭徐誦了
遙聞白紵曲聲寒

五疊贈君山先生三首

燕京乘障戰聲酣故國垂帷道本探堂裡箋詩鄭高密
軍中讀左杜征南
葵園常抱向陽心洛下時爲擁鼻吟殘月曉風長阜路
蘆花楓葉濺江陰
眞人無意求丹井夫子幾時休杏壇夏屋莫如仁里大
太牢何及碧霞寒

傳講師用遊山寺詩韻其第三疊及虎辱賜佳製乃敬奉和卻呈三首（六疊十二月二十九日）

達夫豪興宋中酣子美佳篇蜀道探英俊唱酬僧舍在恨吾猶未識山南

野鶴閒雲世外心逍遙未許恣行吟買山而隱何時得只合灌園學漢陰

舜堯政教應無界唐漢文章要築壇不信老天好喪道善鄰行李戒盟寒

無題（疊用南字韻）

血流漂鹵戰聲酣爲鼠爲龍鬮互探讀破古來靑史迹黃袍笑倒幾圖南

十二月廿七夜（卽陰曆十一月十四夜）

勁氣蕭森逼褐裳空庭樹影似人長高天有月明如許
怕照星星兩鬢霜

丙子歲晚二首

月黑風高雁陣分樓前暗度樹梢雲膽瓶梅破寒香動
鬢席鼠行哀叫聞理稿幸無干相啓對檠徒有送窮文
如今一笑青春夢漫向詞場思策勳

紅顏容易鬢成絲未息鷦鷯巢一枝七口同居他日羨
半生多事寸心知寒松宿雪條猶勁老鶴迎風翮自遲
遮莫流年如轉轂前程佇見鹿門期

丙子守歲

童稚以來迂拙同蠹魚生裡失顏紅鐘聲一打無凝滯
欲化龍鍾六十翁

昭和十二年丁丑（六十歳）

丁丑新年二首

皇天雨露物皆新樗散何才輿衆賓恩澤三朝過分久
優容猶作辟雍臣

昭代飛騰愧俊賢生如草木保軀全唯期依舊竭愚鈍
道是聖人能化年（莊子寓言孔子六十年而六十化知五十九非）

田家雪（歌題）

八洲宜稼穡九穀各隨方東作遵時令西成待歳穰斗
回新雪積律改舊妖亡茅舍生瑤彩竹籬輝練光朱維
堪走犬青簡不書蝗清潔歸情性虛明集吉祥素偏疑
返古平或類居康最喜寒威徹釀春有太陽

同

水郭山村一夜春銀臺玉樹滿眸新元知大雪豐年兆
願免年豐卻歎貧

依傅君芸子韻論文就正三首 七疊

比窮駢儷用工酣徐庾精神略亦探血脈竟知歸散法
頗嫌繁縟李樊南

誰道相如是賦心文追江左始堪吟創新模古生生妙
不異和鳴鶴在陰

縱橫欲讓蘇王派雄瑋又推燕許壇大册高文雲鳥遠
其餘未至廢清寒

山行自將軍塚至清水寺二首 一月三日

去歲大風松柏摧山中多失棟梁材不圖登頓逢奇景

處處峽門城市開

市民望山愛山翠山客山行愛望開寄語山中植林子

勿將望眼蔽遮來

君山先生惠貺高詠其辭過奬賦此奉答三首

八疊

扢雅揚風筆力酣若人何在末由探虛瞻摩詰詠垞北

甘處仲容貧道南

堯天漫托逸民心舜日隨看野老吟敷奏當時芹意竭

如今好去臥箕陰

應制延清能奪錦扈封道濟贊登壇自憐夢後才情減

將亦難攀郊也寒

生日讀除報

二十八年官辟雍殊恩不意及凡庸應由家世留餘慶
醜石亦蒙三品封名山記同泰寺前有醜石四俗呼爲三品石唐陸龜蒙詩組綬任垂三品石宋王安石詩草沒苔侵棄道傍誤恩三品竟何酬陸游詩畢竟只供千載笑石封三品鶴乘軒

贈諸橋轍次博士蒙召講經二首

肅肅金華殿講經對　至尊安人自修己治道及根原
儒臣寵榮極陳說上丹墀崇德君珍重今時異往時

贈中田洞北次其七十自述詩韻二首一月二十四日

妙心寺衡梅院社集

豪傑每論經國功賢英時見雅懷中君遊樂社十餘歲
詩酒竝推吾黨雄
胸中不著世間塵月嘯清秋花詠春一卷詩篇齡七十
平安城裡太平民

行樂社五壽會席上放歌 丁丑二月十一日會于杉野僊山宅爲五賓壽久保檜谷七十七歲高瀨惺軒寺町愛山高橋棲眞各七十歲瀨川犇山六十一歲

洛陽山水景絕好樂社人物抵珍寶社盟訂後踰廿年
此日同時壽五老檜谷先生懷仙胎喜壽紅暖玉顏開
去歲參尾乘秋霽著屐踏破碧崔嵬古稀矍鑠惺軒翁
行疾宛有地仙風非積王學鍊磨力定是恪守些字功
愛山高臥宕山隅閉戶不窺上下湖一聞城中同社檄
藜杖掛瓢倉皇趨棲眞居士道骨尊看山臨水役吟魂
育德育英樂已極施仁又假觸手溫犇山養財本利他
緒餘遊藝墨常磨對窗寫去松梅竹背囊收來雪月花
通計五君齡數者三百四十八冬夏無用別處求仙鄉
桃花源在行樂社

相國寺晨行所見

松徑霜華潔山門旭影新綳兒拾薪者多是白衣人

窗東

夜深寒犬吠把火小窗東壓雪南天燭低頭粲粲紅

陽坡

南庭老梅樹已著北枝花漸見春光透陽坡苗蕗芽

隔牆

南家梅樹北相鄰香雪團團紅旭新黃鳥飛來又飛去
與人同占隔牆春

遇大塚定雄君（予大正十五年過燕京與君重相見已十二年前矣　二月十二日）

東京相遇話離愁十二年來霜滿頭猶記薊門飛雪夜
盤堆白菜煮黃牛

送大塚君歸北平

幽朔煙塵每動悲良圖此際不言知勸君別後唯加飯
今日已非年壯時

悼岳陽山田君

滬上春風始見君燈前細雨幾論文梅花散落香魂遠
悵望豐山日暮雲大正七年予始見君于支那上海客舍君時主宰東亞日報後任東亞同文書院教授今年養病於豐前別府一月二十四日逝予得訃遲今始哭之　二月二十一日

蓬城宅社集五首三月七日陰曆正月二十五日

折簡被招三月初寬衣岸幘上柴車花薰室町將軍第
鶯亂蓬城仙史廬水竹飛觴非禊飲龍蛇落紙類顛書
笑他漫起斯文感閒適悠悠樂有餘

戀世誰能賦遂初衰殘我已近懸車青山何處埋枯骨

喬木多年夢儆廬水曲雖無千畝竹樓頭猶有二酉書
上方不足下方足俟命從今休說餘
幽庭何處囀黃鸝脩竹疎梅與石宜壁上主揮摩詰畫
尊前賓詠少陵詩宕山雪淺霞横黛鴨水沙明柳弄絲
高興更催番直宰共訂下月看花期
吟朋求友似黃鸝永日相逢更得宜深淺盃斟賢聖酒
淡濃辭載厚忠詩梅花落地迎風片竹影窺簷拂雨絲
好與年光共流轉白頭看看到頤期
郊野孤行愛聽鸝林園集會亦相宜忘賓飲福同傾酒
繫日無繩可廢詩寵辱難從泉下骨是非分付鬢邊絲
勞牋多綴君休笑不負眼前鍾子期

次蓬城君韻三首

舒卷心如雲往還平然混迹住人間倪黃歐褚常鄰近
不要誅茅向碧山

仙家誇使少年還行樂生涯伯仲間丹液應同碧流水
玉樓何異白雲山

釣鼇客自海南還廿載逍遙京洛間春雨時臨唐晉帖
秋晴又畫宋元山

疊韻自述三首

洛下吟遊共往還不知身住市鄽間西山花色東山月
快雪晴時又北山

煙林夕鳥倦知還陶子眞情寄此間三徑就荒松菊老
東籬好去見南山

歲若川流去不還鬢毛暗換旅途間鶯聲一覺浮生夢

明日尋雲入北山

席上分鄭師冉聯句得煙低兩字各一首

幽林風日暖初覺主人眠石動梅花影窗含茶鼎煙

倚杖柴門外幽禽時一啼詩情方欲動擧目遠山低

詠人丸石 蓬城所藏別有伊藤仁齋詩今用其韻

奇石絪縕靈氣通想看雅藻代天工雖無面目存神骨

瀟灑衣冠歌聖公

無能

無能長耻乘軒鶴堅節但甘支柱龜豈若乞身早歸臥

康衢擊壤答明時

熱海途上 三月十四日自東京歸西作

海門消盡曉來霞驛路春晴鬧物華不獨溪邊梅若雪

向天跳玉浪頭花

奉賀　久邇宮恭仁子女王殿下高等科卒業四首

女王殿下學於京都府立京都第一高等女學校修業於高等科今茲昭和丁丑三月優等卒業竊謂明治以還婦學昌明而其以宗室懿親遊于女校高科者罕有比倫虎承乏講師進讀漢籍者凡二年矣仰瞻盛事欣忭靡已謹賦詩四章以獻芹賀云爾　三月十八日

窄袖寛裙一樣裝春風秋日誦絃長衰年來此顔何厚執卷諄諄對女王

兩歳説書登講堂聖經賢傳苦提綱樂天詩句曹姑誡總擬彼穠雲錦裳先哲叢談抄曹大家女誡白居易詩大學中庸論語孝經諸抄是予所進讀詩云何彼穠矣唐棣之華曷不肅雍王姫之車

天潢一派控京都玉質金章照紫衢四德不勞師傅力淩雲自是鳳毛殊天潢謂皇系也婦德婦言婦容婦功謂之四教四德謂幽閒貞専之德鳳

毛謂非凡之材也

皇國文明有本根歷朝誘導自璿源吹簫他日瑤臺上率舞皆應嚮竹園吹簫秦穆公女弄玉事借用以擬殿下之出嫁尙書益稷曰簫韶九成鳳皇來儀又曰擊石拊石百獸率舞

修學院離宮奉陪　久邇宮多嘉王王妃兩殿下茗讌恭賦丁丑春分節時家彥王殿下卒業于第一中學進入第三高等學校第一高等女學校高等科恭仁子女王殿下卒業于

香輦微風馭午晴山亭茗讌錫恩榮輕黃漸染沿河柳新曲遙傳出谷鶯林外煙霞文錦色澗邊泉石玉簫聲仙園別有芝蘭秀共浴芬芳繞砌淸

展桑原博士墓三月二十四日

黏地落梅鶯亂飛靑苔欲上墓門扉衰羸轉覺知音少

佇立空山今雨非

賞庭櫻四首

牆上櫻開天氣新
兩株裝做滿園春
晴鳩有意來同賞
雙伴花前閒詠人

林苑無人高捲帷
日懸櫻樹最繁枝
手安茶竈東軒下
坐待松風蟹眼時

短髮對花花不語
嬌容向我我憐春
何須死傍要離冢
願作香雲埋骨人

櫻正酣時風又斜
春光明日到天涯
詩人無力留青駕
獨倚闌干看晚花

雨日春遊七首

公課暇時宜暫休
老來得計是閒遊
急招兒女兩三輩

衝雨賞春西洛頭
雲蒸峽口一溪斜碎玉珊珊漂臥槎千尺虹橋幾停杖
雨中閒望半峰花 嵐峽渡月橋

時有水禽鳴葦叢一池春漲碧沖融周塘步步殷勤望
花影模糊煙雨中 大覺寺大澤池

林塘花落點荒蹊三日不來看作泥走到汀洲祠宇下
掃將壞壁把詩題

歷盡上湖沿下湖隔煙花樹淡將無滿城如沸笙歌海
幽境尋春誰似吾 廣澤池

雨裡看花儘自由漁陂樵塢倚筇留賞春別有吾家法
故向無人僻處遊

千葉晚櫻猶勒寒紫鵑花簇雨珊珊當壚有女氈牀濕

閒卻椒醬豆腐盤（御室仁和寺）

贈犇山次其自述詩韻

年老唯宜忘老年窮通禍福任天然春花秋月良朋友
綠水青山好祿田

送兒泰平遊學北海道三首（四月十六日兒時入北海道帝國大學豫科）

姊縫衣袂妹窺筐有母攜行海北鄉未必千金齊富子
斯兒一出舉家忙

十有九年朝夕隨出門相送步遲遲老懷悲喜悲差勝
仰愧母公垂訓時（余少年臨別時母公每曰生別焉知其非死別吾心中常決矣汝唯須勉學健在無復他語）

送汝辭家北海行驛頭分手若爲情洛陽花柳春如畫

擬比他年衣錦榮

香泉寺社集八首 四月二十五日

熟識城南路遠尋同社期清和風日美妍碧柳花滋鳶舞瞻孤塔簫鳴傍古祠早知精舍近林際見茅茨

離城纔半里忽爾濶平郊齊麥鳩呼婦喬杉鶻護巢野簫餳父弄祠鼓學童敲奇絕煙村外白帆浮樹梢

行行風景異藤杖好扶攜桃赤牛宮北菜黃鵝閘西刈蒭驅犢子曝箔浴蠶妻相見唯長揖前林布穀啼

入村新巷徑護寺舊園林椿蘂點毫玉薺花敷地金鳩山橫秀色紙水送清音此境殊幽寂停筇試一吟

不訪精廬久今來幽興長風輕花入戶泥落燕歸梁共免農功苦卻緣詩課忙城中何有此任彼目爲狂

春晚宜遊賞山僧有野亭煙桃紅赫灼風棣弱娉婷簡
要玄談妙清新詩句靈塵緣渾斷絶松籟靜同聽
晴窗耕野近閒坐逸情多紫玉雲英礙黃金菜畝波牧
童吹笛去饁婦挈瓶過或恐遺賢在時聞楚鳳歌
昔謂諸公老今吾亦暮年春風借僧榻夕日坐詩筵論
定期身後性陶且眼前紛紛非與是一笑付茶煙

香泉寺社集憶刑部卿文章博士菅原是善公
作（四月二十五日是日松濤師兼修卿一千七十年法會）

平安全盛日簪笏競文章菅門特濟濟斯公卓周行才
藻繩乃父德器育賢郎典學敎秀士講禮遺編光城南
第址在維今十條坊儼乎丞相廟迹晦三品藏鼬鼯驕
白日藪蔓延頹牆兒孫竟散落行人徒悲傷幸値濤師

住搜塔出幽篁木石粗佈置晨夕供花香屈指千年上追遠意何長設此法樂會春晩雅筵張紅藥雖較少新葉暗殿房臨池魚潛躍翳林鳥弄吭景仰往德大逍遙翰墨場豈獨撫公迹且以托慨慷家國若偏武文路恐廢荒深衷公知否悠悠望彼蒼

席上分韻得風

參議遺墳在殘花寂寞紅神馳千載上三世盛文風

丁丑天長節

辟雍堂上　聖容眞佳節年年肅拜新固信葵心終不改明春但是乞骸身

賀佐佐木信綱博士蒙賜文化章丁丑天長節

言葉詞花燦有光夙將歌道苦闡揚柏園今見輝天橘

先賜新成文化章

竹柏園主人佐佐木博士招飲芝山三緣亭席上率吟敬贈

百花競豔瞥眼空萬葉吐燄綠濛濛主人海內文章伯
置酒芝山坐林叢掛壁琳琅古香溢指點一一親稱述
賓客陶然飲醇和琥珀滿盞甘似蜜主人講藝五十年
鼓吹風雅駕昔賢請看朝廷錄偉績橘花勳章頒最先

鳳岡先生移居志感有詩見寄攀韻卻呈奉賀時先生新相樞密（五月十五日）

懸車亦復拜綸絲召入黃扉未必遲山甫他年能補衮
清風要誦穆如詩

奉和鳳岡樞密移居志感

回頭一笑了塵緣林下誅茅理石泉莘渭何妨耕釣老卷舒心迹鏡如圓先生移居志感云何用山居絶世緣市中自有好林泉綠陰門巷無人到一榻清風午夢圓又移居志感寄豹軒在京都云十年心事鬢成絲自笑簪裾歸去遲夜雨青燈開舊卷賡和多是寄君詩

狩野君山博士古稀壽筵口號五月二十二日

四十年前公識我四十年後我壽公一爵祝公身强健二爵頌公門積慶三爵忘言一笑薰風中

蕃山堂社集憶蕃山次其題畫詩韻堂在江州高島郡和邇村字栗原詩曰樹密茅檐古荒煙野水濱遙看濟川者應是此中人五月二十三日

山浮新樹上田接太湖濱長憶江州聖螟蛉化此人

又次餞行詩韻詩曰與義一言自道眞豈思者裏存知仁不奇不妙默中得辯士口才塵又塵

說孝出情眞理財歸政仁烈風折喬木逸足固超塵蕃山著有孝經小解蕃山仕池田輝政改革財政後遭讒又爲幕府所忌老死于下總古河

蕃山堂息游軒庭上觀忠孝碑碑面刻教育勅語中忠孝友和信五字字大徑尺高瀨惺軒博士所書五月二十三日

背嶽面湖先哲祠息游林苑得良師省躬願去心中賊瞻仰無慙忠孝碑

次超然移居詩韻三首六月

超然恬淡好榮辱眼中無偶得林泉勝忽離龍象區愛吟誰似子避俗或同吾款戸乘花月定知容共愉

浮生如大夢達士熟知之聞道朝兼夕葆光涅不緇林深奇鳥集山遠白雲移對此忘終景任他呼作癡

老年衰脚力行止要人扶長日臨修禊春風想舞雩鏡

花何所捉水月本來無且盡隨時樂終當返故吾

悼吉田泗鷗 程二

慷慨憐民苦風流託墨翰泗鷗何處去雨暗杜鵑寒

哭小野櫻山 名積六月二十六日逝

忽傳櫻老逝隔絕道山霞溪畔留梅影峰頭空月華馬場嘗詠暑岡本共看花前事忙如夢南望涕淚斜 君嘗贈予畫幅其題詩云治生辭富貴託迹在煙霞依然一閒課養成翰墨華今用霞華韻補以花斜

處白洞 瀨川犇山書齋名 社集用近藤南州詩韻

隔簾桐影碧入戶鳥聲閒室裡虛生白胸中積有山

賞櫻 疊韻二首 六月二十三日

樹上樹下花盡發千枝萬枝展開春流連光景方今是風雨明朝愁殺人

東樓闌角彩雲斜掩映山巔及水涯說到繁華輸一著
春風二十四番花

葵祭次傳講師韻

禋祀依然上代風鴨堤鑾仗嚮丁東蟬冠玉帶金吾使
鑣帛膺纓工祝驄露灑車簾葵葉綠日臨籠蓋勝花紅
榑桑文物淵源遠萬國來賓路棧中

天授庵社集 七月四日

禪室寂寥羊嶺傍綠林幽草好池塘魚兒唼藻欣新漲
燕子築泥語舊梁逝水難留嗟歲月埋光不掩是文章
吾衰匪懈隨吟社可笑求閒卻得忙

席上贈檜谷社幹 是日膳羞有荷葉飯

泥中無染濁周子愛蓮英荷葉今爲飦翻匙髓自香

王師 九月

王師一出捲風雲大義堂堂寰宇聞歌舞無非秦戍卒
斬搴渾是漢將軍秋高絶塞征鵰急天曠空村落木紛
紫氣已從河朔動何時見奉 聖明君

江上

九月悽悽江上師膺懲蠻虜正斯時鐵車超塹踐金甲
霜刃斫營揚旭旗南渡衣冠王謝盡東方井絡壁奎移
憐他漫藉豺狼力禹迹土崩何得支

和鶴陰博士自述賀其古稀三首 十月

文章才學本來奇漫道青雲藉友師海外祥刑樹文石
雍中說政坐皋皮承恩杯泛瓊林酒愛靜窗横栗里詩
七十康强天所寵可知無事到頤期

先生意境每恬然學若洋淵思若泉廿載雍堂金口振
九年和館鐵冠全詩人情性常參句豪士風懷時擊鮮
傍舍錯爲村老侶翰林上院去朝天
歐西昔作法都游一夢翻成九歲悠快馬綺街穿列椽
輕笻名苑伴閒鷗腥風枯骨巍屯夕落日殘鐘薛水秋
稱壽如今猶憶殺勝門旗店酒三周

神宮祭主久邇宮　多嘉王　殿下輓詞　十月一日薨葬于泉涌寺

京邑天潢派神宮祭主尊烝嘗嚴俎豆歌詠麗璵璠菊
蘂芳長在桂枝花已翻笳簫引山路袂雨九衢昏

禹封

禹封復見舜堯民海外驚傳戰伐新邊塞無勞飛箭檄
城郊爭報饋羊醇二周文物思宗魯六國權謀畏帝秦

寄語胡戎休嫉視日東　天子本同仁

送西村國三郎學士從軍

腰間三尺劍欲拂戰塵昏報國男兒事死生何足論

秋懷二首

秋風蕭瑟入簾帷景物淒涼節序移蟋蟀哀吟依短草梧桐黃落下高枝駑材常愧百金骨魚目聊珍幾句詩告老行休何幸甚山林耕讀未全衰

措大當年氣若虹頭顱暗換被呼翁中宵尙發聞雞歎一管欲淩汗馬功身後有名何自信眼前養拙卻應工行吟負杖親樵牧要爲明時繼雅風

明治節讀上海戰報

吳天又植菊花秋伐罪弔民追越酉一百一聲皇禮砲

凌晨送彈虜營頭

題紫明閣十一月二十八日社集

自我登斯閣不知經幾年年年看愈好山秀水娟娟

遷宅十一月二十六日蔣中正遷其政府于重慶長沙

王師百萬日長驅嶮塞湖城視若無落落山河文武遁

欣欣草木寡鰥蘇抗秦誰道楚三戶會盂人憐殷獨夫

但使生民苦塗炭不降遷宅曷爲乎

虜窟

江南木落雁聲疏諸路縱橫齊出車雄劍耀天營壘碎

翔機爆地市城虛百官未上宋家表一箭早飛燕將書

指日神兵望建業豫知虜窟壞爲瀦

問超然病

冬日南簷問病來貧暄相對撥寒灰可憐牆外溪梅瘦
安得卽時春色回

雪江五年祭筵書懷十二月五日

一哭芳魂已五年楓殘茶白景依然老懷欲見雪江子
今在兩間何處邊

聞南京捷報

滿城鈴響捷書來破敵陷京何壯哉砲礩夜飛眞武閣
旌旗晨閃紫金臺江山如畫謀臣盡天地無情豎子哀
父老要須各安堵吾　皇恩澤與春回

續賦四首

摧陷南京我武揚淵衷神算仰吾　皇伐謀終制蘇英
暴任相先求房杜良燈火漲成聯璧海旗雲翻似百花

場大呼萬歲歡無極拜向宮門三獻觴

征西金鼓遠踰洋大捷新傳陷建康四月轟雷空陸海同心刻骨水風霜趙城日照幟皆赤楚幕烏棲柳失黃聞道虜酋南遁去（十二月七日曉蔣賊向衡山遁）逐奔唯合掃欃槍砲丸雷擊破環牆多壘名都新戰場屍積轅門弦月暗梟悲街樹鬼燐光中山陵下摩銅狄北極閣邊哀國殤不用漫成興廢歎鬱葱王氣起東方

三軍奏凱陣堂堂齊入江南佳麗鄉霜劍拂雲淮水綠紅旗映日楚山蒼討奸誰草陳琳檄刻頌宜裁班固章未可殘生輕自廢赫天勳業藉詞腸

冬日赴講堂有感

落寞雍林寒上曦侵霜來赴講堂期老吾猶恐良先在

略似授書黃石師

北山

二十九年升講臺夙知樗櫪屬非材三朝事業詩千首
下戶生涯茶一杯衰朽被容異秋扇優游待息是疲駘
寒潭水綠松林靜明日北山歸去來

丁丑歲晚行樂社集書懷二首 十二月十九日近重物庵東道會于前川氏別館館在鳴瀧福王子神社南

早歲雄豪隘八洲壯來竟與廣文儔辟雍交接三千子
樂社行吟十九秋 行樂社名始于大正八年 不待決疑勞卜尹頗思
避俗似瓜侯林廬得去寧非幸憾有君親恩未酬
半生常背舟藏壑不日將爲鹿赴林天霽何邊堪嘯詠
冬烘此地好登臨闌前蒼翠寒山色坡底潺湲流水音

絶海王師方戰鬪逍遥愧有遂初心

丁丑歲晚二首

漏永山城擊柝稀風林葉撲讀書扉江湖水落羣龍蟄
霄漢雲開一雁飛緩急每懷常棣痛悲歡轉覺蓼莪非
故園墳隴蒼苔滿衰疾年來未得歸
夜靜小齋燈影長歲窮寒菊共留香連衡嫌彼舌猶在
憂世笑吾腸尚剛少婦城南悲垤鸛將軍塞上射天狼
文園司馬今誰是諭檄安能平萬方

豹軒詩鈔卷十四

豹軒詩鈔附錄

北越　鈴木虎雄　撰

愁思賦 明治三十一年戊戌

嗟蒼蒼之無窮闃泬寥兮曠廓陟高岡兮徘徊望遙岑兮岧嶢曉宿森而爛爛平原空以漠漠痛別浦之哀鴻驚愁天之寒鵲獨余懷之可傷心紆鬱兮熱灼嘆今古之桑滄悵天地之橐籥何人生之多艱嘗每事而盤錯若夫荊卿入秦臨易水兮別丹白日兮光薄玄淵兮波寒悲歌擊筑怒髮指冠舞陽色沮一去不還若乃靈均忠良而見逐賈傅貞正以遷移羨洛陽之雲日慕鄂渚之蘭芝何鸞鳳兮在筱乃鴟梟兮巢籬俗溷濁兮潰亂

競嚀沓兮乖離見雨雪之繽紛先集惟霰睹葳蕤兮蒙茸先暢惟萊豈涇渭之可同亮玉石之難齊懷眇眇而慘怛思蹇嵯而凄迷至若晉宋之季世中原陸沈衣冠奔崩鑾輿播蕩燕雲旦震江淮夕盪欽王謝之英風怨秦賈之標榜懷琬琰而不顧質碔砆兮見寶緣閨闥兮固寵擁萬乘於綉襁非叡智之歷官是賴巾幗而上猗嗟忠臣可慨以慷曠尙方之寶劍不能斬兮罔兩乏折檻之烈士失幽壑之巨蟒嗟日影兮拂扶桑倏晻晚兮薄虞淵哀羣醜兮蠢動埒獨樹之秋蟬貪一滴兮朝露委萬年兮暮煙監天顯之孔畏傷時俗之險猾秣余馬兮蘭岡攬瓊蘂兮紉帶樹明月之彩旗擁虹蜺之翠蓋與麋麚兮爲羣漱沆瀣兮[illegible]毼步鬱林兮嘯歌臨白石

兮聽瀨對青山兮看雲忘天地之否泰桂湖村曰寫出幽憤意濃腴中見奇峭其葩采幽茂選詞雅麗優有楚人遺韻文苑英華收符載愁賦一篇結構大抵與之相若其末句云安得百斛之醇醪使斯愁也霞開而霧散者哉雖佳而猶似不及聽瀨看雲之高朗也

離憂賦 明治三十二年己亥

緊余心之忡忡兮迴九腸之佛鬱怪有何憂而離此孽兮隱怛怛而戰慄耀靈赫曦而拂扶桑兮倏望虞淵而西逸望舒淡蕩而懸素規兮飄沈崑崙之嵂崒日月旋轉夫隱有見兮余情之來兮沒還出平原萋兮紅葳蕤潢潦氾濫而橫溢曠郊曖兮碧旖旎霜雪朘削而不恤知憂愁之戕吾性兮無奈搖心兮若乘駟命僕夫而嚴駕兮試登高而縱望橫絕四海兮馳目唯覺血淚之淚淚懷宓妃兮河洛慕帝子兮瀟湘悲太史之杳音兮悵

交甫之遺香望長川之蜿蜒兮睹浮雲之飄颻沿芳杜而趦趄兮上寒皋以彷徨若有人蘭之渚兮結白蘋兮幽處沿芳蓀之玄淵兮憩杜若之孤嶼櫛清風之泠泠兮晞太陽之煦煦輕芙蓉之出水兮蔑璧月之昇霞瓊神兮瑤質閒雅清和目兮點黑漆眉兮刷翠蛾丹脣兮皓齒曄兮含朱華秀領兮延頸茁兮抽素芽雙肩兮豐膩細腰委迤豔姿兮綽約柔情兮清婉行若皓鴻舞回風兮趨若遊龍攀蒼巘臨清泉之澄澈兮鑒約素之嬿娩文魚噴波而驚逝兮白黿失窟以偃蹇於是翻焉迴體而舉趾兮白蜺裳兮紫雲衣履仁義之方襪兮冠道德之畫翬珥幽閒之瑤碧兮珮貞正之珠璣見余兮目成忽動魄而消魂揚脩袂翳玉顏兮思公子兮未敢言

隱余心之殷殷兮慭厥懷之靡靡厥心之思余兮未如余心之悅懌女美仰高天兮嘆息從洪河之涯涘杳彩裾之瑤塵兮念佳期兮不能已以鵬程而揣脩短兮神人相去不知其幾千萬里怳惚兮遠望見潺湲兮流水思夫君兮不可從將弭節而迴轅只羌蹇夷猶乎江渚兮何人兮中流風颯颯兮吹衣波洶洶兮濕裳余將歸兮君兮須誰余將反兮故丘君何爲兮中洲嗟彼美之淑眞兮誠思余兮不能忘攘素腕兮臨石淵搴芙蓉之芬芳攬瓊蘂兮插余帶忽忸怩以潛藏將爲余築室兮江中圜蘅芷兮郁烈誅蒺薊兮蒙茸薜荔兮爲櫨桂椒爲棟蘭蕙帷兮芰荷篷兮裁雲錦服兮居紫貝宮兮茯苓充膳兮沆瀣兮盛筩彈朱絃兮鳴素桐兮笑洪厓之

局促兮憐王母之倥侗停翠蓋兮將就靈迍邅巡兮內省悲矣哉無良媒以通辭兮何能强暴以亂貞靜喜修姱之嬋娟兮欲禮防以自警羌四時之代序兮恐佳人之不永謁天宰兮馳八極聊逍遙以忘憂鞭羲和叱飛廉兮日月爲輪螭龍負軥服霞裳之披披載雲旗之委蛇驅飄忽兮飇颲淩閃爍兮電霆叩勾芒之靑門兮排祝融之朱扃揖蓐收之素闕兮窺玄冥之黝庭周流六合靡所逢兮忽顧江嶼以墮淚外慕修容以傷心兮內感貞質以痛志款接之未能致兮悵吾子之永棄見佳人兮招予獨蹇嵯而如囚道余馬兮曠郊反蓬蒿之故丘心惄惄而如飢兮懷慘慘以增愁夜耿耿而不寐兮思夫君兮徒離憂（桂湖村曰纚纚數百言雖皆綺靡之辭要不失溫柔敦厚之旨是藉齊梁

之浮豔以寫楚人之殷憂者琦葩繡葉金縇璧錯何損其風骨

孤嘯賦 明治三十二年己亥

噫嘻悲哉此生之不休兮獨憤積以噎噎倚廢除而悵望兮瞻浮雲之翳翳日陰陰而亘巘兮風颯颯而吹袂鳥煢煢而戢翼兮獸耿耿而赴裔怫鬱憂愁夫何收來兮迍邅紆軫予何侘傺絕脰折脅曷忘溝壑兮脅肩諂笑寧裝視睇拔長劍以充胸兮思排虛而謁帝嗟時俗之末綏兮焉孤挺以攀桂周流六合而觀險易兮翱翔九衢以察醨醇關結綺之朱闥兮窺補甕之蓬門訪滄溟之鐵舶兮過鄙圃之柳樊說緇銖之非休福兮奬道德之永眞祥大聲而疾呼兮謂予爲狂計較而詿人兮謂彼爲良曰狂予何怨兮曰良予惟傷孔營營何戀魯

兮孟嘖嘖兮何遊梁莊蕩蕩何辯和理兮伋皇皇兮何說中誠或激世而放歌兮或憐世而救匡衷懷惻隱之難過兮外執操行之揚光願瞽迷之一覺兮準絜矱以每防濟邱壑而裹糧兮在闤闠而退藏立德樹業而詠風兮開物成務而鳴琴或長江之涸渴兮大山之陸沈平原之爲垤兮亭亭而執心水潺湲兮送音風芬苾以開襟流韻之攸覃及兮嗟予浩蕩以久欽固時俗之顛倒兮予悇憛而鬱結毛嬙醜惡而不顧兮嫫母麗姣而撫悅駑駘截風而纏錦兮騏驥臥櫪而縛舌鳳凰潛而野雞驕兮荊棘茂而蘭蕙折雜琬琰與瓦礫兮亂江蘺與瓜瓞悲獻玉而被刖兮焉負版而見拏緊陰氛之漫漫兮陽德耗斁而斷絕悵玉石之混淆兮社鼠踔躍之

營穴願擧忠正之侃諤兮試淑哲之峻潔方廉以司穀兮剛毅以司卒敦厚以司敎兮賢明以司鐵遺貢與我折衝尊俎兮回也與由以職文鉞吾徒當國三載擧績兮皇天無耳淚泡撇捩已矣哉莫我聽兮下階除徒趦趄草蓬蓬而施宇兮孑蠢蠢而盈渠犬唁唁而盜羹兮狐嶽嶽而牴藷嗟德之靡施于私室兮政焉有敷于邊垠敎之未立兮化之焉均法纚纚而日密兮業潰潰以月淪嗟飢寒之不能給兮焉暇顧其鄰俗澳溷而趨利兮士恬熙以違仁羊牛陷坎夫何罪兮牧之弗省逸埒放奔是下民之擾擾兮惟鉅室之昏昏懷殷周之賢哲兮慕希羅之靈脩思明德之依智顯兮信大業之由德收不二私德與公德兮駢立敎化與政治東西聖之攸

見兮雖異迹而同志惟今之耄誠不能提撕兮獨怪丈夫有血氣者何以不奮起繼前世謂放曠爲濶達兮謂恭敬爲檢束自任己卑瘠兮猶何怪所合者漫然沃也工雖拙而從矩兮射雖粗而張的予將耿耿而惠迪望前路之悠悠兮悲從者之落落風慘慘而吹野兮雲滅滅而塡壑霧滃滃而被林兮雨冥冥而灑薄猿嗷嗷而陰哭兮鬼峭峭而凄謔有美一人女蘿下兮執予手而相樂麾雲君以淩天兮度長空之寥廓袂紫霞之靡靡兮袖素煙之濯濯左拂扶桑之蓊翳兮右撫崑崙之岩崿大地以爲琴兮虹蜺以爲絃揚鸞聲之涓涓兮歌南風之淵淵天漢以爲樽兮北辰以爲杓酌瓊漿之瀲灩兮洗肝腸之焯爍神淸靜而幽墨兮靈雄活而澹泊嗟

我非與斯人兮誰與終考槃之寂寞

哀清賦 並序 明治四十五年壬子二月十八日

序曰　神聖登極四十五年二月旬有二日皇天降喪于有清清帝辭位舉其冢宰袁某假攝萬機從約湖南改建政府肇造國會俾以殷薦民主于皇天昔在帝堯禪舜曰咨爾舜天之曆數在爾躬舜亦以命禹薦賢讓德三代之所同然而國無君長者自古來未之有也惟夫滿清以異種臨區夏叡哲代興湛恩龐鴻賢德在下未軼唐虞一旦變起荊湖秣陵失守四海響應君爲獨夫釋乾綱而不張委民政以自治

是非常之大變也何則内侍閹昧外侮文
明宗臣傾奪鉅室竊權先閥閲之得喪而
後億兆之休戚也是以邊警頻至境無敢
死之將軍餉將賦廷有匿賞之臣以十九
省之大三百歲之渥而不能抗于鉏耰棘
矜木兵竿旗之衆楚人一呼可憐運移亦
必至之勢矣嗚呼山岳崩頹草木悽愴舉
目有風景之異孰其致之社鼠城狐嗟夫
狐鼠不獨自禍亦覃及于其城社世之爲
顯臣者可不鑒焉哉作哀淸賦其辭曰
羌何天命之靡常兮倏違胡而漢眷惟乾坤之寥廓兮
國星數而棊變強淵默以雷聲兮富尸居而龍見顧弱

肉之可攫兮何昧邦而可建舉賢良以圖治兮任叡智
而無倦汲孳孳猶不及兮愚闇闇卻招怨民渙散而乖
離兮臣淟涊以誇衒況天潢之氾濫兮埒瓜瓞之穰穰
據顯位以專權兮跨飫土而置莊裁錦繡以成帷裳兮
盛金玉而充稻粱集鹿臺之財賦兮築金谷之陂塘陋
許史之熏灼兮笑王謝之焜煌惋利欲之愆己兮紛狺
狺而蜩螗夫二邸之傾奪兮駕八王之猖狂迨柳樊之
未成兮釀禍亂於蕭牆盜賊起於山東兮君臣顧其倉
皇鉏耰棘矜兮首唱湖峽青絲白馬兮席卷建業民心
一去兮疆臣坐懵厚賞雖懸兮納款棄甲矗歲養士兮
無一義人九土芒芒兮滅斯常倫計竭策盡兮不慮後
災起先皇之逆讎兮支大廈之敗頹借亘盜以管鑰兮

忘僞忠之奸回戇孤兒與寡婦兮孰其托以鹽梅登閶闔之崢嶸兮望邱嶽之崔嵬遼河紆以盤曲兮白山巍其嶔巇覬浴池之遺卵兮慘表鶴之永思九廟墟其無光兮四夷紛以並馳覬皇輿之敗績兮臨社稷之阽危諮宗室亦曹騰兮托閹寄愈狐疑嗟信師昭之謀圖兮不知操卓之詭隨玉璽矯其可蓋兮寶鼎輕而將移鯨鯢截浪以北嚮兮梟獍嫵媚而跳舞莫狐兎之匪赤白兮豈豺狼之辨馴蟲或勤王而倒戈兮或討賊而緩鼓咸是羊質之城虎兮誰敢中流之砥柱哲婦既不悟兮懦王又遂處會本朝之大臣兮詢旗盟之謀父非賈韓之佞柔兮則檜倫之莽鹵先一身之安危兮忽王室之薄祜藉生民之炭塗兮墜前王之鴻緒惟往昔之禪讓

兮穆垂拱而優游舉一人而司羣后兮熙百揆以通輿謀何今日之辭位兮與前典之不侔遭要劫之鬻沸兮讓共和之祥休名雖美而實喪兮大憝興而炰烋惟劉氏之已滅兮王莽忸怩於垂旒夫姬家之東營兮公旦迍邅乎卜周一君去而一君在兮億兆喜而億兆憂惟雪霰之未集兮誰牖戶之綢繆固出爾之反爾兮雖百悔無奈何望虞淵之落日兮思魯陽之揮戈及皇綱之未絕兮或陰陽之可和今勢去而運移兮已民離而時過縱扁鵲之神巧兮膏肓爛而莫覿嗟一旦之雍熙兮化千年之寂寞去萬乘之尊位兮就二王之賓列雖無青衣之行酒兮莫似白蛇之流血悲趙孤之悾恫兮纔兗匡山之溺滅痛秦嬰之嬉戲兮未知軹道之慘烈仰

父顏以睢盱兮牽母衣而夷悅形庭闃以無人兮繡扆巖而徒設闕玉殿以暝坐兮掩朱扉而哽咽循景山而徙倚兮禽鳥噭以哀別臨太液而容與兮柳荷旱而皷折芳苑日以苔積兮曲池時漸水渴憐銅駝之臥荊兮悲麋鹿之排埒懸明月以魂消兮對春風而腸結嗟蘇臺之荒涼兮感雍門之善說羨蓬山之寵嵸兮惟神聖之別宮山河澹而崛峍兮松柏曖以鬱葱民擊壤而鼓腹兮忘帝德之龐鴻得仙輔而不失兮斟民意能疏通必皇天之降福兮運天地與無窮（王靜庵曰前從日本及日本人中見大著哀清賦僕本擬作東征賦因之擱筆）

靈芝賦 並序　昭和三年戊辰二月

序曰半農先生延予觀於後圃葳蕤蔓衍

松杉翳蔚東偏枯梅一樹細篠環生先生披叢謂曰得無所見耶就而視之有物偃蹇紫蓋朱莖離立而矗予曰嗟乎芝也曰子無之異也比年常有我采而藏之出一銅滴所插纍纍六七莖皆此物也予歎曰物遇人而爲瑞純德之至應哉焉可無賦

于是乎賦之其辭曰

侯洛邑之東牧兮寔皇都之奧區托叡岳之坤維兮據辟雍之乾隅面巖藂而創宅兮帶潺湲而構居縛茅竹於閒敞兮誅榛棘於荒蕪喜編戶之有鄰兮樂仁里之成廬服先王之大道兮玩上世之遺書求微言於百氏兮指正中於歧途春秋忽其代序兮忘日月之疾驅育

俊秀以上薦兮及遲暮而自娛豈有德而不酬兮謙光闇其日昭嗟天道之達順兮降奇瑞以建標涉後圃而踟躕兮穿荒逕之窈窱松杉鬱以蕭森兮蘞蒿誕其繚繞巡枯梅於東偏兮識靈草于細篠擢朱柯而偃蹇兮傾紫蓋以夭矯霞軒軒而承陰兮月亭亭以臨表擎清露之溥溥兮陵素雪之皓皓凝玉膏以成體兮潤元液以吐香矗獨立之奇穎兮流四照之神光夫牡丹芍藥之韡曄兮當玉階而煇煌櫻杏桃李之妖豔兮蠱衆目而跳梁苟異趨而殊操兮何競飾以鬬粧倘楚鬼之采秀兮陋漢臣之歌房去雲衢而幽處兮對巖岫以密藏易陳荄之托根兮蔭朽株以旅行連椒桂而敷景兮錯蕙蘭以聯芳招翔鳳於雲畔兮起潛龍於石傍念昔人

之高踏兮厭俗累而遯世雖洗垢而潔己兮或矯枉而怫戾惟先生之屈信兮察時義而適勢求平林而道德兮御安駕而六藝匪必深谷之逶迤兮循夷途而容裔就灌莽而爲商山兮俯涓流而視延汭攜三茅而長嘯兮邀四皓而共憇寬盤桓而植杖兮望白雲之搖曳憺優游而無悶兮侔尼父之卒歲

賀 皇太子納妃表 大正十三年一月四日草 代京都帝國大學總長

臣某等言臣等讀宮內大臣告示伏聞 聖旨稽用前典昭命 元子爰于今年正月令日吉辰立配青宮助治春禁者凡在臣庶孰不感悅臣某等誠歡誠賀頓首頓首恭惟 天皇陛下惟睿惟聖乃武乃文蕩巍比德

纘　祖宗之高猷兢業希治開孫子之景福主鬯之位早定大統攸歸副禕之號方敷內理逾弘伏以　皇太子殿下毓德承華養才寶序孝友夙著溫文在躬祇奉義方恆持恭敬問安視膳邁周儲之勤思遜志求賢延商英之翊輔出震省方四海繫又新之望承乾監國萬邦徯於變之雍于是禮命載崇物儀斯備元良迎相升玉度乎天潢柔明作嬪嗣徽音於椒掖順道資始王敎有源祥徵豫呈宗祧式衍中外合和上下同歡臣某等際會昌運沐浴湛恩叨職成均幸逢令典無任忭躍欣慶之至謹奉表陳賀以聞年月日具官職位勳臣某上表

賀　皇長孫誕生表（大正十四年十二月擬撰）

臣某等言恭讀宮內省告示粤十二月某日 皇長孫誕生者慶章始布率土咸歡 臣某等誠喜誠賀頓首頓首伏以 天皇陛下惟聖贊化至仁同天紹隆丕基懋昭先德繩作孚之遺武啓垂裕之鴻休恭惟 皇后陛下正位金戺履貞彤庭配宸極而毗 皇綸脩女順以暢陰敎溫惠內備光華外形是以孝治惟彰典祀式毖早定大本深懷永圖建元良以居儲宗社依賴擇愼固而作相神人燕寧于是道凝太和祥發上嗣篤生蘭秀衍一系之璿源誕育桐支廣无疆之寶運重暉疊震纘戎之業彌光繼照奉乾燕翼之謀有託 臣某等肄業上庠預聞國慶無任欣忭踊躍之至謹奉表陳賀以聞 臣某等誠喜誠賀頓首頓首謹言年月日具官職位勳 臣姓

名上表

賀　皇弟成婚牋　昭和三年九月十九日草　代京都帝國大學總長

維昭和三年歲次戊辰九月甲辰朔粤二十八日辛未

具官某等七千九百餘人啓伏覩公報　皇弟秩父宮

殿下歷日協辰茲于本日以子爵松平保男姪女爲妃

上下均歡遠近胥悅某等誠歡誠喜頓首頓首伏惟

皇弟殿下璿源宗派棣萼懿親托重翰城修令尉校英

姿嶽峙德器淵深尙質息華時俗丕變衞體養勇民瞻

翕歸何翅垂則寰中固已翔聲域外　新妃殿下鍾休

珪門發秀朱邸采凝齠歲曜章笄年芳訓早敷風徽遠

映六行兼至四教無遺爰用備物之蔚儀以正輝序乎

懋册載升蘭坂作相桂巖齊玉軌于邃宮衍金枝於奕

葉可以贊人文之化可以弘王業之基　某等遭際昌期服在大學如升如恆虔祝熾昌之榮若茂若苞敢願綿延之算謹奉牋稱賀以聞　某等誠歡誠喜頓首頓首謹言

賀登極表

昭和三年九月二十日草報之評議會代京都帝國大學總長

臣某等言伏讀七月二十六日大禮使報定于十一月吉日令辰擧卽位禮及大嘗祭之儀者慶均羣生歡騰四表　臣某等誠歡誠抃頓首頓首葢聞統天立極國體之殊風明祀奉先政治之大本是以　列聖一揆功存撫綏兆民同心要歸忠孝伏以　天皇陛下道合彌綸德秉覆載聖謨神化武緯文經居儲以來孝友夙著嗣服之後祗勤滋深前猷以弘丕構逾固　皇后陛下溫

恭成性靜專在躬體順履和配俊德于宸極睦親厚惠
奉徽音於椒闈陰敎內修素風遐邵粤遵成憲式擧上
儀荷三殿之鴻休升一系之寶位聯輝黃道儷曜紫宮
和會民人昭示神器之有統薦享神祇光膺炳靈之永
孚四萬四千方里之版圖無思不服二千六百餘年之
廟社雖舊又新　臣等保生京邑服事上庠夙浴湛恩重
瞻曠典無任欣歡踊躍之至謹奉表陳賀以聞　臣某等
誠歡誠抃頓首頓首謹言昭和三年十一月十日官職
位勳　臣某上表

賀登極表注

統天　天猶言宇宙也統天二字假用易乾卦彖辭曰大哉乾元萬物資始乃統天　立極　極言
大中至正之人道皇國惟神之道也立極二字變用尚書洪範文洪範曰建用皇極又曰皇建其有極僞

孔傳皇極中也大明祀言明祀典也皇朝古制祭政一致奉先言敬事祖先也文字借之
尚書尚書太甲中奉先思孝列聖言皇朝列世皇祖皇宗以下歷代聖天子也一揆揆度
也孟子離婁下先聖後聖其揆一也撫綏言愛撫保安也語見尚書太甲上曰撫綏萬方又見周官曰
惟周王撫萬邦綏厥兆民同心言一其心也明治天皇教育勅語曰汝臣民克忠克孝億兆一心世
濟其美是我國體之精華而教育之淵源亦實存于此同心之語見尚書泰誓中曰予有亂臣十人同心
同德彌綸猶言天地之功也易繫辭上易與天地準故能彌綸天地之道正義曰彌謂彌縫補合綸
謂經綸牽引覆載謂天地也中庸天之所覆地之所載聖謨神化聖神天子之德也謨
化兩字活用居儲儲儲貳太子之位也漢書疏廣曰太子國儲副君嗣服言嗣先帝之事
也語見詩大雅下武曰永言孝思昭哉嗣服朱子注服事也嗣先王之事也祗勤言敬勤于修德
也語見尚書周官曰今予小子祗勤于德夙夜不逮前猷前代天皇之大謀也丕構言國家之
堂構也尚書大誥若考作室既底法厥子乃弗肯堂矧肯構溫恭論語學而篇夫子溫良恭謙讓
以得之靜專詩關雎窈窕淑女毛傳幽閒貞專之善女易繫辭上第五章夫乾其靜也專又曰夫

十三

坤其靜也翕體順履和言坤德也俊德言天皇之聖德也尙書堯典克明俊德蔡沈傳曰俊大也堯之大德僞孔傳異宸極言帝居之地也睦親言親九族也厚惠言施民以惠也奉徽旨言奉皇太后之旨也詩大雅思齊太姒嗣徽音椒闈言后宮之門也陰教言女教也周禮內宰職以陰禮教六宮以陰禮教九嬪素風樸素之風也遐邵遐遠也邵高也言風聲遠及而高揚也成憲言既成之古法也尙書說命中監于先王成憲上儀揚雄劇秦美新曰改定神祇上儀也上儀言至上之儀禮也荷休詩商頌長發何天之休休美也福也三殿皇朝之制賢所皇靈殿神殿謂之三殿是言殿中所祀神靈非言殿舍也寶位易繫辭下聖人之大寶曰位黃道日月之所經今指九重之天紫宮言紫宸宮也和會尙書康誥作新大邑于東國洛四方民大和會僞孔傳曰四方之民大和悅而集會神器言皇朝振古以來天皇所傳承之三種器也神器二字見老子第二十九章曰天下神器不可爲也今之所用與之異義神祇言大嘗宮所享祀之天神地祇也炳靈神祇赫灼之靈也永孚孚信也永孚久遠之信也神祇信之者厚則天位永安尙書太甲下邦其永孚于休君奭厥基永孚于休湯誥上天孚佑

下民又詩大雅文王儀刑文王萬邦作孚版圖見周禮天官司會職鄭玄注版戸籍也圖土地形象田地廣狹無思不服見詩大雅文王有聲廟社宗廟社稷也舊新此言廟社固舊而今又逢新興之運也詩大雅文王周雖舊邦其命維新語相類似而文意不同京邑言京都之地也服事猶言從事也與服事于殷之服事不同上庠言大學也湛恩湛深也劇秦美新湛恩龎鴻

賀　皇弟成婚辭昭和三年九月代京都府教育會長

學觀公報　皇弟秩父宮殿下將納子爵松平保男姪女爲妃今月十四日納采二十四日告期吉涓近日備擧縟儀伏念　皇弟殿下毓秀天潢聯英宸極資賦超異剛健生成典學東西荷海裔之瞻望兼才文武繫部屬之敬親治兵之餘講藝之暇跋涉山途弘奬體技風化所被士氣勃興　新妃松平氏挺生名族啓祥華門

端淑柔嘉無由傳敎聰敏明惠顯有世聞今擢四行之清標以膺六禮之茂典本支之蔭繁衍若竹松藩翰之基堅固如磐石羣情均慶百福咸宜乃代京都府教育會會員一萬五千人仰獻萬年之壽

賀登極辭

昭和三年十一月五日
代京都府教育會長

嚮讀大禮使報法駕西幸本月十日擧卽位之禮十四日修大嘗祭之儀者凡有知識皆均慶幸伏以　今上陛下道光今古德通幽明四方和平庶物生育爰率舊典以擧盛儀躋寶位于紫宸致誠享于祕殿神人交泰中外瞻依民生昌榮同草木長進皇統悠久比天地無窮本會員等際會明時敎育爲任想望盛事欣喜非常乃代會員敬頌　聖壽之無疆

賀　皇長子誕生表

昭和八年十一月草代京都帝國大學總長

臣某等言接文部省報某月某日誕生　皇長子者慶溢宮廷歡交區于臣某等誠喜誠賀頓首頓首伏以
天皇陛下道體覆載德同照臨孝治至隆文化無比恭惟　皇后陛下配位紫極履貞彤闈慈育羣生愛保萬類于是祥發先裕氣協太和神胄篤生銀潢衍于一派
天枝彌茂寶祚延于無疆臣某等從業大學預聞國慶無任欣忭踊躍之至謹奉表陳賀以聞臣某等誠喜誠賀頓首頓首謹言昭和八年月日具官位勳臣姓名上表

豹軒詩鈔附錄

弘文堂承印